PANTAGRUEL

RABELAIS

Pantagruel

PUBLIÉ SUR LE TEXTE DÉFINITIF
ÉTABLI ET ANNOTÉ PAR PIERRE MICHEL
ÉDITION REVUE ET CORRIGÉE

LE LIVRE DE POCHE

ISBN : 2-253-02349-3 - 1re publication - LGF
ISBN : 978-2-253-02349-4 - 1re publication - LGF

INTRODUCTION

PANTAGRUEL
ou le rire de la Renaissance

Une victoire sur les « ténèbres gothiques »

A LA glorieuse bataille de Marignan (1515), chantée par Clément Janequin, ont succédé le désastre de Pavie (1525), la captivité de François Ier à Madrid, son retour en France, la reprise des hostilités et l'apaisement provisoire du traité de Cambrai (1529), confirmé par le mariage de François Ier, devenu veuf, avec la sœur aînée de Charles Quint, Éléonore d'Autriche. Tous ces jeux de prince ne laissent pas insensibles les humanistes, citoyens de l'Antiquité, certes, mais aussi patriotes français. Cependant, pour ces intellectuels passionnés de savoir, une victoire de la Renaissance sur le passé compte plus que toutes les « boucheries héroïques », comme dira Candide. Cette victoire, c'est la fondation du *Collège des Trois Langues*, le futur *Collège de France*, par François Ier, en 1530.

Naissance difficile et modeste berceau ! Il a fallu la visite du roi prisonnier à l'université toute moderne d'Alcala, la notoriété du *Collège des Trois Langues* de Louvain, le succès des chaires de grec de Colmar, d'Heidelberg et de Tübingen pour que François Ier soit pris d'émulation. L'influence d'Érasme, gloire de l'humanisme européen, la conjuration de son émule français, Guillaume Budé, du confesseur du roi Guillaume Petit et du médecin Guillaume Cop emportent la décision. A côté de la Sorbonne, gardienne de l'orthodoxie religieuse et de la tradition universitaire, des lecteurs royaux, acquis aux idées nouvelles, enseigneront, en plus du latin, le grec et l'hébreu, ces langues suspectées de développer l'esprit critique et de frayer la voie à Luther. C'est ainsi que l'helléniste Pierre Danès compte parmi ses premiers élèves Jacques Amyot, le futur traducteur de Plutarque ; Vatable et Guidacerius enseignent l'hébreu. Plus tard, en 1538, l'étrange « voyant », Guillaume Postel, inaugurera une chaire de langues orientales.

Dès la fondation, la Sorbonne réagit, estimant cet enseignement téméraire et scandaleux. Chez les humanistes et les évangélistes, qui souvent ne font qu'un, c'est l'enthousiasme. Les poètes Nicolas Bourbon et Clément Marot célèbrent la création du roi, qui dissipe les ténèbres « gothiques ». Rabelais déborde de gratitude et d'espérance : « Maintenant toutes disciplines sont restituées, les langues instaurées » (*Pantagruel*, chap. VIII).

Un climat favorable.

A vrai dire, le roi ne fait qu'entériner l'expansion de l'humanisme dans tous les domaines. L'Église elle-même sent le besoin de se rajeunir et de se réformer en revenant aux sources; des esprits éclairés ne séparent pas dans leur admiration le savoir humain des Anciens, des révélations divines de l'Évangile. Lefèvre d'Étaples édita Aristote avant de commencer les épîtres de saint Paul et de traduire la Bible en langue vulgaire (1530). Au temps de son « moinage », Rabelais est protégé par l'évêque de Maillezais, Geoffroy d'Estissac,

> Prélat dévot, de bonne conscience
> Et fort savant en divine science
> En canonique et en humanité...

au dire du poète Jean Bouchet.

Érasme, lui aussi, appartient à l'Église, et s'il se moque avec tant de pertinence des théologiens, « race étonnamment sourcilleuse et irritable » (*Éloge de la Folie*), c'est qu'il les connaît depuis le temps où il était étudiant du collège de Montaigu, ce « collège de pouillerie », honni de Gargantua. Les invectives de Rabelais contre les « cagots, escargots, hypocrites, cafards », ennemis jurés des « bons pantagruélistes », font écho à l'esprit voltairien d'Érasme, accablant sous le ridicule les défenseurs attardés du Moyen Age.

Ainsi, à la naissance de *Pantagruel*, l'alliance de l'Évangélisme et de la Renaissance était déjà consommée, mais il restait au « rire énorme » de Rabelais de la faire éclater aux yeux de tous.

Un médecin facétieux.

Qu'est au juste Rabelais en 1532 ? Un homme dans la manturité, formé par les expériences et les disciplines les plus diverses : bénédictin, plus ou moins en rupture d'ordre, humaniste aussi versé dans le grec que dans le latin, frotté de poésie, et curieux de droit. Mais, avant tout, un médecin : de brillantes études à l'université de Montpellier, précédées sans doute par un séjour à l'université de Paris, l'ont fait choisir comme médecin-chef de l'Hôtel-Dieu de Lyon. On aimerait savoir ce que pensèrent de ce choix ses confrères lyonnais. Car il ne manquait pas de médecins à Lyon... Un Symphorien Champier (1471-1539 ?) réunissait même chez lui les amateurs de poésie antique et italienne. Peut-être était-il aussi « sourcilleux » qu'un théologien ? Dans un catalogue des médecins, il ne cite pas Rabelais. Quant à celui-ci, il insère un ouvrage de Champier, *Les Champs des Clystères...* dans le catalogue bouffon de la librairie Saint-Victor (*Pantagruel*, chap. VII). On connaît l'adage antique : « Le potier hait le potier. »

En tout cas, les premiers ouvrages de Rabelais sont des publications médicales : une édition des *Lettres médicales* de Manardi, médecin de Ferrare; une autre des *Aphorismes* d'Hippocrate. L'humaniste même n'apparaît qu'en seconde position, avec le *Testament de Cuspidius*. Écrit-il à Jean Bouchet, à Tiraqueau, et plus tard à Jean du Bellay, il n'oublie jamais son titre de médecin. Rien ne faisait présager ce roman de « haute graisse », les « horribles faits et prouesses » du géant Pantagruel.

Lyon, « second œil de France »
(Jean Lemaire de Belges).

Etait-il lieu plus propice au génie de Rabelais que Lyon ? Carrefour de routes internationales conduisant de la France du Nord à celle du Midi, à la Suisse, à l'Italie et à l'Europe centrale, cette ville de commerçants, de banquiers et d'éditeurs humanistes (pensons à Étienne Dolet, à Gryphius...) connaît un essor magnifique. L'éloignement de Paris, la proximité de l'Italie lui assurent une autonomie intellectuelle et une ouverture d'esprit qui la rendent accueillante aux penseurs hardis et aux suspects d'hérésie. Marguerite de Navarre y fera trois séjours (1525, 1536, 1548) et Marot s'y arrêtera. Bientôt se formera l' « école » rassemblant Louise Labé, Pernette du Guillet, Maurice Scève, qui devancera la Pléiade.

Pénétrée de culture antique et italienne, la société lyonnaise ne coupe pas ses racines gauloises. Aux quatre grandes foires annuelles, comme à celle de Francfort, les livres sont marchandise recherchée, surtout s'il s'agit de romans d'aventures et de contes plaisants. Dans son *Prologue* du *Pantagruel*, Rabelais prend la suite des *Grandes et inestimables Chroniques de l'énorme géant Gargantua*, livret de colporteur publié à Lyon. Par ce coup d'essai, il vise non un cercle restreint de lettrés, mais un vaste public populaire. Comme Antée, l'humaniste reprend force au contact de la terre.

Littérature populaire et satire humaniste.

Même avant la fameuse déclaration de Rabelais, les Français du XVI siècle savent que « le rire est le propre de l'homme », et ne s'en privent en aucune occasion : fabliaux et farces du Moyen Age, boniments de charlatans, apologues issus d'Ésope, et, favorisés par l'imprimerie, romans en prose venus des *Chansons de Geste* ou du cycle de la *Table ronde*, tels les « livres de haute futaie » allégués dans le *Prologue* du *Pantagruel*, contes oraux courant les veillées, tout est matière à grosse gaieté. Aucun souci de vraisemblance, mais une imagination débridée : géants, magiciens, fées, animaux monstrueux forment un univers aussi fantasque que celui d'un rêve d'ivrogne. Les *grandes chroniques*, le modèle de Rabelais, sont de « même billon » : pour servir le roi Artus, l'enchanteur Merlin fait sortir d'os de baleine deux géants, Grant-Gosier et Galemelle, parents de Gargantua. Celui-ci accomplit des prouesses à la mesure de sa taille. Cinq cents ennemis l'assaillent-ils ? Il les terrorise en ouvrant la « gueule », et les prenant « à belles mains », il emplit « tout le fond de ses chausses ». Les exploits de Pantagruel contre les Dipsodes (chap. XXV, XXVIII, XXIX et XXXII) ne sont pas moins énormes : il suffit à Pantagruel de tirer la langue pour couvrir toute une armée. Où s'arrêter dans le gigantisme ? Les effets sont faciles et sûrs : ils nous amusent encore.

Ailleurs, c'est la verve du camelot, comme dans le *Prologue* : à l'instar du *dit de l'Herberie,* le *Pantagruel* guérit, non la maladie des vers, mais les maux de dents et la vérole, pour le moins.

Ailleurs, parodiant le ton naïf des apologues (La Fontaine s'en souviendra!) : « Au temps que les bêtes parlaient, il n'y a pas trois jours... », il tourne en obscénité énorme l'histoire d'un pauvre lion, d'une vieille et d'un renard (chap. xv). A-t-il lu ce conte en quelque endroit ou bien est-ce un écho de veillée ou de taverne? Entre la verve joyeuse de cet humaniste et la grosse gaieté du vulgaire, il n'y pas 'toujours un intervalle d'un demi-ton.

Ailleurs – mais est-ce bien ailleurs? – farces d'étudiants (chap. xvi, *Des mœurs et conditions de Panurge*), propos pornographiques de carabins et parodies des textes sacrés, aussi inoffensives que les plaisanteries des séminaristes d'aujourd'hui, s'entremêlent avec des calembredaines populaires et la satire des adversaires de l'humanisme dans une fantasque sarabande. La généalogie des géants, ancêtres imaginaires de Pantagruel, débute comme l'Évangile selon saint Matthieu :

> *Et le premier fut Chalbroth,*
> *Qui engendra Sarabroth,*
> *Qui engendra Faribroth...*

Autre exemple d'interprétation libre : pour justifier ses prétentions sur un lot de futures prisonnières, Épistémon (chap. xxvi), valeureux devancier du Surmâle de Jarry, allègue un adage de saint Matthieu : « Que chacun en prenne selon ses forces. » L'exhortation de Matthieu concerne l'Évangile, et non la possession charnelle, on s'en doute! Est-ce une invention paillarde de Rabelais ou une de ces parodies obscènes qui couraient les couvents? « Comprenne qui pourra », c'est le cas de le redire ici.

Rabelais est inimitable dans ce rire à triple détente. Dans le catalogue de la librairie Saint-Victor, certains titres sont imaginaires, et amusent par l'alliance cocasse des mots : la *Barbotine* (vermifuge) *des marmiteux*. D'autres font allusion aux ridicules des adversaires de l'humanisme : *De l'excellence des tripes* rappelle aux étudiants du collège Montaigu la grosse panse de leur principal, Béda. D'autres tirent de la réalité même l'effet comique : *Les Champs des Clystères*... sont bien un titre appartenant à Symphorien Champier, mais ils divertissent encore le lecteur d'aujourd'hui, ignorant du médecin lyonnais, par leur relent purgonesque; procédé que Voltaire portera à sa perfection dans l'*Apparition de saint Cucufin*; frère Cucufin a été effectivement canonisé en 1766, mais son nom burlesque semble avoir été inventé pour les besoins de la cause...

Mais que vient faire dans cette galère grotesque le traité de Gerson, *Du droit de déposition du pape par l'Église?* Malice gallicane contre Rome? En « bons pantagruélistes », évitons de gloser.

Gigantisme italien.

Le merveilleux et le gigantisme ne sont pas des phénomènes spécifiquement français. Les écrivains italiens en usent abondamment. Une épopée romanesque comme le *Roland furieux* de l'Arioste est une succession d'enchantements où les héros affrontent d'étranges monstres au cours de leur quête amoureuse. Les conteurs, eux, ont une prédilection pour le type du bon géant, glouton, débonnaire et un peu niais. Ils l'entourent de compagnons de taille humaine, mieux pourvus en intelligence. Rabelais s'est souvenu de deux de ces ouvrages, le *Morgante maggiore* de Pulci (1481) et les *Macaronées* (1517) de Folengo, dit Merlin Coccaïe. Ce dernier clôt le catalogue de la librairie Saint-Victor. Chez Pulci, la force est représentée par Morgan, la ruse par Margutte. Dans les *Macaronées*, Balde, petit-fils de Charlemagne, parcourt le monde à la recherche d'aventures et de prouesses. Il est accompagné du géant Fracasse et du subtil Cingar, couple qui annonce celui de Pantagruel et de Panurge. Cingar est rusé, et fertile en mauvais tours; c'est lui qui jettera à l'eau les moutons du marchand insolent, épisode qui deviendra les « moutons de Panurge » dans le *Quart Livre*. Panurge doit une partie de son caractère cauteleux à son ancêtre italien. L'association du géant et des hommes donne lieu à de multiples effets de contraste, et rapproche la fiction de la réalité. Finalement, chez Rabelais, Panurge l'emporte en intérêt sur Pantagruel, l'homme sur le géant.

Le réel dans l'irréel.

Dans cet amalgame que l'on croyait purement imaginaire, Abel Lefranc et ses disciples eurent le mérite de découvrir de multiples éléments de réalité : allusions aux événements contemporains, localisations géographiques, souvenirs rapportés (ou transposés) d'expériences vécues.

C'est ainsi que dans la généalogie des géants (chap. i), on trouve à côté du géant biblique Hurtaly un « gros taureau de Berne », tué à Marignan en « chevauchant » un canon qu'il avait encloué : le fait est confirmé par les *Mémoires* de Martin du Bellay. Au chapitre ii, la naissance de Pantagruel a lieu en pleine sécheresse, coïncidence qui sent la main de l'auteur. Or, en 1532, il y eut une sécheresse qui dura plus de six mois. Si, dans l'édition de 1533, Rabelais énumère de nombreuses localités poitevines, Gravot, Chavigny, La Pomardière, etc., n'est-ce pas parce qu'il est revenu à Chinon, son « pays de vaches » ? Les allusions aux coutumes de l'université de Poitiers ont la saveur de souvenirs de jeunesse. En revanche, il est peu probable que Rabelais ait fait, comme Pantagruel, le tour des « autres universités de France ». Mais pourquoi son héros abandonne-t-il la médecine à Montpellier ? Peut-être simplement pour faire un bon mot sur cet art « fâcheux », et sur les médecins qui sentent le clystère, « comme vieux diables ». Dans ces évocations de la province, Rabelais n'oublie ni les amis (le « docte Tiraqueau »), ni les protecteurs, comme le « noble Ardillon », successeur de Geoffroy d'Estissac.

La place de Paris est encore plus importante que celle du Poitou. Les « diableries » de Panurge (le tombereau lancé sur le guet, la « tarte bourbonnaise », etc.) ont pour théâtre la rue de la Montagne-Sainte-Geneviève ou la rue du Fouarre. Le Quartier latin, aussi truculent que celui de Villon, revit avec ses abbayes, ses collèges et ses tavernes. Lorsque Panurge « gagne ses pardons » en pillant les troncs des églises Saint-Gervais, Notre-Dame, Saint-Jean-en-Grève, abbaye Saint-Antoine, il suit l'itinéraire prescrit par le pardon jubilaire exceptionnel de 1532.

Comme dans tous les romans du temps, les héros de Rabelais font des voyages lointains. Ici encore, fiction et réalité se confondent souvent. Lorsque Pantagruel s'embarque à Honfleur pour Porto Sancto, Madère, les Canaries, etc., il suit l'itinéraire des navigateurs portugais, indiqué par Sébastien Münster (introduction du *Novus Orbis*, 1532). Mais pour atteindre *Utopie* (Nulle part), Pantagruel passe par *Meden* (Rien) et ses variantes *Uti* et *Uden* : étapes imaginaires vers une capitale illusoire !

S'agit-il de la vie courante ? A propos des maladies et des procès, Rabelais montre sa compétence, mais sa verve cimente si étroitement fantaisie et réalité, qu'il est souvent vain de vouloir les dissocier.

Noms prédestinés.

La plupart des personnages portent des noms symboliques. Ceux des géants révèlent leur voracité : Grandgousier, Gargamelle, Gargantua dérivent de « gosier ». Rabelais donne lui-même une étymologie burlesque de Pantagruel : « Panta, en grec, vaut autant à dire comme « tout », et Gruel, en langue Agarène... comme altéré. » La soif de Pantagruel date de loin : dans le *Mystère des Actes des Apôtres* (xve s.), un diablotin nommé Pantagruel représente la mer ; son rôle est de jeter du sel dans la gorge des ivrognes. Chez Rabelais, le diablotin devenu géant se souvient encore de sa mission, et *pantagruel* est souvent synonyme de soif : l'écolier limousin, après avoir été à moitié étranglé par Pantagruel, reste si altéré « qu'il disait... que Pantagruel le tenait à la gorge ». Pour venir à bout du roi Anarche, Pantagruel lui fait absorber une confiture altérative : « Tout soudain qu'il en eut avalé une cuillerée, lui vint tel échauffement de gorge avec ulcération de la luette, que la langue lui pela. » Si Pantagruel est manifestement né sous le signe de la soif, ses compagnons, eux aussi, ont des noms caractéristiques. D'après leur origine grecque, Épistémon, c'est « le Sage », Carpalim, « le Rapide », Panurge, le « Bon à tout ». Ainsi les noms propres, qu'ils viennent des traditions médiévales ou des inventions humanistes, contribuent aux effets comiques.

Le Pantagruélisme, une doctrine ?

A côté de chapitres destinés surtout à faire rire (les farces de Panurge, les plaidoiries de « deux gros seigneurs », la dispute mimée de Panurge et de Thaumaste, la déconfiture des 660 chevaliers, etc.) certains passages ont un accent sérieux et sont chargés de sens. La satire des théologiens, des juges, des universitaires apparaît comme une prise de position contre les survivances du Moyen Age. Bien plus, ces attaques dispersées sont renforcées par le programme positif de la magnifique *Lettre de Gargantua à Pantagruel*. Sa gravité, son enthousiasme ne permettent pas de douter de la sincérité de Rabelais. C'est le même ton que dans sa lettre à Tiraqueau (1532) : « D'où vient, très docte Tiraqueau, que dans cette lumière si grande de notre siècle, où nous voyons reçues chez nous, par une singulière faveur des dieux, toutes les meilleures disciplines, on trouve çà et là des hommes ainsi faits qu'ils ne veuillent ou ne puissent lever les yeux hors de cet épais brouillard plus que cimmérien du temps gothique vers l'illustre flambeau du soleil? » L'humanisme de Rabelais ne concerne pas seulement les langues anciennes, mais la religion, la médecine, le droit, toutes les activités de l'intelligence.

Mais cet appel au progrès constitue-t-il un corps de doctrine? Le décousu du roman, le rythme endiablé du récit, la gaieté de l'ensemble ne permettent pas de l'affirmer. En 1532, le *Pantagruélisme*, c'est une explosion de vie qui brise joyeusement toutes les routines et tous les formalismes, s'en prenant surtout à la forme la plus odieuse de l'hypocrisie, l'hypocrisie religieuse. Pour vivre en « bons Pantagruélistes », il faut d'abord ne pas s'enfermer dans la carapace d'une doctrine, afin de « vivre en paix, joye, santé, faisant toujours grande chère ». La Renaissance est sûre de sa victoire, et le temps des épreuves les plus dures n'est pas encore venu : elle peut rire comme les dieux d'Homère.

P. Michel.

NOTRE TEXTE

La première édition de *Pantagruel* paraît à Lyon, chez Claude Nourry (1532), sous le titre : *Pantagruel. Les horribles et espoventables faictz et prouesses du tresrenomé Pantagruel Roy des Dipsodes, filz du grant géant Gargantua, composez nouvellement par maistre Alcofrybas Nasier.* C'est le texte suivi par V.-L. Saulnier dans son édition critique (Droz, 1959). Le succès incita Rabelais à insérer son roman dans un ensemble plus vaste : à *Pantagruel* succèdent *Gargantua* (1534), histoire du père de Pantagruel, puis le *Tiers Livre* (1546) et le *Quart Livre* (1552). Dans l'édition générale, le *Pantagruel* occupe désormais la seconde place, conforme à la généalogie des géants imaginée par Rabelais.

En 1542, paraît à Lyon, chez François Juste, une édition considérée comme définitive, puisqu'elle est la dernière publiée du vivant de l'auteur, et corrigée par lui. C'est le texte adopté par le rénovateur des études rabelaisiennes, Abel Lefranc, dans son édition magistrale (Champion, 1929) et par Jacques Boulanger (La Pléiade), ainsi que que par la plupart des éditeurs modernes. C'est également le parti que nous avons pris pour cette édition. Le titre est légèrement différent de la rédaction première, et devient : *Pantagruel, Roy des Dipsodes, restitué à son naturel : avec ses faictz et prouesses espoventables ; composez par feu M. Alcofribas, abstracteur de quinte essence.* Les différences entre le texte de 1542 et celui de 1532 consistent surtout dans une amplification des énumé-

rations bouffonnes, et une atténuation partielle des
attaques contre les théologiens de la Sorbonne.

Notre édition étant destinée à la lecture, et non à
des recherches érudites, nous ne l'avons pas surchar-
gée de variantes. En revanche, toutes les notes nécessaires à la compréhension facile du texte ont été données. Elles permettent de situer l'œuvre de Rabelais
dans une époque où l'évolution des idées et des mœurs
est rapide.

Et maintenant, Lecteurs, suivez le plaisant conseil
de maître François Rabelais, et, en *bons pantagruélistes* vivez *en paix, joye, santé, faisans tousjours grande
chère* .

P. M.

PANTAGRUEL

ROY DES DIPSODES

restitué à son naturel

AVEC SES FAICTZ ET PROUESSES ESPOVENTABLES

COMPOSEZ PAR FEU M. ALCOFRIBAS ABSTRACTEUR DE QUINTE ESSENCE*

1. *Salel* (1504-1553), né à Cazals, en Quercy.' Traducteur de l'*Iliade,* et poète réputé. Comme Marot, il fut valet de chambre de François Ier, qui lui donna l'abbaye de Saint-Chéron, près de Chartres.

2. *On met en prix :* on estime.

3. Philosophe grec, qui passait pour rire de tout, par opposition avec Héraclite, qui s'affligeait de tout.

4. *Riant :* raillant.

5. *Haut domaine :* le Ciel, par opposition à la terre (*ces bas lieux*).

* Dans l'édition originale (Lyon, 1532) le titre était : PAN-TAGRUEL. Les horribles et espouventables Faictz et Prouesses du très-renommé PANTAGRUEL ROY DES DIPSODES, filz du grand géant Gargantua. Composez nouvellement par maistre Alcofrybas Nasier.

Les éditions de 1534 et 1535, aussitôt après le premier PAN-TAGRUEL, inséraient une devise grecque : ΑΓΑΘΗ ΤΥΧΗ (*la bonne Fortune*).

Dizain de Maistre Hugues Salel[1]
à l'Auteur de ce Livre.

Si, pour mesler profit avec doulceur,
On mect en pris[2] un aucteur grandement,
Prisé seras, de cela tien toy sceur;
Je le congnois, car ton entendement
En ce livret, soubz plaisant fondement,
L'utilité a si très bien descripte,
Qu'il m'est advis que voy un Démocrite[3]
Riant[4] les faictz de nostre vie humaine.
Or persévère, et si n'en as mérite
En ces bas lieux, l'auras au hault dommaine[5].

1. *Les Grandes et inestimables Chronicques de l'énorme géant Gargantua,* contes populaires de géants, publiés pour la foire de Lyon (1532). Probablement la source livresque la plus directe de Rabelais.

2. *Narrés* (cf. *narrer*) : récits.

3. *Étiez hors de propos :* vous ne saviez plus que dire.

4. *Et à la mienne volonté :* que, selon mon vœu...

5. *Une religieuse Cabale :* une doctrine mystérieuse. *La Cabale,* interprétation symbolique de la Bible, connut un grand succès au XVIe s.

6. *Talvassier :* vantard.

7. *Croûtelevé :* couvert de croûtes, vérolé.

8. *Raclet :* professeur de droit à Dole, aurait été incapable d'interpréter les *Institutes,* principes du droit romain rédigés sur l'ordre de l'empereur d'Orient Justinien (527-565).

9. *Voler pour canes :* chasser la cane avec un *oiseau de volerie,* ici le faucon.

10. *Les brisées :* les branches cassées par le veneur, qui a trouvé la retraite du gibier, le sanglier, par exemple, et qui se repère grâce aux branches brisées.

11. Le faucon *plane,* donc renonce à sa proie, au lieu de fondre sur elle.

PROLOGUE DE L'AUTEUR.

Très illustres et très chevaleureux champions, gentilz hommes et aultres, qui voluntiers vous adonnez à toutes gentillesses et honnestetez, vous avez n'a guères veu, leu et sceu les *Grandes et inestimables Chronicques de l'énorme géant Gargantua*[1], et, comme vrays fidèles, les avez creues gualantement, et y avez maintesfoys passé vostre temps avecques les honorables dames et damoyselles, leur en faisans beaulx et longs narrez[2] alors que estiez hors de propos[3], dont estez bien dignes de grande louange et mémoire sempiternelle.

Et à la mienne volunté[4] que chascun laissast sa propre besoigne, ne se souciast de son mestier et mist ses affaires propres en oubly, pour y vacquer entièrement sans que son esperit feust de ailleurs distraict ny empesché; jusques à ce que l'on les tint par cueur, affin que, si d'adventure l'art de l'imprimerie cessoit, ou en cas que tous livres périssent, on temps advenir un chascun les peust bien au net enseigner à ses enfans, et à ses successeurs et survivens bailler comme de main en main, ainsy que une religieuse Caballe[5]; car il y a plus de fruict que par adventure ne pensent un tas de gros talvassiers[6] tous croustelevez[7], qui entendent beaucoup moins en ces petites joyeusetés que ne faict Raclet en l'*Institute*[8].

J'en ay congneu de haultz et puissans seigneurs en bon nombre, qui, allant à chasse de grosses bestes ou voller[9] pour canes, s'il advenoit que la beste ne feust rencontrée par les brisées[10] ou que le faulcon se mist à planer[11], voyant la proye gaigner à tire d'esle,

22

12. *Récoler :* relire la déposition des témoins, et par extension *rappeler.*

13. *Dépendus :* dépensés.

14. *Sinapisant avec un peu de poudre d'oribus :* saupoudrant avec de la poudre de... *diamerdis.* Remède de charlatan. On retrouve le mot dans *Les jeux de Gargantua* (chapitre XXII) : *à la barbe d'oribus,* allusion possible au grand inquisiteur Mathieu Ory (Abel Lefranc) ou à Maître Ory, chef des vidangeurs parisiens au XIII° s. (Maurice Rat).

15. On soignait la vérole par la sudation en étuve, après avoir enduit les malades d'onguent mercuriel.

16. *Clavure :* serrure; *charnier :* garde-manger à viande (chair).

17. Les *marchettes :* les touches.

18. *Veltre* ou *Vautre :* chien spécialisé dans la chasse à l'ours ou au sanglier. Le gibier, rabattu par les meutes dans un réduit fermé par des toiles, était attaqué à l'épieu. Les Romains (cf. Pline le Jeune) pratiquaient déjà ce genre de chasse.

19. Grosse futaille d'un muid et demi. Le muid de Paris équivaut à 268 litres.

20. Les *limbes,* séjour des enfants morts avant d'être baptisés, désigne ici les étuves des vérolés. Cf. Henri Estienne *(Apologie pour Hérodote)* : « *Celui n'est pas réputé vaillant champion qui n'a fait cinq ou six voyages en Suerie* ». Ce traitement pénible est comparé au séjour dans les *Limbes.*

21. La dévotion des femmes en couches pour sainte Marguerite était encore fréquente au XVII° siècle. On leur lisait la vie de la sainte, ou on leur appliquait le livre sur la poitrine pour faciliter la délivrance. Une femme de Genève ayant enfreint cette tradition aurait enfanté un veau (XVII° s.).

22. *Parragon :* parangon.

23. *Jusqu'au feu exclusivement :* plaisanterie qui revient souvent chez Rabelais, et reprise par Montaigne.

24. *Prédestinateurs, imposteurs.* Cette addition de 1542 vise les Calvinistes, partisans de la prédestination, doctrine que repousse Rabelais. *Séducteurs :* qui détournent (de la vraie religion).

ilz estoient bien marrys, comme entendez assez; mais leur refuge de réconfort, et affin de ne soy morfondre, estoit à récoler[12] les inestimables faictz dudict Gargantua.

Aultres sont par le Monde (ce ne sont fariboles) qui, estans grandement affligez du mal des dentz, après avoir tous leurs biens despenduz[13] en médicins sans en rien profiter, ne ont trouvé remède plus expédient que de mettre lesdictes *Chronicques* entre deux beaulx linges bien chaulx et les appliquer au lieu de la douleur, les sinapizand avecques un peu de pouldre d'oribus[14].

Mais que diray je des pauvres vérolez et goutteux? Ô, quantes foys nous les avons veu, à l'heure que ilz estoyent bien oingtz et engressez à poinct[15], et le visage leur reluysoit comme la claveure[16] d'un charnier, et les dentz leur tressailloyent comme font les marchettes[17] d'un clavier d'orgues ou d'espinette quand on joue dessus, et que le gosier leur escumoit comme à un verrat que les vaultres[18] ont aculé entre les toilles! Que faisoyent-ilz alors? Toute leur consolation n'estoit que de ouyr lire quelque page dudict livre, et en avons veu qui se donnoyent à cent pipes[19] de vieulx diables en cas que ilz n'eussent senty allégement manifeste à la lecture dudict livre, lorsqu'on les tenoit es lymbes[20], ny plus ny moins que les femmes estans en mal d'enfant quand on leurs leist la vie de saincte Marguerite[21].

Est-ce rien cela? Trouvez moy livre, en quelque langue, en quelque faculté et science que ce soit, qui ayt telles vertus, propriétés et prérogatives, et je poieray chopine de trippes. Non, Messieurs, non. Il est sans pair, incomparable et sans parragon[22]. Je le maintiens jusques au feu *exclusive*[23]. Et ceulx qui voudroient maintenir que si, réputés les abuseurs, prestinateurs[24], emposteurs et séducteurs.

Bien vray est il que l'on trouve en aulcuns livres de haulte fustaye certaines propriétés occultes, au nombre desquelz l'ont tient *Fessepinte*, *Orlando furioso*, *Robert le Diable*, *Fierabras*, *Guillaume sans paour*, *Huon de*

25. Énumération de romans populaires ou imaginaires, parmi lesquels on s'étonne de trouver le *Roland furieux* (1516). Un demi-siècle plus tard, Montaigne (chap. *des Livres*) considère encore l'Arioste comme un auteur pour la jeunesse.

Fessepinte : buveur de pinte. Le nom de ce personnage de roman est attesté par *Bringuenarilles, cousin germain de Fessepinte, ou les Navigations du Compagnon à la bouteille.*

Robert le Diable, Fierabras, Guillaume sans peur, Huon de Bordeaux, romans populaires en prose tirés des Chansons de Geste et diffusés par l'imprimerie au XVe siècle.

Matabrune : personnage de la chanson du *Chevalier au Cygne.*

Montevieille ou *Monteville* (1532), déformation probable de *Mandeville,* auteur de *Voyages* très lus à cette époque.

26. *De même monnaie.*

27. *Comme des ignorants.* Rabelais se moque des docteurs juifs.

28. *Un gaillard pélican.* Succession de calembours : Rabelais confond *décrétaliste,* docteur en droit canon, avec *onocrotale* et le traite d'âne (*onos* en grec). La rectification facétieuse *voire, dis-je,* etc., assimile *protonotaires* à *crottes-notaires* ou *croque-notaires.*

29. *Croquenotaire des amours :* les protonotaires apostoliques, notaires de la Chancellerie romaine, passaient pour être fort galants.

30. *Nous témoignons de ce que nous avons vu,* citation de saint Jean.

31. *Hors de page :* dès que j'eus cessé d'être page.

32. *Mon pays de vache :* locution familière analogue à celle d'aujourd'hui : « revoir ma cambrousse ». Rabelais revint sans doute à Chinon en 1532.

33. *Pannerées.*

34. *Le feu saint Antoine vous brûle!* Malédiction fréquente chez Rabelais. Le *Mal des ardents* ou ergotisme, causé par l'ergot du seigle, était alors fréquent.

35. *Le mal de terre vous vire :* que l'épilepsie *(mal caduc)* vous jette à terre.

36. *Le lancy : le jet de foudre,* autre locution méridionale.

37. *Que l'ulcère aux jambes vous fasse boiteux.* Imprécation gasconne, qui se retrouve dans le *Prologue* du *Gargantua : « Que le maulubec vous trousque! »*

38. *Que la dysenterie vous vienne.*

39. Suite d'imprécations tirées peut-être d'une chanson populaire. Le *mau fin feu* : l'érésipèle. *Ricqueracque :* la débauche.

40. Sodome et Gomorrhe furent brûlées par le feu du ciel et englouties dans la mer Morte (cf. *Genèse, XIX,* 24).

Bourdeaulx, Montevieille et *Matabrune*[25]; mais ilz ne sont comparables à celluy duquel parlons. Et le monde a bien congneu par expérience infallible le grand émolument et utilité qui venoit de ladicte *Chronicque Gargantuine* : car il en a esté plus vendu par les imprimeurs en deux moys qu'il ne sera acheté de Bibles en neuf ans.

Voulant doncques, je, vostre humble esclave, accroistre vos passetemps dadvantaige, vous offre de présent un aultre livre de mesme billon[26], sinon qu'il est un peu plus équitable et digne de foy que n'estoit l'aultre. Car ne croyez (si ne voulez errer à vostre escient), que j'en parle comme les Juifz de la Loy[27]. Je ne suis nay en telle planette et ne m'advint oncques de mentir, ou asseurer chose que ne feust véritable. J'en parle comme un gaillard Onocrotale[28], voyre dy-je, crotenotaire des martyrs amans, et crocquenotaire de amours[29]. *Quod vidimus testamur*[30]. C'est des horribles faictz et prouesses de Pantagruel, lequel j'ay servy à gaiges dès ce que je fuz hors de page[31] jusques à présent, que par son congié je m'en suis venu visiter mon païs de vache[32], et sçavoir si en vie estoyt parent mien aulcun.

Pourtant, affin que je face fin à ce prologue, tout ainsi comme je me donne à cent mille panerés[33] de beaulx diables, corps et âme, trippes et boyaulx, en cas que j'en mente en toute l'hystoire d'un seul mot; pareillement le feu sainct Antoine vous arde[34], mau de terre vous vire[35], le lancy[36], le maulubec vous trousse[37], la caquesangue vous viengne[38],

Le mau fin feu de ricqueracque[39]
Aussi menu que poil de vache,
Tout renforcé de vif argent,
Vous puisse entrer au fondement;

et comme Sodome et Gomorre[40] puissiez tomber en soulphre, en feu et en abysme, en cas que vous ne croyez fermement tout ce que je vous racompteray en ceste présente *Chronicque!*

1. *Être de séjour* : avoir des loisirs.

2. *Ramentevoir, remembrer* : rappeler.

3. *Grégeois* : grecs (archaïsme). Les *Ethniques* (texte de 1532) sont, en style ecclésiastique, les païens.

4. Les Druides comptaient le nombre des nuits, et non pas celui des jours comme les Romains (cf. César, *Bellum gallicum*, VI, 18).

5. Terme dialectal pour *nèfles*. Bien entendu, la *Genèse* ne dit rien de tel. Tout au contraire la terre est frappée de stérilité pour Caïn après le meurtre d'Abel.

6. Autre calembredaine : les *calendes, les nones, les ides* sont les divisions du mois romain, et non du mois grec. D'où l'expression : *renvoyer aux calendes grecques* signifiant : « renvoyer à un temps qui n'arrivera jamais ». Les *calendes* ne peuvent se trouver dans un bréviaire *grec*. Inversement, mars ne peut *manquer* (*faillir*) en Carême. Le lien entre le mois de mars et le Carême était proverbial; pour indiquer une nécessité inéluctable, on disait : « Pas plus que mars ne faut en carême ». Rabelais prolonge la plaisanterie par la semaine des *trois jeudis*.

7. Le jour supplémentaire donné par l'année bissextile.

8. *Debitoribus* : en dépit de sa consonance latine, il s'agit d'un mot lyonnais ou provençal signifiant *contrefait, bancal* : « *le soleil chancela un peu, comme un bancal déséquilibré, sur sa gauche*. »

CHAPITRE PREMIER

*De l'origine et antiquité
du grand Pantagruel.*

Ce ne sera chose inutile ne oysifve, veu que sommes de
séjour¹, vous ramentevoir² la première source et origine
dont nous est né le bon Pantagruel : car je voy que tous
bons hystoriographes ainsi ont traicté leurs Chronicques,
non seullement les Arabes, Barbares et Latins, mais aussi
Grégoys³, Gentilz, qui furent buveurs éternelz.

Il vous convient doncques noter que, au commencement du monde (je parle de loing, il y a plus de quarante quarantaines de nuyctz, pour nombrer à la mode
des antiques Druides⁴), peu après que Abel fust occis par
son frère Caïn, la terre embue du sang du juste fut cer-
taine année si très fertile en tous fruictz qui de ses flans
nous sont produytz, et singulièrement en mesles⁵, que on
l'appela de toute mémoire l'année des grosses mesles,
car les troys en faisoyent le boysseau.

En icelle les Kalendes feurent trouvées par les bréviaires des Grecz⁶. Le moys de mars faillit en Karesme, et
fut la my oust en may. On moys de octobre, ce me semble, ou bien de septembre (affin que je ne erre, car de
cela me veulx je curieusement guarder) fut la sepmaine
tant renommée par les annales, qu'on nomme la sepmaine des troys jeudis : car il y en eut troys, à cause des

9. *Le firmament dit aplane* : Dans le système de Ptolémée, le ciel des astres fixes (*a*, privatif et *plane*, du grec πλανᾶσθαι, errer). Rabelais se moque d'une théorie d'un astronome arabe du IXᵉ siècle, soutenant que ce firmament immobile était lui-même agité par une *trépidation* sur une durée de sept mille ans. D'où l'ironie de l'adverbe *manifestement !*

10. *La Pléiade moyenne* : l'étoile au centre de la constellation de sept étoiles appelée *Pléiade*. Par l'effet de la *trépidation*, les astres fixes se mettent en mouvement et quittent leur place habituelle dans les signes du Zodiaque.

11. *L'Equinoxial*, ligne imaginaire ainsi nommée parce qu'elle relie le *Bélier* (équinoxe de printemps) et la *Balance* (équinoxe d'automne).

12. *L'Epi* appartient à la constellation de la Vierge, sixième signe du Zodiaque. La *Balance* est le septième signe.

13. Rabelais ne manque aucune occasion de railler les astrologues et leur fausse science. Montaigne corroborera ces critiques dans les *Essais* (I, 11, *Des prognostications ;* II, 12, *Apologie de Raymond Sebond*). La Fontaine, grand lecteur de Rabelais, critique les astrologues dans ses *Fables* (*L'Astrologue qui se laisse tomber dans un puits,* II, 13 ; *L'Horoscope,* VIII, 16).

14. Parodie du *Patrem ommipotentem* du *Credo*.

15. *Saint Pansard* : saint imaginaire fêté au mardi gras. Henri Estienne (*Apologie pour Hérodote*, chap. XXXVI) cite parmi les sermons burlesques celui d'un curé de Bourg-en-Quercy recommandant à ses paroissiens *ces trois bons saints : saint Pansard, saint Mangeard, saint Crevard.*

16. *Montiferes* : latinisme : *porte-montagnes*.

17. *Esope*. Le fabuliste grec était réputé pour son esprit et son corps contrefait. Rabelais connaissait la *Vie d'Esope* de Planude, moine grec du XIVᵉ siècle. C'est encore Planude que suivra La Fontaine dans la *Vie d'Esope*, qui précède les *Fables* : *En le douant d'un très bel esprit,* elle [la Nature] *le fit naître difforme et laid de visage.* Les recueils de fables ou *ysopets* étaient très populaires au Moyen Âge. (Cf. les *ysopets* de Marie de France, XIIᵉ s.)

18. *Le membre viril,* appelé par Ambroise Paré *cultivateur du champ de nature humaine,* métaphore fréquente chez les conteurs du XVIᵉ siècle; on la trouve déjà dans l'Antiquité. A propos d'Antigone, fiancée de son fils Hémon, Créon réplique à Ismène : *Il est bien d'autres champs ailleurs à labourer* (Sophocle, *Antigone,* vers 566, traduction C. M. L.).

19. *Acrèté à la mode antique : dressé comme la crête d'un coq,* ainsi que sont représentés les phallus dans les peintures et les statues antiques.

irréguliers bissextes[7], que le soleil bruncha quelque peu, comme *debitoribus*[8], à gauche, et la lune varia de son cours plus de cinq toyzes, et feut manifestement veu le movement de trépidation on firmament dict *aplane*[9], tellement que la Pléiade moyenne[10] laissant ses compaignons, déclina vers l'Equinoctial[11], et l'estoille nommé l'Espy[12] laissa la Vierge, se retirant vers la Balance, qui sont cas bien espoventables et matières tant dures et difficiles que les Astrologues ne y peuvent mordre[13]; aussy auroient ilz les dens bien longues s'ilz povoient toucher jusques là!

Faictes vostre compte que le monde voluntiers mangeoit desdictes mesles, car elles estoient belles à l'œil et délicieuses au goust; mais tout ainsi comme Noë, le sainct homme (auquel tant sommes obligez et tenuz de ce qu'il nous planta la vine, dont nous vient celle nectaricque, délicieuse, précieuse, céleste, joyeuse et deïficque liqueur qu'on nomme le piot), fut trompé en le beuvant, car il ignoroit la grande vertu et puissance d'icelluy, semblablement les hommes et femmes de celluy temps mangeoyent en grand plaisir de ce beau et gros fruict.

Mais accidens bien divers leurs en advindrent, car à tous survint au corps une enfleure très horrible, mais non à tous en un mesme lieu. Car aulcuns enfloyent par le ventre, et le ventre leur devenoit bossu comme une grosse tonne, desquelz est escript : « *Ventrem omnipotentem*[14] », lesquelz furent tous gens de bien et bon raillars, et de ceste race nasquit sainct Pansart[15] et Mardy Gras.

Les aultres enfloyent par les espaules, et tant estoyent bossus qu'on les appelloit *montifères*[16], comme *portemontaignes,* dont vous en voyez encores par le monde en divers sexes et dignités, et de ceste race yssit Esopet[17], duquel vous avez les beaulx faictz et dictz par escript.

Les aultres enfloyent en longueur par le membre[18], qu'on nomme le laboureur de nature, en sorte qu'ilz le avoyent merveilleusement long, grand, gras, gros, vert et acresté à la mode antique[19], si bien qu'ils s'en ser-

20. *Lances en l'arrêt* : la lance en position d'attaque s'appuyait sur l'*arrêt*, pièce de fer attachée à l'armure, et qui maintenait la lance horizontale.

21. La *quintaine* est une des plus anciennes joutes. Un mannequin représentant un homme, le *faquin de quintaine*, monté sur pivot et armé d'un gourdin, servait de cible au chevalier, qui devait le frapper juste au milieu du corps. Sinon, le *faquin* en tournant heurtait de son bâton le maladroit. On joutera la *quintaine* jusqu'au milieu du XVIIIe siècle. Les *tapisseries des Valois* (fin du XVIe s.) en donnent une image précise.

22. Chanson gauloise fort connue au XVIe siècle (cf. *Revue des études rabelaisiennes*, II, 140).

23. Environ 270 litres.

24. Plaisanterie connue sur les Lorrains, reprise au *Tiers Livre*, chapitre VIII, *Comment la braguette est première pièce de harnois entre gens de guerre* : « *Exceptez-moy les horificques couilles de Lorraine, lesquelles à bride avallée descendent au fond des chausses, abhorrent le mannoir des braguettes haultaines et sont hors toute méthode.* » On trouve déjà cette plaisanterie sous forme de juron, dans la *Farce de maître Pathelin*.

25. Des flamants. Ces oiseaux, *oranges flammans, qui sont phœnicoptères*, figurent parmi les cadeaux envoyés par le seigneur des Essarts à Grandgousier pour son festin (*Gargantua*, chap. XXXVII).

26. Rabelais joue sur la ressemblance de *Jambus*, jambe, et *ïambus*, ïambe. L'*ïambe* comprend une brève ˘ et une longue — qui peuvent symboliser plaisamment le petit corps monté sur de hautes échasses.

27. Accumulation de détails comiques sur le nez : les *bubeletes* (diminutif de *bube*) sont de petits boutons ; *purpuré* : couleur de pourpre, rouge ; *à pompettes* : avec des petits pompons. On dit encore familièrement : *avoir son pompon* : être ivre ; *tout boutonné* : il s'agit cette fois de gros boutons (cf. *boutonneux*) ; *brodé de gueules* : terme héraldique, désignant le rouge vif. Dans les blasons, les couleurs se divisent en *métaux* (or, argent) et en *émaux* (gueules, azur, sinople, etc.).

28. Personnages sans doute imaginaires et dont le nom est cocasse par lui-même. Il existe en Indre-et-Loire une localité de Panzoult. *Panzoult* évoque *pansou*, pansu.

29. Les héros de Rabelais préfèrent le vin (le *piot*, la *purée septembrale*) à la *tisane*, qui, dans la médecine grecque, était une décoction d'orge.

30. *Ovidius Naso* : Rabelais sépare le nom du surnom *Naso*, pour en faire deux personnages. De même Clément Marot :
Car, puis un peu, j'ai bâti à Clément...
Et à Marot, qui est un peu plus loin.   (*Épître au Roi*).

voyent de ceinture, le redoublans à cinq ou six foys par le corps; et s'il advenoit, qu'il feust en poinct et eust vent en pouppe, à les veoir eussiez dict que c'estoyent gens qui eussent leurs lances en l'arrest[20] pour jouster à la quintaine[21]. Et d'yceulx est perdue la race, ainsi comme disent les femmes, car elles lamentent continuellement qu'

Il n'en est plus de ces gros[22], etc.

vous sçavez la reste de la chanson.

Aultres croissoient en matière de couilles si énormement que les troys emplissoient bien un muy[23]. D'yceulx sont descendues les couilles de Lorraine, lesquelles jamays ne habitent en braguette : elles tombent au fond des chausses[24].

Aultres croyssoient par les jambes, et à les veoir eussiez dict que c'estoyent grues ou flammans[25], ou bien gens marchans sus eschasses, et les petits grimaulx les appellent en grammaire *Jambus*[26].

Es aultres tant croissoit le nez[27] qu'il sembloit la fleute d'un alambic, tout diapré, tout estincelé de bubeletes, pullulant, purpuré, à pompettes, tout esmaillé, tout boutonné et brodé de gueules, et tel avez veu le chanoyne Panzoult et Piédeboys[28], médicin de Angiers; de laquelle race peu furent qui aimassent la ptissane[29], mais tous furent amateurs de purée septembrale. Nason et Ovide[30] en prindrent leur origine, et tous ceulx desquelz est escript : « *Ne reminiscaris*[31]. »

Aultres croissoyent par les aureilles, lesquelles tant grandes avoyent que de l'une faisoyent pourpoint, chausses et sayon, de l'aultre se couvroyent comme d'une cape à l'Espagnole, et dict on que en Bourbonnoys encores dure l'eraige[32], dont sont dictes aureilles de Bourbonnoys[33].

Les aultres croissoyent en long du corps. Et de ceulx là sont venuz les Géans[34].

Et par eulx Pantagruel;

31. Jeu de mots sur le *nez* et le *ne* exprimant la défense en latin (ne fais pas!). *Ne reminiscaris* est le début de l'antienne : *Ne reminiscaris delicta nostra, Ne te souviens pas de nos péchés.* Un dicté des *Noms de tous les nez* énumérait les passages de l'Écriture commençant par la prescription *Ne...* : *Ne advertas* (ne tourne pas...), *Ne revoces* (ne rappelle pas...), etc.

32. *L'héritage*, d'où la *lignée*.

33. *Les oreilles des Bourbonnais* étaient proverbiales; comme on dit aujourd'hui : des oreilles d'âne, d'éléphant.

34. La généalogie des géants, ancêtres imaginaires de Pantagruel, mêle des noms de géants bibliques, gréco-romains, médiévaux, aux inventions cocasses de Rabelais. Elle parodie le début de l'Evangile selon saint Matthieu : *Abraham genuit Isaac, Isaac autem genuit Jacob*, etc.

35. *Chalbroth, Sarabroth, Faribroth*, inventions de Rabelais, qui leur donne la consonance hébraïque *broth* (cf. *Nembroth*).

36. *Hurtaly*, alias Ha-palit ou Og, d'après les commentateurs hébreux de la Bible serait le seul survivant du déluge, en dehors de Noé et de sa famille. Le géant se serait installé sur le toit de l'arche et aurait été nourri par Noé, d'où le commentaire de Rabelais : *qui fut beau mangeur de soupes.*

37. *Nemrod*, roi de Chaldée, *puissant chasseur devant l'Eternel.*

38. *Eryx*, l'inventeur du jeu des gobelets, est un géant sicilien que Virgile montre lançant ses énormes gantelets sur ses adversaires. Il donna son nom à une montagne de la Sicile après avoir été tué par Hercule.

39. *Tityus* : tué par Apollon et Diane, deux vautours lui déchirent le foie aux Enfers.

40. Il s'agit d'*Orion*, chasseur gigantesque que Diane transforma, ainsi que son chien Sirius, en constellation.

41. Le Cyclope que l'*Odyssée* montre dupé par Ulysse, dont les compagnons s'échappent en se suspendant au ventre des béliers du géant.

42. *Cacus*, fils de Vulcain, déroba les vaches d'Hercule, qui le tua. Virgile conte sa légende dans l'*Enéide* (chant VIII, vers 186-279).

43. Peut-être *Otus*, géant crétois cité par Pline l'Ancien, ou bien Eétion, père d'Andromaque. *Bartachim* ou *Bertachin* est un célèbre juriste italien, auteur d'un *Repertorium juris utriusque*, qui eut de nombreuses éditions. Rabelais se moque encore de lui au chapitre x, en le citant parmi les *aultres vieulx mastins qui jamais n'entendirent la moindre loy des Pandectes.*

44. *Encelade*, Titan foudroyé par Jupiter et enseveli sous l'Etna.

45. *Cœus*, autre Titan.

Et le premier fut Chalbroth[35],

Qui engendra Sarabroth,

Qui engendra Faribroth,

Qui engendra Hurtaly[36], qui fut beau mangeur de souppes et régna au temps du déluge,

Qui engendra Nembroth[37],

Qui engendra Athlas, qui avecques ses espaulles garda le ciel de tumber,

Qui engendra Goliath,

Qui engendra Eryx, lequel fut inventeur du jeu des gobeletz[38],

Qui engendra Tite[39],

Qui engendra Eryon[40],

Qui engendra Polyphème[41],

Qui engendra Cace[42],

Qui engendra Etion[43], lequel premier eut la vérolle pour n'avoir beu frayz en esté, comme tesmoigne Bartachim,

Qui engendra Encelade[44],

Qui engendra Cée[45],

Qui engendra Typhoe[46],

Qui engendra Aloe[47],

Qui engendra Othe[48],

Qui engendra AEgeon[49],

Qui engendra Briaré, qui avoit cent mains.

Qui engendra Porphirio[50],

Qui engendra Adamastor,

Qui engendra Antée[51],

Qui engendra Agatho[52],

Qui engendra Pore[53], contre lequel batailla Alexandre le Grand,

Qui engendra Aranthas[54],

Qui engendra Gabbara[55], qui premier inventa de boire d'autant,

Qui engendra Goliath de Secundille[56],

Qui engendra Offot[57], lequel eut terriblement beau nez à boyre au baril,

46. *Typhée,* fils du Tartare et de la Terre, chef des géants révoltés contre Jupiter, fut aussi foudroyé par celui-ci.

47. *Alœus,* un des Titans.

48. *Othus ou Œtus,* géant mythologique.

49. *Ægeon,* autre nom de Briarée, le géant à cent bras.

50. *Porphirio,* un des géants, de même *Adamastor.*

51. *Antée,* géant fils de la Terre et de Neptune. Comme il reprenait des forces dès qu'il touchait la terre, Hercule le souleva en l'air pour l'étouffer.

52. *Agathon :* un des fils de Priam, roi de Troie.

53. *Pore ou Porus,* roi de l'Inde que Plutarque présente comme un géant.

54. *Aranthas,* géant de huit coudées vaincu par Nicéphore.

55. Géant cité par Pline l'Ancien, mais qui ne lui prête nullement l'invention de *boire d'autant* (boire en faisant raison).

56. *Secundille,* géante ayant vécu sous le règne d'Auguste, d'après Pline l'Ancien.

57. *Offot,* berger gigantesque cité par Ravisius Textor, humaniste contemporain de Rabelais, qui tire de son *Officina* (1532) la plupart des noms étranges de ces géants.

58. *Artachées* et *Oromédon,* deux géants antiques.

59. *Gemmagog,* géant cité par Ravisius Textor. Les *souliers à la poulaine,* à la pointe extrêmement longue et effilée, étaient démodés à l'époque de Rabelais.

60. Le brigand Sisyphe roule éternellement un rocher jusqu'au sommet d'une montagne, d'où il retombe toujours. Camus a choisi de nos jours le mythe de Sisyphe pour symboliser la condition humaine.

61. Les Titans.

62. *Enac,* géant biblique, dont les descendants, les Enacim, vivaient encore au temps de Moïse. Il ne s'occupait nullement, comme on le pense, à tirer les cirons des mains.

63. Avec *Fierabras,* géant sarrasin, commence l'énumération des géants empruntés aux romans de chevalerie. Fierabras figure déjà dans le *Prologue* à côté de *Guillaume sans peur.*

64. Autre géant d'un roman de chevalerie. Epistémon (chap. xxx) le montre gagnant sa *pauvre vie* aux Enfers comme *brasseur de bière.*

65. *Fracasse* dans les *Macaronées* (1530) de Folengo, alias Merlin Coccaie (1491-1544), casse la tête de ses ennemis avec un battant de cloche. Les *Macaronées,* où l'auteur use d'un italien mélangé de latin (d'où l'épithète *macaronique,* signifiant galimatias), est une parodie burlesque des romans de chevalerie idéalistes et une violente satire des moines.

66. Géant sarrasin, personnage du roman de *Fierabras.*

Qui engendra Artachées[58],

Qui engendra Oromédon,

Qui engendra Gemmagog[59], qui fut inventeur des souliers à poulaine,

Qui engendra Sisyphe[60],

Qui engendra les Titanes[61], dont nasquit Hercules,

Qui engendra Enay[62], qui fut très expert en matière de oster les cerons des mains,

Qui engendra Fierabras[63], lequel fut vaincu par Olivier, pair de France, compaignon de Roland,

Qui engendra Morguan[64], lequel premier de ce monde joua aux dez avecques ses bezicles,

Qui engendra Fracassus[65], duquel a escript Merlin Coccaie,

Dont nasquit Ferragus[66],

Qui engendra Happe mousche[67], qui premier inventa de fumer les langues de beuf à la cheminée, car auparavant le monde les saloit comme on faict les jambons,

Qui engendra Bolivorax[68],

Qui engendra Longys[69],

Qui engendra Gayoffe[70], lequel avoit les couillons de peuple et le vit de cormier,

Qui engendra Maschefain[71],

Qui engendra Bruslefer,

Qui engendra Engolevent[72],

Qui engendra Galehault[73], lequel fut inventeur des flacons,

Qui engendra Mirelangault[74],

Qui engendra Galaffre[75],

Qui engendra Falourdin[76],

Qui engendra Roboastre[77],

Qui engendra Sortibrant de Conimbres[78],

Qui engendra Brushant de Mommière[79],

Qui engendra Bruyer[80], lequel fut vaincu par Ogier le Dannoys, pair de France,

Qui engendra Mabrun[81],

Qui engendra Foutasnon[82],

67. *Happemouche* (Gobemouche),

68. *Bolivorax* (Mange-terre).

69 ...*Longys* (le lambin), sont sans doute des inventions de Rabelais.

70. *Gayoffe* (le vaurien) serait peut-être un souvenir des *Macaronées*. *Peuple : peuplier* (en latin, *populus*).

71. *Mâchefain* (le mangeur de foin) et *Brûlefer* appartiennent à la tradition populaire des géants et des diables tourmenteurs.

72. *Engolevent* (Mange-vent) sera donné comme sobriquet à un capitaine de Picrochole, qui commande *trois cents chevaulx-légers* (*Gargantua*, chap. XXVI). L'engoulevent est un oiseau, qui vole le bec largement ouvert, d'où son nom.

73. Roi de Grande-Bretagne, ami de Lancelot du Lac.

74. Nom de fantaisie.

75. Roi sarrasin dans *Huon de Bordeaux*.

76. *Falourdin*, nom forgé sur *falourd*, le fagot.

77. Géant sarrasin.

78. *Sortibrant*, roi sarrasin de Coïmbre.

79. *Brulant de Montmiré*, chef sarrasin (dans *Fierabras*).

80. *Bruyer*, géant sarrasin. *Ogier le Danois*, paladin de Charlemagne, est lui-même un géant. Lors de son voyage (1580), Montaigne visite dans l'abbaye de Saint-Faron, à Meaux, une « très vieille tombe », d'une grandeur extraordinaire, qui passe pour la sépulture d'Ogier le Danois.

81. *Maubrun d'Aigremalée*, personnage sarrasin de *Fierabras*.

82. *Foutasnon, Vitdegrain :* noms de fantaisie.

83. *Hacquelebac :* nom (attesté par Commynes) d'un garde du château d'Amboise, qui aurait ensuite désigné une galerie du château.

84. *Grandgousier* figure dans les contes populaires, les *grandes et inestimables Chroniques;* il signifie manifestement *goinfre. Gargantua* a sensiblement le même sens; *Gargan* désigne *la gorge* dans les langues méridionales, la note satirique étant renforcée par une accumulation de suffixes péjoratifs.

85. *Bouché*, littéralement *calfaté*, de l'arabe *qalfât*. Un *gallefretier* est un calfat.

86. Les *Massorètes*, commentateurs juifs de la Bible. Ils seront cités à nouveau dans les *Fanfreluches antidotées...* du *Gargantua* (chap. II) : « *assubjectir ès dictz des Massoretz* ».

87. *Affirment.*

88. *Le gros taureau de Berne :* à Marignan (1515), un Bernois, sonneur de corne (de taureau), cloua deux pièces d'artillerie ennemie et fut tué après cet exploit que Martin du Bellay rapporte dans ses *Mémoires.* Le canon *pevier* ou *perrier* lançait des boulets de pierre.

Qui engendra Hacquelebac[83],
Qui engendra Vitdegrain,
Qui engendra Grand Gosier[84],
Qui engendra Gargantua,
Qui engendra le noble Pantagruel, mon maistre.

J'entends bien que, lysans ce passaige, vous faictez en vous mesmes un doubte bien raisonnable et demandez comment est il possible que ainsi soit, veu que au temps du déluge tout le monde périt, fors Noë et sept personnes avecques luy dedans l'Arche, au nombre desquelz n'est mis ledict Hurtaly?

La demande est bien faicte, sans doubte, et bien apparente; mais la responce vous contentera, ou j'ay le sens mal gallefreté[85]. Et, parce que n'estoys de ce temps là pour vous en dire à mon plaisir, je vous allégueray l'autorité des Massoretz[86], bons couillaux et beaux cornemuseurs Hébraïcques, lesquelz afferment[87] que véritablement ledict Hurtaly n'estoit dedans l'Arche de Noë; aussi n'y eust il peu entrer, car il estoit trop grand; mais il estoit dessus à cheval, jambe de sà, jambe de là, comme sont les petitz enfans sus les chevaulx de boys et comme le gros Toreau de Berne[88], qui feut tué à Marignan, chevauchoyt pour sa monture un gros canon pevier; c'est une beste de beau et joyeux amble, sans poinct de faulte. En icelle façon, saulva, après Dieu, ladicte Arche de périller[89], car il luy bailloit le bransle avecques les jambes, et du pied la tournoit où il vouloit, comme on faict du gouvernail d'une navire. Ceulx qui dedans estoient luy envoyoient vivres par une cheminée à suffisance, comme gens recongnoissans le bien qu'il leurs faisoit, et quelquefoys parlementoyent ensemble, comme faisoit Icaromenippe à Jupiter, selon le raport de Lucian[90].

Avés vous bien le tout entendu? Beuvez donc un bon coup sans eaue. Car, si ne le croiez, non foys-je, fistelle[91].

89. Le géant Hurtaly sauve l'Arche du péril de faire naufrage.

90. Lucien (125-195), fait la satire des dieux et des philosophes antiques. Dans son *Icaroménippe* il imagine le philosophe examinant les trappes qui donnent passage aux prières des hommes vers les oreilles de Jupiter. Henri Estienne (*Apologie pour Hérodote*, chap. XIV) qualifie Rabelais de *Lucien brocardant toute sorte de religion.*

91. *Si vous ne le croyez pas, moi non plus.* Sans doute dicton ou refrain de chanson.

1. *Badebec :* Littéralement, *Bouche-bée,* mot encore usité dans les dialectes provinciaux du Sud-Ouest.

2. *Amaurote,* ville imaginaire dans *Utopie* (1516), roman satirique et fantaisiste de Thomas Morus (1478-1535), grand chancelier d'Angleterre sous Henri VIII, qui fut décapité pour sa fidélité au catholicisme, et canonisé en 1935. On prête à Morus cette maxime, digne de Rabelais : *Ne rien faire contre sa conscience et rire jusqu'à l'échafaud inclusivement. Amaurote* est une adaptation du grec άμαυρός, *difficile à voir;* de même *Utopie* est tiré du grec ούτοπία, *nul lieu.* La ville *invisible* est bien à sa place dans le pays de *nulle part.* Les Amaurotes et Utopie reparaîtront à plusieurs reprises dans le *Pantagruel* et le *Gargantua.*

3. Allusion à la grande sécheresse de 1532, qui dura six mois complets : Rabelais serait revenu faire un séjour en Chinonais cette année-là.

4. Le prophète Elie demanda à Dieu d'infliger aux hommes une sécheresse de trois ans (*Ancien Testament,* livre des *Rois,* chap. XVII et XVIII).

5. D'après saint Augustin et ses commentateurs médiévaux, on pensait que l'humidité de l'air était nécessaire pour supporter le vol des oiseaux.

6. Comme dans la peste des animaux de Virgile (*Géorgiques,* chant III, vers 515-547), Rabelais énumère toutes les victimes de la sécheresse : loups, renards, cerfs, sangliers, daims, lièvres, connils (lapins), fouines, blaireaux... De *connil* ou *conil* (lapin) est venu le verbe *coniller,* se cacher comme un lapin, que Montaigne emploie.

CHAPITRE II

De la nativité
du très redoubté Pantagruel.

GARGANTUA, en son eage de quatre cens quatre vingtz quarante et quatre ans, engendra son filz Pantagruel de sa femme, nommée Badebec[1], fille du roy des Amaurotes en Utopie[2], laquelle mourut du mal d'enfant : car il estoit si merveilleusement grand et si lourd qu'il ne peut venir à lumière sans ainsi suffocquer·sa mère.

Mais, pour entendre pleinement la cause et raison de son nom, qui luy feut baillé en baptesme, vous noterez qu'en icelle année fut seicheresse tant grande[3] en tout le pays de Africque que passèrent XXXVI moys troys sepmaines, quatre jours, treze heures et quelque peu dadvantaige, sans pluye, avec chaleur de soleil si véhémente que toute la terre en estoit aride et ne fut, au temps de Hélye[4] plus eschauffée que fut pour lors, car il n'estoit arbre sus terre qui eust ny fueille, ny fleur. Les herbes estoient sans verdure, les rivières taries, les fontaines à sec; les pauvres poissons, délaissez de leurs propres élémens, vagans et crians par la terre horriblement; les oyseaux tumbans de l'air par faulte de rosée[5]; les loups, les regnars, cerfz, sangliers, dains, lièvres, connilz, belettes, foynes, bléreaux et aultres bestes[6], l'on trouvoit par les champs mortes, la gueule baye. Au regard des hommes, c'estoit la grande pitié. Vous les eussiez veuz tirans la langue, comme lévriers qui ont couru six heures; plusieurs se gettoyent dedans les puys; aultres se mettoyent au ventre d'une vache pour estre à l'hombe, et les appelle Homère

7. Les *Alibantes* ou *Desséchés*. Souvenir, non d'Homère, mais des *Propos de table* (VIII, 10) de Plutarque, qui commente Homère.

8. La contrée était paralysée comme un bateau à l'ancre.

9. *Il y avait beaucoup à faire pour sauver l'eau…*

10. *L'eau bénite*. Plusieurs villes (entre autres Sézanne) ont des places appelées *Champbenoît, champ béni,* qui étaient jadis des cimetières.

11. *Prendre une venue :* prendre une seule fois.

12. Le mauvais riche supplie Lazare de se mouiller les doigts pour lui humecter la langue (en saint Luc, XVI, 19-25).

13. Empédocle, dont l'autorité est invoquée par Plutarque (*Placita Philosophorum,* III, 6). Aristote, lui, rejette cette hypothèse fantaisiste.

14. *Lucificque :* qui produit la lumière. La légende de Phaéton a été contée notamment par Ovide dans ses *Métamorphoses* (chant II, 1-366).

15. La *ligne écliptique* est le tracé de la courbe du soleil. Les *tropiques* limitent cette carrière, d'un côté par le signe du Zodiaque, l'*Ecrevisse* ou le *Cancer,* de l'autre par le *Capricorne.*

16. *Via lactea* n'avait pas encore été francisée en *voie lactée* à l'époque de Rabelais.

17. Les *lifrelofres :* les *ignorants,* par opposition aux savants. Le *chemin Saint-Jacques* est ainsi appelé parce que la *voie lactée* aurait guidé les pèlerins vers Saint-Jacques-de-Compostelle, pèlerinage fameux dans toute la Chrétienté.

18. Hygin, bibliothécaire de la Palatine sous Auguste, rapporte cette légende dans ses *Fabulæ.*

19. Sur cette thérapeutique, voir *Prologue,* p. 22, note 20.

20. *Litanies.*

Alibantes[7]. Toute la contrée estoit à l'ancre[8]. C'estoit pitoyable cas de veoir le travail des humains pour se garentir de ceste horrificque altération, car il avoit prou affaire[9] de sauver l'eaue benoiste[10] par les églises à ce que ne feust desconfite; mais l'on y donna tel ordre, par le conseil de messieurs les cardinaulx et du Sainct Père, que nul n'en osoit prendre que une venue[11]. Encores, quand quelc'un entroit en l'église, vous en eussiez veu à vingtaines, de pauvres altérez qui venoyent au derrière de celluy qui la distribuoit à quelc'un, la gueulle ouverte pour en avoir quelque goutellete, comme le maulvais riche[12], affin que rien ne se perdist. O que bienheureux fut en icelle année celluy qui eust cave fresche et bien garnie!

Le Philosophe[13] raconte, en mouvent la question pour quoy c'est que l'eaue de la mer est salée, que, au au temps que Phébus bailla le gouvernement de son chariot lucificque[14] à son filz Phaéton, ledict Phaéton, mal apris en l'art et ne sçavant ensuyvre la line écliptique entre les deux tropiques[15] de la sphère du soleil, varia de son chemin et tant approcha de terre qu'il mist à sec toutes les contrées subjacentes, bruslant une grande partie du ciel que les Philosophes appellent *Via lactea*[16] et les lifrelofres[17] nomment *le chemin Sainct Jacques,* combien que les plus huppez poètes[18] disent estre la part où tomba le laict de Juno lors qu'elle allaicta Hercules : adonc la terre fut tant eschauffée que il luy vint une sueur énorme, dont elle sua toute la mer, qui par ce est salée, car toute sueur est salée; ce que vous direz estre vray si vous voulez taster de la vostre propre, ou bien[19] de celles des vérollez quand on les faict suer; ce me est tout un.

Quasi pareil cas arriva en ceste dicte année, car, un jour de vendredy que tout le monde s'estoit mis en dévotion et faisoit une belle procession avecques forces letanies[20] et beaux preschans, supplians à Dieu omnipotent les vouloir regarder de son œil de clémence

21. *Suppléait.*

22. Sénèque, au livre IV des *Questions naturelles*, explique l'origine du Nil, mais d'une façon différente. Au livre III, il rapporte des hypothèses de Théophraste, qui se rapprochent du récit de Rabelais.

23. *Pantagruel :* dans les *Mystères* médiévaux, Pantagruel était un diablotin qui versait du sel dans la bouche des buveurs endormis. L'étymologie donnée par Rabelais est volontairement burlesque.

24. *Agarène :* langue (arabe) parlée par les descendants d'Agar, distincts des Sarrasins, descendants de Sara.

25. Des *muletiers* (mot gascon).

26. *Ces petites anguilles* étaient très abondantes dans les marais du Poitou. On les consommait salées pendant le Carême.

27. Le *cibot*, qui fait suite aux *poireaux, aulx* et *oignons*, est en Poitou un oignon que l'on replante au printemps suivant. Cf. la chanson *les Cris de Paris* de Clément Janequin :

Pois verts, pois verts
Mes belles lestues, mes beaux cibotz.

Il s'agit bien d'un oignon de printemps.

28. Calembour sur le mot allemand *Landsmann*, compatriote, déformé en *lancement. Boire en lancement,* c'est boire *à l'allemande,* c'est-à-dire copieusement. Les Suisses et les Allemands avaient au XVIᵉ siècle une solide réputation d'ivrognerie (cf. du Bellay : *Regrets,* sonnet CXXXV. Montaigne).

29. Aliments qui font boire. Rapprochement facétieux avec *aiguillons divins,* exercices excitant à la piété.

en tel desconfort, visiblement furent veues de terre sortir grosses goutes d'eaue, comme quand quelque personne sue copieusement. Et le pauvre peuple commença à s'esjouyr comme si ce eust esté chose à eulx proffitable, car les aulcuns disoient que de humeur il n'y en avoit goute en l'air dont on espérast avoir pluye et que la terre supplioit[21] au deffault. Les aultres gens sçavans disoyent que c'estoit pluye des Antipodes : comme Sénecque narre au quart livre *Questionum naturalium,* parlant de l'origine et source du fleuve du Nil[22]; mais ilz y furent trompés, car, la procession finie, alors que chascun vouloit recueillir de ceste rosée, et en boire à plein godet, trouvèrent que ce n'estoit que saulmure, pire et plus salée que n'estoit l'eaue de la mer.

Et parce que en ce propre jour nasquit Pantagruel[23], son père luy imposa tel nom : car *Panta,* en grec, vault autant à dire comme *tout,* et *Gruel* en langue Hagarène[24], vault autant comme *altéré,* voulent inférer que à l'heure de sa nativité, le monde estoit tout altéré. Et voyant, en esperit de prophétie, qu'il seroit quelque jour dominateur des altérez. Ce que luy fut monstré à celle heure mesmes par aultre signe plus évident. Car, alors que sa mère Badebec l'enfantoit, et que les saiges femmes attendoyent pour le recevoir, yssirent premier de son ventre soixante et huit trégeniers[25], chascun tirant par le licol un mulet tout chargé de sel, après lesquelz sortirent neuf dromadaires chargés de jambons et langues de beuf fumées, sept chameaux chargés d'anguillettes[26], puis xxv charretées de porreaux, d'aulx, d'oignons, et de cibotz[27] : ce qui espoventa bien lesdictes saiges femmes, mais les aulcunes d'entre elles disoient : « Voicy bonne provision; aussi bien ne bevyons-nous que lâchement, non en lancement[28]; cecy n'est que bon signe, ce sont aiguillons de vin[29]. »

Et, comme elles caquetoient de ces menus propos entre elles, voicy sortit Pantagruel, tout velu comme un ours, dont dist une d'elles en esperit prophéticque :

30. *A tout* : avec.

31. Dicton de bonne femme, fréquent au xvie siècle. On
le retrouve chez le conteur Noël du Fail.

1. Logiques.

2. Selon les modes et figures du syllogisme.

3. *Résoudre*. Gargantua ne peut tirer des conclusions de
prémisses contradictoires.

4. *Engluée dans la poix* (pège) ou plutôt *empiégée*.

5. Parodie des déplorations. On sait d'autres exemples, au
xvie siècle, d'oraisons funèbres burlesques, par exemple les
épitaphes d'animaux chéris (chez du Bellay, l'*Epitaphe* du
chat Belaud, ou celle du chien Peloton).

> ... *C'est Belaud, mon petit chat gris,*
> *Belaud, qui fut par aventure*
> *Le plus bel œuvre que Nature*
> *Fit onc en matière de chats.*

6. Surface correspondant à un setier (1561) de blé de
semence.

« Il est né à tout[30] le poil, il fera choses merveilleuses; et, s'il vit, il aura de l'eage[31]. »

CHAPITRE III

Du dueil que mena Gargantua de la mort
de sa femme Badebec.

QUAND Pantagruel fut né, qui fut bien esbahy et perplex? ce fut Gargantua son père. Car, voyant d'un cousté sa femme Badebec morte, et de l'aultre son filz Pantagruel né, tant beau et tant grand, il ne sçavoit que dire ny que faire. Et le doubte que troubloit son entendement estoit, assavoir s'il devoit plorer pour le dueil de sa femme, ou rire pour la joye de son filz. D'un costé et d'aultre, il avoit argumens sophisticques[1] qui le suffocquoyent, car il les faisoit très bien *in modo et figura*[2], mais il ne les povoit souldre[3]. Et, par ce moyen, demouroit empestré comme la souris empeigée[4], ou un milan prins au lasset.

« Pleureray je? disoit il. Ouy, car pourquoy? Ma tant bonne femme est morte, qui estoit la plus cecy, la plus cela qui feust au monde. Jamais je ne la verray, jamais je n'en recouvreray une telle : ce m'est une perte inestimable! O mon Dieu, que te avoys je faict pour ainsi me punir[5]? Que ne envoyas tu la mort à moy premier qu'à elle? car vivre sans elle ne m'est que languir. Ha, Badebec, ma mignonne, m'amye, mon petit con (toutesfois elle en avoit bien troys arpens et deux sexterées[6]), ma tendrette, ma braguette, ma savate, ma pantofle, jamais je ne te verray! Ha, pauvre Pantagruel, tu as perdu ta bonne mère, ta doulce nourrisse, ta dame

7. *Malveillante*. La perplexité de Gargantua partagé entre la douleur et la joie est peut-être un souvenir de la comédie latine *Alda*.

8. *Enlever* (lat. *tollere*).

9. *Tailler la soupe* : couper le pain pour la soupe.

10. Vêtement ample et long des hommes. Le *pourpoint* était intermédiaire entre la veste et le gilet actuels.

11. Les *litanies* et les prières rappelant le souvenir des défunts.

12. Juron préféré de François Ier.

13. Abréviation de *Da veniam jurandi*, accorde la permission de jurer.

14. Calembour sur *sage-femme* et *femme sage*. Comme il n'y a pas de femme sage, elles sont introuvables.

très aymée. Ha, faulce mort, tant tu me es malivole[7], tant tu me es oultrageuse, de me tollir[8] celle à laquelle immortalité appartenoit de droict. »

Et, ce disant, pleuroit comme une vache. Mais tout soubdain rioit comme un veau, quand Pantagruel luy venoit en mémoire. « Ho, mon petit filz, disoit il, mon coillon, mon peton, que tu es joly! et tant je suis tenu à Dieu de ce qu'il m'a donné un si beau filz, tant joyeux, tant riant, tant joly. Ho, ho, ho, ho, que je suis ayse! beuvons, ho! laissons toute mélancholie! Apporte du meilleur, rince les verres, boute la nappe, chasse ces chiens, souffle ce feu, allume la chandelle, ferme ceste porte, taille[9] ces souppes, envoye ces pauvres, baille leur ce qu'ilz demandent. Tiens ma robbe[10], que je me mette en pourpoint pour mieux festoyer les commères. »

Ce disant, ouyt la letanie et les *Mementos*[11] des prebstres qui portoyent sa femme en terre, dont laissa son bon propos, et tout soubdain fut ravy ailleurs, disant : « Seigneur Dieu, fault il que je me contriste encores? Cela me fasche, je ne suis plus jeune, je deviens vieulx, le temps est dangereux, je pourray prendre quelque fiebvre, me voy là affolé. Foy de gentilhomme[12], il vault mieulx pleurer moins, et boire dadvantaige! Ma femme est morte : et bien, par Dieu (*da jurandi*[13]), je ne la resusciteray pas par mes pleurs : elle est bien, elle est en paradis pour le moins, si mieulx ne est : elle prie Dieu pour nous, elle est bien heureuse, elle ne se soucie plus de nos misères et calamitéz. Autant nous en pend à l'œil! Dieu gard le demourant! Il me fault penser d'en trouver une aultre.

« Mais voicy que vous ferez, dist il ès saiges femmes (où sont elles? bonnes gens, je ne vous peulx veoyr[14]) : allez à l'enterrement d'elle, et ce pendent je berceray icy mon filz, car je me sens bien fort altéré, et serois en danger de tomber malade; mais beuvez quelque bon traict devant : car vous vous en trouverez bien, et m'en croyez, sur mon honneur. » A quoy obtempérantz, allè-

15. *Jolie, gracieuse.* Etymologiquement *naïf, niais* (latin *nescius*).

16. Le manche du *rebec,* ancêtre du violoncelle, était orné au XVIe siècle non de gracieuses figures, mais de personnages grotesques.

17. Les Espagnoles étaient réputées maigres, les Suissesses pour leur embonpoint (cf. du Bellay, à propos des Suisses : « Ils sont gras et refaits, et mangent plus que trois » *Regrets).*

18. Dicton familier (cf. *S'il vit, il aura de l'âge).* On le trouve déjà dans le *Monologue du Franc archer de Bagnolet :* « Et mourut l'an qu'il trespassa. »

1. Dans les éditions du XVIe siècle, le VIIe livre de Pline l'Ancien est intitulé *De prodigiosis partubus, des enfantements prodigieux.*

2. Hercule au berceau étrangle les serpents envoyés par la jalouse Héra (cf. Théocrite, *XXIVe idylle,* et Leconte de Lisle, *l'Enfance d'Héraklès).* Rabelais tourne en dérision l'exploit d'Hercule.

3. Villedieu-les-Poêles (près d'Avranches) demeure célèbre aujourd'hui encore pour ses poêlons et chaudrons en cuivre.

rent à l'enterrement et funérailles, et le pauvre Gargantua demoura à l'hostel. Et ce pendent fesit l'épitaphe pour estre engravé en la manière que s'ensuyt :

Elle en mourut, la noble Badebec,
Du mal d'enfant, que tant me sembloit nice[15] :
Car elle avoit visaige de rebec[16],
Corps d'Espaignole, et ventre de Souyce[17].
Priez à Dieu qu'à elle soit propice,
Luy perdonnant, s'en riens oultrepassa.
Cy gist son corps, lequel vesquit sans vice,
Et mourut l'an et jour que trespassa[18].

CHAPITRE IV

De l'enfance de Pantagruel.

JE trouve, par les anciens historiographes et poëtes, que plusieurs sont nez en ce monde en façons bien estranges, que seroyent trop longues à racompter : lisez le VII livre de Pline[1], si avés loysir. Mais vous n'en ouystes jamais d'une si merveilleuse comme fut celle de Pantagruel : car c'estoit chose difficile à croyre comme il creut en corps et en force en peu de temps. Et n'estoit rien de Hercules[2], qui, estant au berseau, tua les deux serpens : car lesdictz serpens estoyent bien petitz et fragiles. Mais Pantagruel estant encores au berseau fit cas bien espoventables.

Je laisse icy à dire comment, à chascun de ses repas, il humoit le laict de quatre mille six cens vaches, et comment, pour luy faire un paeslon[3] à cuire sa bouillie,

4. *Bramont* n'a pas été identifié.

5. Le *Timbre* désignait une timbale d'enfant, mais aussi les abreuvoirs en pierre des bestiaux. Le *timbre* de Bourges, ou *écuelle du géant,* se trouvait devant le palais de Jean de Berry. Une fois l'an, il était rempli de vin que l'on distribuait aux pauvres.

6. Il y avait un entrepôt de la gabelle à Tain.

7. *La Grande Françoise,* célèbre navire aux dimensions énormes pour le temps. Ce navire à cinq mâts avait un jeu de paume, une forge, un moulin à vent et une chapelle dédiée à saint François. La nef, terminée en 1527, s'échoua au lancement et dut être mis en pièces par les récupérateurs (1535). Le port du Havre ou *Havre de Grâce* avait été fondé par François Ier en 1517. Ronsard exalte ce nouvel « Hôpital de bateaux » (*Ode à Antoine de Chasteigner*).

8. Samson, dans la Bible (*Juges,* XVI, 8-9) : « Les gouverneurs des Philistins lui envoyèrent sept cordes fraîches... et elle (Dalila) l'en lia et lui dit : « Les Philistins sont sur toi, « Samson! » Alors, il rompit les cordes, comme se romprait un filet d'étoupes. »

9. *Monsieur de l'Ours :* anoblissement burlesque imité par La Fontaine : « *Hé! bonjour, monsieur du Corbeau* ».

10. Terme de vénerie. La *gorge chaude* est la chair encore chaude, prise sur la proie, et distribuée aux *oiseaux de volerie.*

furent occupez tous les pesliers de Saumur en Anjou,
de Villedieu en Normandie, de Bramont en Lorraine[4],
et luy bailloit on ladicte bouillie en un grand timbre[5]
qui est encores de présent à Bourges, près du palays;
mais les dentz luy estoient desja tant crues' et fortifiées
qu'il en rompit dudict tymbre un grand morceau, comme
très bien apparoist.

Certain jour, vers le matin, que on le vouloit faire
tetter une de ses vaches (car de nourrisses il n'en eut
jamais aultrement, comme dict l'hystoire), il se deffit
des liens qui le tenoyent au berceau un des bras, et
vous prent ladicte vache par dessoubz le jarret, et luy
mangea les deux tétins et la moytié du ventre, avecques
le foye et les roignons, et l'eust toute dévorée, n'eust
esté qu'elle cryoit horriblement, comme si les loups la
tenoient aux jambes, auquel cry le monde arriva, et ostè-
rent ladicte vache à Pantagruel; mais ilz ne sceurent si
bien faire que le jarret ne luy en demourast comme il
le tenoit, et le mangeoit très bien, comme vous feriez
d'une saulcisse; et quand on luy voulut oster l'os, il
l'avalla bien tost comme un cormaran feroit un petit
poisson; et après commença à dire : « Bon, bon, bon »,
car il ne sçavoit encores bien parler, voulant donner
à entendre que il l'avoit trouvé fort bon, et qu'il n'en
failloit plus que autant. Ce que voyans, ceux qui le ser-
voyent le lièrent à gros cables, comme sont ceulx que
l'on faict à Tain[6] pour le voyage du sel à Lyon; ou
comme sont ceulx de la grand nauf *Francoyse* qui est au
port de Grâce en Normandie[7].

Mais quelque foys que un grand ours, que nourrissoit
son père eschappa, et luy venoit lescher le visaige (car
les nourrisses ne luy avoient bien à poinct torché les ba-
bines), il se deffist desdictz cables aussi facilement comme
Samson[8] d'entre les Philistins, et vous print Monsieur
de l'Ours[9], et le mit en pièces comme un poulet, et
vous en fit une bonne gorge chaulde[10] pour ce repas.
Par quoy, craignant Gargantua qu'il se gastast, fist faire

11. *Aux bons affûts.*

12. La tour *Saint-Nicolas* et la tour de la *Chaîne* gardent toujours le vieux port de La Rochelle. La chaîne était tendue la nuit entre les tours et interdisait l'accès. On peut encore la voir dans la cour du musée d'Orbigny-Bernan.

13. A Lyon, la Saône était barrée par des chaînes entre l'abbaye d'Ainay et la Porte Saint-Georges.

14. A Angers, la Maine était barrée à l'entrée et à la sortie de la ville.

15. Le *sergent,* officier de justice, tête de Turc comme l'huissier moderne.

16. Nicolas de Lyra, franciscain du XIVᵉ siècle et célèbre commentateur de la Bible.

17. Les *Psaumes* (CXXXV, 20) relatent la défaite d'Og, roi de Basan. Le *Deutéronome* (III, 11) décrit son lit gigantesque de *neuf coudées.* Lyra se moque des commentateurs hébreux qui avaient transformé ces *neuf coudées* en trente. Rabelais a ajouté au récit biblique les chaînes liant Og au berceau.

18. *En reculée,* à l'écart (latin scolaire). Cf. Villon : « Com pauvre chien tapi en reculet. » (*Débat du cœur et du corps.*)

19. *Une grosse poutre. L'empan* (ou *pan*) : 22 à 24 cm. *Sept empans en carré* (cf. *douze toizes en quarré,* chap. v) doit-il être entendu : *sept empans de côté* (1,68 m) ou de pourtour (0,42 m de côté)?

20. *Se laissa glisser* (cf. dévaler, en aval, etc.).

21. Grand navire génois (italien *caracca*).

quatre grosses chaisnes de fer pour le lyer, et fist faire
des arboutans à son berseau, bien afustez[11]. Et de ces
chaînes en avez une à la Rochelle que l'on lève au soir
entre les deux grosses tours du havre[12], l'aultre est à
Lyon[13], l'aultre à Angiers[14], et la quarte fut emportée
des diables pour lier Lucifer, qui se deschaisnoit en ce
temps là, à cause d'une colicque qui le tormentoit extra-
ordinairement, pour avoir mangé l'âme d'un sergeant[15]
en fricassée à son desjeuner. Dont povez bien croire ce
que dict Nicolas de Lyra[16], sur le passaige du *Psaultier*
où il est escript : « *Et Og regem Basan* », que ledict Og,
estant encores petit, estoit tant fort et robuste qu'il le
falloit lyer de chaisnes de fer en son berceau[17]. Et ainsi
demoura coy et pacificque, car il ne pouvoit rompre
tant facillement lesdictes chaisnes, mesmement qu'il
n'avoit pas espace au berceau de donner la secousse des
bras.

Mais voicy que arriva un jour d'une grande feste, que
son père Gargantua faisoit un beau banquet à tous les
princes de sa court. Je croy bien que tous les officiers
de sa court estoyent tant occupés au service du festin
que l'on ne se soucioyt du pauvre Pantagruel, et demeu-
roit ainsi à *reculorum*[18]. Que fist il ? Qu'il fist, mes bonnes
gens, escoutez : Il essaya de rompre les chaisnes du berceau avecques les bras ; mais il ne peut, car elles estoyent
trop fortes : adonc il trépigna tant des piedz qu'il rompit
le bout de son berceau, qui toutesfoys estoit d'une grosse
poste[19] de sept empans en quarré, et, ainsi qu'il eut mys
les piedz dehors, il se avalla[20] le mieulx qu'il peut, en
sorte que il touchoit les piedz en terre. Et alors avecques
grande puissance se leva, emportant son berceau sur
l'eschine ainsi lyé, comme une tortue qui monte contre
une muraille ; et à le veoir sembloit que ce feust une
grande carracque[21] de cinq cens tonneaulx qui feust
debout.

En ce poinct, entra en la salle où l'on bancquetoit,
et hardiment, qu'il espoventa bien l'assistance ; mais,

22. *Avec.*

23. Certains médecins croyaient que la chaleur favorise la formation des pierres. Montaigne (*Essais*, livre II, chap. XXXVII) cite un médecin déconseillant les bains chauds pour cette raison : « Cette application de chaleur externe aide les reins à cuire, durcir et pétrifier la matière. » Comme Rabelais, il condamne l'emmaillotement et l'usage de lier le bébé au berceau (*ibid.*, livre II, chap. XII).

1. *La grande arbalète de Chantelle :* sans doute arbalète de rempart. *Chantelle* (route de Moulins à Clermont-Ferrand) conserve les vestiges du château, démantelé par François Ier après la trahison du connétable de Bourbon, et devenu abbaye de Bénédictines. — *La grosse tour de Bourges,* construite par Philippe Auguste, fut détruite sous Louis XIV.

2. Rabelais, pendant son séjour à Ligugé, fréquenta l'Université de Poitiers, qui sous Louis XII comptait plus de 4 000 étudiants de toutes les nations d'Europe.

3. *Passelourdin :* grotte creusée dans la falaise de Mauroc, sur la rive droite du Clain, près Saint-Benoît.

4. Le dolmen de la *Pierre Levée,* quoique endommagé au XVIIIe siècle, existe toujours. *Douze toises en carré :* la toise équivalant à 1,90 m, faut-il entendre que la table du dolmen a 22,80 m de côté ou bien de pourtour ? Le périmètre actuel (6,80 m de long, 4,60 m de large) est précisément de 22,80 m. Rabelais ici a peut-être préféré la réalité au gigantisme. Pour le *pan* ou *empan,* voir chap. IV, note 19. L'épaisseur de la *Pierre Levée* aurait été de 3,30 m environ.

par autant qu'il avoit les bras lyez dedans, il ne povoit rien prendre à manger, mais en grande peine se enclinoit pour prendre à tout[22] la langue quelque lippée. Quoy voyant, son père entendit bien que l'on l'avoit laissé sans luy bailler à repaistre, et commanda qu'il fust deslyé desdictes chaisnes, par le conseil des princes et seigneurs assistans, ensemble aussi que les médicins de Gargantua disoyent que, si l'on le tenoit ainsi au berceau, qu'il seroit toute sa vie subject à la gravelle[23]. Lors qu'il feust deschaisné, l'on le fist asseoir, et repeut fort bien, et mist son dict berceau en plus de cinq cens mille pièces d'un coup de poing qu'il frappa au milieu par despit, avec protestation de jamais n'y retourner.

CHAPITRE V

Des faictz du noble Pantagruel
en son jeune eage.

Ainsi croissoit Pantagruel de jour en jour, et prouffitoit à veue d'œil, dont son père s'esjouyssoit par affection naturelle. Et luy feist faire, comme il estoit petit, une arbaleste pour s'esbattre après les oysillons, qu'on appelle de présent la grand arbaleste de Chantelle[1]. Puis l'envoya à l'escole pour apprendre et passer son jeune eage. De faict vint à Poictiers[2] pour estudier, et proffita beaucoup : auquel lieu, voyant que les escoliers estoyent aulcunesfoys de loysir, et ne sçavoient à quoy passer temps, il en eut compassion; et un jour, print d'un grand rochier qu'on nomme Passelourdin[3] une grosse roche, ayant environ de douze toizes en quarré[4], et d'espaisseur quatorze pans; et la mist sur quatre

5. *Croutelle,* village au sud de Poitiers. — *Caballine* (cheva-line), allusion à la fontaine d'Hippocrène, que le cheval Pégase fit jaillir du Parnasse.

6. *Geoffroy à la grand dent* (mort en 1248), baron tur-bulent, dompté par saint Louis, se réconcilia *in extremis* avec les moines de Maillezais. D'après le roman *Mélusine,* de Jean d'Arras, il était fils de Raymondin et de la fée Mélusine.

7. *Maillezais* (Vendée), célèbre par les ruines de l'abbaye bénédictine, fondée en 1010 par Guillaume Fierabras. L'abbaye étant aussi évêché (depuis 1317), Geoffroy d'Estissac put trans-férer Rabelais des Cordeliers de Fontenay-le-Comte chez les Bénédictins de Maillezais.

8. *Campos : congé* (argot scolaire).

9. *Ligugé :* le prieuré de l'abbaye, fondée en 361 par saint Martin, fut transformé en palais à l'italienne par Geoffroy d'Estissac, qui y recevait les humanistes poitevins, Jean Bouchet et Salmon Macrin entre autres. L'abbaye est rendue aux Bénédictins depuis 1919.

10. Le *noble Ardillon,* successeur de Geoffroy d'Estissac à Fontenay, était, lui aussi, un ami des humanistes.

11. *Lusignan* (sur la route de Poitiers à La Rochelle). La for-teresse bâtie par Mélusine, démantelée en 1575, fut définitive-ment rasée en 1622.

12. *Sanxay* (canton de Lusignan). Geoffroy d'Estissac y avait une seigneurie.

13. *Celles-sur-Belle* (canton de Melle) : Geoffroy d'Estissac y était abbé de l'abbaye Notre-Dame.

14. *Saint-Liguaire* (cf. texte de 1532), avait une très ancienne abbaye bénédictine.

15. *Coulonges-sur-l'Autize* (également canton de Niort). Son château appartenait à Geoffroy.

16. *Fontenay-le-Comte* (Vendée) : Rabelais y fut moine chez les Cordeliers (1511-1525).

17. Le *docte Tiraqueau* (1488-1558), alors juge à Fontenay, sa ville natale, devint membre du Parlement de Paris (1541). En 1532, Rabelais lui dédie son édition des *Lettres médicales* de Manardi.

18. Geoffroy de Lusignan (cf. note 6) enterré à Maillezais. Son *image* furieuse a été retrouvée au XIX⁰ siècle lors de fouilles entreprises dans l'église abbatiale.

19. Épée à lame recourbée.

pilliers au milieu d'un champ bien à son ayse; affin que lesdictz escoliers, quand ilz ne sçauroyent aultre chose faire, passassent temps à monter sur ladicte pierre, et là banqueter à force flaccons, jambons et pastés, et escripre leurs noms dessus avec un cousteau, et, de présent, l'appelle on la *Pierre levée*. Et, en mémoire de ce, n'est aujourd'huy passé aulcun en la matricule de ladicte université de Poictiers, sinon qu'il ait beu en la fontaine Caballine de Croustelles[5], passé à Passelourdin, et monté sur la *Pierre levée*.

En après, lisant les belles chronicques de ses ancestres, trouva que Geoffroy de Lusignan, dict Geoffroy à la grand dent[6], grand père du beau cousin de la sœur aisnée de la tante du gendre de l'oncle de la bruz de sa belle-mère, estoit enterré à Maillezays[7], dont print un jour *campos*[8] pour le visiter comme homme de bien. Et, partant de Poictiers avecques aulcuns de ses compaignons, passèrent par Legugé[9], visitant le noble Ardillon[10], abbé, par Lusignan[11], par Sansay[12], par Celles[13], par Saint Lygaire[14], par Colonges[15], par Fontenay le Comte[16], saluant le docte Tiraqueau[17] : et de là arrivèrent à Maillezays, où il visita le sépulchre dudit Geoffroy à la grand dent[18] : dont il eut quelque peu de frayeur, voyant sa pourtraicture, car il y est en image comme d'un homme furieux, tirant à demy son grand malchus[19] de la guaine, et demandoit la cause de ce. Les chanoines dudict lieu luy dirent que n'estoit aultre cause sinon que *Pictoribus atque Poetis*[20], etc. c'est-à-dire que les Painctres et les Poëtes ont liberté de paindre à leur plaisir ce qu'ilz veullent. Mais il ne se contenta de leur responce, et dist : « Il n'est ainsi painct sans cause. Et me doubte que à sa mort on luy a faict quelque tort duquel il demande vengeance à ses parents. Je m'en enquesteray plus à plein, et en feray ce que de raison. »

Puys retourna non à Poictiers, mais voulut visiter les aultres universitez de France. Dont, passant à la Rochelle, se mist sur mer et vint à Bourdeaulx, onquel lieu ne

20. Horace. *Art poétique* (9-10) :

... *Pictoribus atque Poetis*

Quidlibet audendi semper fuit æqua potestas.

« Les peintres et les poètes ont toujours eu une égale liberté d'oser à leur guise. »

21. L'Université de Bordeaux était peu active au début du xvie siècle. Au lieu d'étudiants, Pantagruel n'y trouve que chargeurs de gabares, jouant aux cartes *(luettes)* sur la grève. Ici commence la tournée des Universités avec leurs caractéristiques burlesques. Rabelais ne les fréquenta certainement pas toutes.

22. L'Université de Toulouse était réputée non pour l'escrime et la danse, mais pour le droit. Montaigne y fera peut-être ses études juridiques.

23. L'*espadon,* arme habituelle des Suisses et des Lansquenets, se maniait à deux mains.

24. L'intolérance de Toulouse · était connue : Jean de Cahors, professeur de droit, suspect de luthéranisme, fut brûlé vif en 1532, l'année du *Pantagruel.*

25. *Comme des harengs saurs...*

26. *A Dieu jamais ne plaise...*

27. A Montpellier, Pantagruel peut goûter le vin de Mirevaulx (encore cité par Olivier de Serres parmi les crus réputés), et apprécier la Faculté de médecine, célèbre dans toute l'Europe. Bien qu'il plaisante ses confrères *sentant le clystère,* Rabelais est passionné de médecine. Immatriculé en 1530-31, il est reçu bachelier, puis fait son cours de stage en expliquant les *Aphorismes* d'Hippocrate et l'*Ars parva* de Galien.

28. *Ennuyeux.*

29. La Faculté de droit végétait au début du xvie siècle.

30. Le *Pont du Gard* (construit en 19 av. J.-C.) et les *Arènes de Nîmes* (vers 160 après J.-C.) étaient en piteux état au Moyen Age, tout comme les ruines de Rome. Rabelais s'y intéresse en tant qu'humaniste.

31. *Jouer du serre-croupière :* sens libre. Avignon, terre papale (1271-1790), passait pour être très libre de mœurs, les légats pontificaux étant peu sévères.

32. L'Université de Valence, fondée en 1452 par Louis XI, alors dauphin, était florissante au xvie siècle, mais fort turbulente.

33. *Coquins.* Molière use encore de cette insulte.

34. *Se musser* ou *mucier :* se cacher.

35. Ce *pertuis* ou passage souterrain existait encore au xviie siècle. Il partait de l'église Saint-Pierre, passait sous le Rhône et débouchait dans la campagne.

trouva grand exercice[21], sinon des guabarriers jouans aux
luettes sur la grave. De là vint à Thoulouse[22], où aprint
fort bien à dancer et à jouer de l'espée à deux mains[23],
comme est l'usance des escholiers de ladicte université;
mais il n'y demoura guères, quand il vit qu'ilz faisoyent
brusler leur régens[24] tous vifz comme harans soretz[25],
disant : « Jà Dieu[26] ne plaise que ainsi je meure, car je
suis de ma nature assez altéré sans me chauffer davantaige. »

Puis vint à Montpellier[27], où il trouva fort bons vins
de Mirevaulx et joyeuse compagnie; et se cuida mettre
à estudier en médicine, mais il considéra que l'estat
estoit fascheux[28] par trop et mélancholicque, et que les
médicins sentoyent les clistères comme vieulx diables.

Pourtant vouloit estudier en loix; mais, voyant que là
n'estoient que troys teigneux et un pelé de légistes audict
lieu[29], s'en partit, et au chemin fist le Pont du Guard[30] et
l'Amphithéâtre de Nimes, en moins de troys heures, qui
toutesfoys semble œuvre plus divin que humain; et vint
en Avignon, où il ne fut troys jours qu'il ne devint
amoureux : car les femmes y jouent voluntiers du
serre-cropyère, parce que c'est terre papale[31].

Ce que voyant, son pédagogue, nommé Epistemon,
l'en tira, et le mena à Valence au Daulphiné[32]; mais il
vit qu'il n'y avoit grand exercice, et que les marroufles[33]
de la ville batoyent les escholiers : dont eut despit, et,
un beau dimanche que tout le monde dansoit publiquement, un escholier se voulut mettre en dance, ce que ne
permirent lesdictz marroufles. Quoy voyant, Pantagruel
leur bailla à tous la chasse jusques au bort du Rosne, et
les vouloit faire tous noyer, mais ilz se mussèrent[34]
contre terre comme taulpes, bien demye lieue soubz le
Rosne. Le pertuys encores y apparoist[35].

Après il s'en partit, et à troys pas et un sault vint à
Angiers, où il se trouvoit fort bien, et y eust demeuré
quelque espace, n'eust esté que la peste les en chassa[36].

Ainsi vint à Bourges, où estudia bien long temps, et

36. Il y eut des épidémies de peste en Anjou en 1518-19, 1530 et 1532.

37. Fondée par Louis XI en 1463, la Faculté de droit de Bourges eut comme professeur illustre l'Italien Alciat (1492-1550), qui fondait son enseignement sur la connaissance directe des institutions. Sa méthode sera poursuivie par Cujas, mort à Bourges en 1590.

38. *Brodée* ou *bordée?* Les deux se comprennent.

39. Accurse, commentateur des *Pandectes*. Rabelais, comme Budé et Tiraqueau, raille la manie des gloses. Cf. Montaigne (livre III, chap. XIII) : « Qui ne diroit que les gloses augmentent les doutes et l'ignorance. » — *Punaise* : puante.

40. L'Université d'Orléans, fondée en 1305 par Clément V, déclina pendant les guerres de religion. Tous les contemporains attestent la vogue du jeu de paume à Orléans.

41. Les îles de la *Motte Saint-Antoine* et de la *Motte des Poissonniers.*

42. Jeu de boules, mais aussi jeu de l'amour.

43. Court poème, sérieux ou satirique, décrivant un personnage, un animal ou un objet.

44. Balle du jeu de paume.

45. Bande de taffetas noir descendant du chaperon, s'enroulant autour du cou et tombant jusqu'à terre. C'était l'insigne dès docteurs en droit.

46. *Une basse danse* : une danse calme.

47. Patte du chaperon des docteurs. Peut-être rapprochement satirique entre les *coquillons,* juristes, et les *coquillards,* association de vauriens, où se trouvaient des étudiants (cf. Villon).

proffita beaucoup en la faculté des loix[37]. Et disoit aulcunesfois que les livres des loix luy sembloyent une belle robbe d'or, triumphante et précieuse à merveilles, qui feust brodée[38] de merde : « Car, disoit-il, au monde n'y a livres tant beaulx, tant aornés, tant élégans, comme sont les textes des *Pandectes;* mais la brodure d'iceulx, c'est assavoir la *Glose de Accurse,* est tant salle, tant infâme et punaise, que ce n'est qu'ordure et villenie[39]. »

Partant de Bourges, vint à Orléans[40], et là trouva force rustres d'escholiers qui luy firent grand chère à sa venue; et en peu de temps aprint avecques eulx à jouer à la paulme si bien qu'il en estoit maistre, car les estudians dudict lieu en font bel exercice. Et le menoyent aulcunesfois es Isles[41] pour s'esbattre au jeu du poussavant[42]. Et, au regard de se rompre fort la teste à estudier, il ne le faisoit mié, de peur que la veue luy diminuast. Mesmement que un quidam des régens disoit souvent en ses lectures qu'il n'y a chose tant contraire à la veue comme est la maladie des yeulx.

Et, quelque jour que l'on passa Licentié en loix quelc'un des escholiers de sa congnoissance, qui de science n'en avoit guères plus que sa portée, mais en récompense sçavoit fort bien danser et jouer à la paulme, il fit le blason[43] et divise des licentiez en ladicte université, disant :

> Un esteuf[44] en la braguette,
> En la main une raquette,
> Une loy en la cornette[45],
> Une basse dance[46] au talon,
> Vous voy là passé coquillon[47].

1. *Contrefaisait :* tourmentait, torturait. L'écolier torture le latin autant que le français!

2. Dans tout le chapitre, Rabelais se moque du latin macaronique que parlaient étudiants et collégiens même hors des cours. Geoffroy Tory, grammairien de Bourges, dans son *Champfleury...* (1529), raillait déjà les *Escumeurs de latin* et citait comme exemple de ridicule la phrase reprise plus loin par Rabelais : « Despumons la verbocination latiale et transfrétons la Séquane... sexe féminin. » L'emploi du jargon latinisé paraissait d'autant plus grotesque que le français gagnait du terrain. — *Alme* (lat. *alma*), nourricière; *inclyte* (lat. *inclyta*), illustre.

3. *Transfrétons,* francisation du verbe latin *transfreto :* nous traversons. — *La Séquane* (lat. *Sequana*) : la Seine. — *Dilucule* (lat. *diluculum*) : point du jour.

CHAPITRE VI

*Comment Pantagruel rencontra un Limosin
qui contrefaisoit[1] le langaige Françoys.*

QUELQUE jour, je ne sçay quand, Pantagruel se pourmenoit après soupper avecques ses compaignons par la
porte dont l'on va à Paris. Là rencontra un escholier
tout jolliet, qui venoit par icelluy chemin; et, après
qu'ilz se furent saluez, luy demanda : « Mon amy, dont
viens tu à ceste heure? » L'escholier luy respondit : « De
l'alme, inclyte, et célèbre académie que l'on vocite
Lutèce[2]. — Qu'est-ce à dire? dist Pantagruel à un de ses
gens. — C'est, respondit-il, de Paris. — Tu viens doncques
de Paris, dist-il, et à quoy passez vous le temps, vous
aultres messieurs estudiens audict Paris? » Respondit
l'escholier : « Nous transfrétons[3] la Séquane au dilucule
et crépuscule; nous déambulons par les compites et

---

*Comment Pantagruel rencontra un Limousin
qui martyrisait le langage français.*

*Quelque jour, je ne sais quand, Pantagruel se promenait après
souper avec ses compagnons par la porte d'où l'on va à Paris.
Là rencontra un écolier tout joliet qui venait par icelui chemin.
Et, après qu'ils se furent salués, lui demanda :*

« Mon ami, d'où viens-tu à cette heure? »

L'écolier lui répondit :

*« De la nourricière, illustre et célèbre Académie, que l'on
appelle Lutèce.*

— Qu'est-ce à dire? dit Pantagruel à un de ses gens.

— C'est, répondit-il, de Paris.

4. *Compites* (lat. *compita*) : carrefour. — *Quadrivies* (lat. *quadrivium*) : croisement de routes. — *Urbe* (lat. *urbs*) : la ville.

5. *Despumons* (lat. *despumare*) : écumons. — *Verbocination latiale* : la langue du Latium : le latin.

6. *Vraisemblables* (lat. *verisimiles*) *amoureux*.

7. *Nous cherchons à gagner la bienveillance de l'omnijuge, omniforme et omnigène sexe féminin.*

8. *Diécules* (diminutif de *dies*, jour) : petites journées, d'où *délai*. — *Nous invisons* : nous visitons (lat. *invisere*).

9. Les éditions antérieures à 1542 énumèrent les « maisons » les plus fréquentées par les étudiants : *Champgaillard*, maison de rendez-vous rue d'Arras, près du chemin Gaillard — *Matcon* (Mâcon), peut-être rue de l'*Abreuvoir-Mâcon*. — *Cul-de-sac* : aujourd'hui, rue *Greneta*. — La *rue de Bourbon*, ou *rue des Poulies*, allait de la rue Saint-Honoré au quai de l'École. — *Huslieu* ou *Huleu*, le type même des bordeaux, était situé près de Saint-Nicolas-des-Champs.

10. *En extase amoureuse* (de Vénus).

11. *La Pomme de pin*, citée déjà par Villon, se trouvait rue de la Juiverie, dans la Cité. Sa réputation durera jusqu'à l'époque de Mathurin Régnier (cf. *Satire X*).

12. Le cabaret du Castel (ou du Château) ne devait pas être bien loin du précédent.

13. Le *cabaret de la Mule*, rue Saint-Jacques (cf. Villon).

14. ... *De belles épaules de mouton* (latin *vervex*) *lardées de persil.*

15. *Bourse* (latin *marsupium*).

16. *Attendant les messagers* (tabellarius).

quadrivies de l'urbe[4]; nous despumons[5] la verbocination
latiale, et, comme verisimiles[6] amorabonds, captons la
bénévolence de l'omnijuge, omniforme et omnigène
sexe féminin[7]. Certaines diécules, nous invisons[8] les
lupanares[9], et en ecstase vénéréique[10], inculcons nos
vérètres ès pénitissimes recesses des pudendes de ces
meritricules amicabilissimes; puis cauponizons ès
tabernes méritoires de la Pomme de Pin[11], du Castel[12],
de la Magdaleine et de la Mulle[13], belles spatules verve-
cines, perforaminées de pétrosil[14]. Et si, par forte fortune, y a rarité ou pénurie de pécune en nos marsupies[15],
et soyent exhaustes de métal ferruginé, pour l'escot nous
dimittons· nos codices et vestes opignerées, prestolans
les tabellaires[16] à venir des Pénates et Lares patriotiques. »
A quoy Pantagruel dist : « Que diable de langaige est
cecy? Par Dieu, tu es quelque hérétique. — Seignor, non,

---

*— Tu viens donc de Paris? dit-il. Et à quoi passez-vous le
temps, vous autres, messieurs les étudiants, audit Paris? »*

Répondit l'écolier :

*« Nous traversons la Seine à l'aube et au crépuscule, nous
déambulons par les carrefours des rues et des chemins de la
ville. Nous écumons la langue du Latium, et, comme vraisemblables amoureux, nous cherchons à attraper la bienveillance de
l'omnijuge, omniforme et omnigène sexe féminin. De temps à
autre, nous visitons les lupanars, et en extase vénérienne, péné-
trons de nos... les retraites les plus profondes des... de ces
petites p... si aimables. Puis mangeons dans les tavernes de la
Pomme de Pin, du Castel, de la Madeleine et de la Mule, de
belles épaules de mouton lardées de persil. Et si, par malchance,
il y a rareté ou pénurie de pécune en nos bourses, et qu'elles
soient complètement vides de monnaie, pour l'écot nous
abandonnons en gage nos livres et nos vêtements, attendant les
messagers, qui doivent venir des Pénates et Lares paternels. »*

A quoi Pantagruel dit :

17. Et là m'arrosant (lat. *ros*, rosée) de belle eau lustrale (eau bénite) je grignote une petite tranche de quelque prière de messe (*missicque*, dérivé de *missa*) de nos prêtres (lat. *sacrificulus*).

18. ... et, marmottant mes petites prières réglées selon les heures liturgiques, je lave (latin *eluere*) et nettoie (*abstergere*) mon âme de ses souillures (*inquinamentum*) nocturnes.

19. *Olympicole* : habitant de l'Olympe (cf. *Cœlicola* : habitant du ciel).

20. Du latin *latria*, culte de latrie, d'où adoration.

21. *Suprême* : cf. Marot, *le Dieu supernel (Psaumes)*. — *Astripotent* : maître des astres (cf. *omnipotent*).

22. Du latin *diligere*, chérir; *redamare* : rendre amour pour amour; *proximi* : les *proches* ou plutôt *mon prochain*.

23. Du latin *servare* : garder.

24. Diminutif de *facultas*, possibilité. — *Vires*, du latin *vires* : les forces.

25. Du latin *discedere*, s'écarter; *latum unguiculum* : la largeur d'un petit ongle.

26. *Mamonna* : la Richesse (personnifiée); *supergurgitare*, dégorger; *loculi*, bourse.

27. Du latin *supererogare*, donner en sus, *Eleemosyne* du grec ἐλεημοσύνη latinisé en *eleemosyna*, aumône.

28. Du latin *egenus*, indigent.

29. Du latin *queritare*, chercher avec insistance, quémander. — *Stipe* du latin *stips*, obole.

30. Adverbe inventé à la manière d'*ostiatim* (de *ostium*), la porte. Rabélais ne jouerait-il pas sur le rapprochement de son *ostium et hostia*, victime (d'où *hostie*)?

dit l'escolier, car libentissiment dès ce qu'il illucesce
quelque minutule lesche du jour, je démigre en quelc'un
de ces tant bien architectez monstiers : et là, me irrorant
de belle eaue lustrale, grignotte d'un transon de quelque
missicque précation de nos sacrificules[17]. Et, submir-
millant mes précules horaires, élue et absterge mon
anime de ses inquinamens nocturnes[18]. Je révère les
Olimpicoles[19]. Je vénère latrialement[20] le supernel Astripotent[21]. Je dilige et rédame mes proximes[22]. Je serve[23]
les prescriptz Décalogicques, et, selon la facultatule[24] de
mes vires, n'en discède le late unguicule[25]. Bien est véri-
forme que, à cause que Mammone ne supergurgite goutte
en mes locules[26], je suis quelque peu rare et lend à superé-
roger les éleemosynes[27] à ces égènes[28] quéritans[29] leurs
stipe hostiatement[30]. — Et bren, bren, dist Pantagruel,
qu'est-ce que veult dire ce fol? Je croys qu'il nous forge

« *Quel diable de langage est ceci? Par Dieu, tu es quelque*
hérétique!

— *Signor, non, dit l'écolier, car de très bon cœur, dès que*
brille quelque minuscule lèche de jour, j'émigre en quelqu'une
de ces églises si bien bâties, et là, m'arrosant de belle eau lus-
trale, je grignote une petite tranche de quelque prière missique
de nos sacrificateurs, et, marmottant mes petites prières des
heures liturgiques, je lave et nettoie mon âme de ses souillures
nocturnes. Je révère les Olympicoles, je vénère avec adoration
le suprême Maître des Astres, je chéris et paie d'amour réci-
proque mon prochain. J'observe les préceptes du Décalogue, et,
selon les moyens de mes petites forces, je ne m'en écarte pas de la
largeur d'un ongle. Bien est conforme à vérité que, comme
Mammon ne dégorge goutte en mes bourses, je suis quelque peu
rare et lent à accorder en sus les aumônes aux indigents, qué-
mandant leur obole d'huis en huis.

— *Et m..., m...! dit Pantagruel. Qu'est-ce que veut dire ce*

31. Imiter le grand style de Pindare. En mauvaise part, employer un langage prétentieux et obscur.

32. *Signor Missayre,* italianisme : Seigneur Messire.

33. Latin *genius* (cf. *ingenium*) : dons naturels. — *Aptus natus ad :* naturellement apte à.

34. Du latin *flagitiosus,* injurieux, et *nebulo,* vaurien, sacripant.

35. *Escorier* (latin *excoriare*), écorcher. — *La cuticule,* l'épiderme (latin *cuticula*). Le mot était employé en médecine (cf. Ambroise Paré). — *Vernacule gallicque :* la langue vulgaire gauloise (du latin *vernaculus,* domestique), d'où *langue nationale.*

36. Latinismes : *gnavo* ou *navo operam :* donner ses soins à. — *Veles,* de *velum,* voile. — *Eniti,* faire effort. — *Locupletare,* enrichir.

37. Mot composé de *latina* (latine) et *coma* (chevelure). D'où le calembour : *que je te donne un tour de peigne, une peignée!*

38. *Origine,* du latin *origo,* mot savant — *primèves,* littéralement : *du premier âge,* en latin : *primœvus.* — *Aves* (latin *avi*), les aïeux. — *Ataves* (latin *atavi*), les ancêtres.

icy quelque langaige diabolique, et qu'il nous cherme comme enchanteur. » A quoy dist un de ses gens : « Seigneur, sans doubte, ce gallant veult contrefaire la langue des Parisians; mais il ne faict que escorcher le latin et cuide ainsi pindariser[31], et luy semble bien qu'il est quelque grand orateur en françoys, parce qu'il dédaigne l'usance commun de parler. » A quoy dict Pantagruel : « Est-il vray? » L'escholier respondit : « Signor Missayre[32], mon génie n'est poinct apte nate[33] à ce que dict ce flagitiose nébulon[34], pour escorier la cuticule de nostre vernacule Gallicque[35], mais vice versement je gnave opère, et par vèles et rames je me énite de le locupléter[36] de la redundance latinicome[37]. — Par Dieu, dist Pantagruel, je vous apprendray à parler. Mais, devant, responds moy : dont es-tu? » A quoy dist l'escholier : « L'origine primève de mes aves et ataves[38] fut indigène des régions Lémo-

---

fou? Je crois qu'il nous forge ici quelque langage diabolique et qu'il nous charme comme un enchanteur. »

A quoi dit un de ses gens :

« Seigneur, sans doute ce galant veut contrefaire la langue des Parisiens, mais il ne fait qu'écorcher le latin et croit ainsi pindariser. Et lui semble bien qu'il est quelque grand orateur en français parce qu'il dédaigne l'usage commun de parler. »

A quoi dit Pantagruel : « Est-il vrai? »

L'écolier répondit :

« Signor, messire, mon génie n'est point naturellement adpte à ce que dit cet injurieux vaurien, pour écorcher l'épiderme de notre vulgaire parler gallique, mais à l'inverse, je prends soin, et par voiles et rames je m'efforce de l'enrichir de la surabondante chevelure latine.

— Par Dieu, dit Pantagruel, je vous apprendrai à parler; mais devant, réponds-moi : d'où es-tu? »

Sur quoi l'écolier dit :

39. *Lemovici,* les Limousins.

40. Superlatif du grec ἅγιος, saint.

41. Saint Martial, premier évêque du Limousin. Ses reliques étaient alors conservées à l'abbaye Saint-Martial de Limoges.

42. *Écorcher le renard,* locution populaire : *vomir.*

43. Après avoir *écorché* le latin, l'écolier sous le coup de la peur retrouve son patois provincial, le limousin. Mêler plaisamment du latin macaronique et des dialectes provinciaux était un procédé comique en usage dès le Moyen Age : Maître Pathelin, lorsqu'il simule la folie, parle Limousin, picard, flamand, normand et latin. Molière s'en souviendra aussi, notamment dans *Monsieur de Pourceaugnac.*

44. *A queue de morue,* c'est-à-dire fendues en deux.

45. Saint imaginaire, comme saint Glinglin.

46. Le *mâcherave.*

vicques[39], où requiesce le corpore de l'agiotate[40] sainct
Martial[41]. — J'entens bien, dist Pantagruel; tu es Lymosin,
pout tout potaige, et tu veulx icy contrefaire le Parisian.
Or viens çza, que je te donne un tour de pigne. » Lors
le print à la gorge, luy disant : « Tu escorches le latin;
par sainct Jean, je te feray escorcher le renard[42], car je
te escorcheray tout vif. »

Lors commença le pauvre Lymosin à dire : « Vée
dicou! gentilastre. Ho, sainct Marsault, adjouda-my!
Hau, hau, laissas à quau, au nom de Dious, et ne me
touquas grou[43]. » A quoy dist Pantagruel : « A ceste
heure parle-tu naturellement. » Et ainsi le laissa, car le
pauvre Lymosin conchioit toutes ses chausses, qui estoient faictes à queheue de merluz[44], et non à pleins
fons, dont dist Pantagruel : « Sainct Alipentin[45], quelle
civette! Au diable soit le mascherabe[46], tant il put! » Et

« L'origine primitive de mes aïeux et ancêtres fut indigène
des régions lémoviques; où repose le corps du sanctissime saint
Martial.

— J'entends bien, dit Pantagruel : tu es Limousin, pour tout
potage, et tu veux ici contrefaire le Parisien. Or viens çà, que
je te donne un tour de peigne! »

Lors le prit à la gorge, lui disant :

« Tu écorches le latin. Par saint Jean, je te ferai écorcher le
renard, car je t'écorcherai tout vif. »

Lors commença le pauvre Limousin à dire :

« Eh! je dis, gentilhomme! oh! saint Martial, secours-moi!
Han, han, laisse-moi, au nom de Dieu, et ne me touche guère. »

A quoi dit Pantagruel :

« A cette heure parles-tu naturellement. »

          Et ainsi le laissa, car le pauvre Limousin conch...
toutes ses chausses, qui étaient faites à queue de morue, et non à
fond plein.

47. Jeu de mots : le démon Pantagruel versait du sel dans la bouche des ivrognes endormis.

48. *La mort de Roland* : selon une tradition populaire, Roland serait mort de soif à Roncevaux.

49. Aulu-Gelle, dans les *Nuits attiques,* suppose que le *philosophe* Favorinus recommande à la jeunesse d'imiter les mœurs et non le langage antique; chez Aulu-Gelle, il s'agit de César, auteur d'un traité de grammaire, *De analogia,* et non d'Octavien Auguste.

50. Les mots *épaves,* au sens juridique : sans propriétaire, d'où : *inusités.*

le laissa. Mais ce luy fut un tel remord toute sa vie et tant fut altéré qu'il disoit souvent que Pantagruel[47] le tenoit à la gorge.

Et, après quelques années, mourut de la mort Roland[48], ce faisant la vengeance divine, et nous démonstrant ce que dit le philosophe, et Aule Gelle[49] : qu'il nous convient parler selon le langaige usité; et, comme disoit Octavian Auguste, qu'il fault éviter les motz espaves en[50] pareille diligence que les patrons des navires évitent les rochiers de mer.

D'où dit Pantagruel :

« *Saint Alipentin, quelle civette! Au diable soit le mâcherave, tant il pue!* »

Et le laissa. Mais ce lui fut un tel remords toute sa vie et tant fut altéré qu'il disait souvent que Pantagruel le tenait à la gorge, et après quelques années, il mourut de la mort de Roland. Ce faisant la vengeance divine, et nous démontrant ce que dit le philosophe et Aulu-Gelle : qu'il nous convient parler selon le langage usité, et, comme disait Octavien Auguste, qu'il faut éviter les mots hors d'usage en pareille diligence que les pilotes des navires évitent les rochers de la mer.

1. *Orléans,* du latin *Aurelianum.*

2. Ancienne église collégiale, au sud-est d'Orléans.

3. La grosse et énorme cloche était tombée à terre depuis plus de deux cent quatorze ans.

4. Vitruve, ingénieur et architecte du temps d'Auguste, écrivit un *Traité d'architecture* en dix livres, très apprécié pendant la Renaissance.

5. Leone-Battista Alberti, architecte de Florence, dont le traité d'architecture (1485) fut édité en France par Geoffroy Tory (1512). Il était partisan de l'architecture antique.

6. *Euclide,* mathématicien grec, fondateur de l'actuelle géométrie plane, enseigna à Alexandrie sous Ptolémée.

7. Deux mathématiciens antiques, l'un de Smyrne, l'autre d'Alexandrie, portent ce nom.

8. *Archimède* (287-212 av. J.-C.), né à Syracuse, n'inventa pas seulement le principe d'hydrostatique, qui porte son nom, mais toutes sortes de machines pour défendre sa ville contre les Romains.

9. *Héron* (d'Alexandrie), autre ingénieur, auteur de traités sur les *machines de trait* et sur les *automates.* On ne connaît pas de lui d'ouvrage sur les *engins (de Ingeniis).*

10. L'*épervier* était utilisé comme oiseau de volerie : on attachait des grelots aux pattes de ces oiseaux de chasse pour les retrouver.

11. *Tourna.* Rabelais loue le vin d'Orléans à l'égal de celui de Graves et de Beaune. L'*aubade* de Pantagruel est une variation sur la chronique gargantuine, qui imaginait Gargantua suspendant les cloches de Notre-Dame au cou de sa jument, épisode burlesque qui sera repris au chapitre XVII du *Gargantua.*

12. Le *coton de Malte* était réputé au XVIᵉ siècle. Sa culture dura jusqu'au XVIIIᵉ siècle.

13. *Pantagruel,* employé comme nom commun, synonyme de : soif dévorante.

CHAPITRE VII

Comment Pantagruel vint à Paris,
et des beaulx livres de la librairie de Sainct Victor.

APRÈS que Pantagruel eut fort bien estudié en Aurelians[1], il délibéra de visiter la grande université de Paris. Mais, devant que partir, fut adverty que une grosse et énorme cloche estoit à Sainct Aignan[2] du dict Aurelians, en terre, passez deux cents quatorze ans[3] : car elle estoit tant grosse que, par engin aulcun, ne la povoit on mettre seullement hors terre, combien que l'on y eust applicqué tous les moyens que mettent Vitruvius, *De Architectura*[4], Albertus[5], *De re œdificatoria*, Euclides[6], Theon[7], Archimedes[8], et Hero[9], *De ingeniis;* car tout n'y servit de rien. Dont, voluntiers encliné à l'humble requeste des citoyens et habitans de la dicte ville, délibéra la porter au clochier à ce destiné. De faict, vint au lieu où elle estoit, et la leva de terre avecques le petit doigt, aussi facillement que feriez une sonnette d'esparvier[10]. Et, devant que la porter au clochier, Pantagruel en voulut donner une aubade par la ville, et la faire sonner par toutes les rues en la portant en sa main : dont tout le monde se resjouyst fort; mais il en advint un inconvénient bien grand, car, la portant ainsi, et la faisant sonner par les rues, tout le bon vin d'Orléans poulsa[11] et se gasta. De quoy le monde ne s'advisa que la nuyct ensuyvant : car un chascun se sentit tant altéré d'avoir beu de ces vins poulsez, qu'ilz ne faisoient que cracher aussi blanc comme cotton de Malthe[12], disans : « Nous avons du Pantagruel[13], et avons les gorges sallées. »

Ce faict, vint à Paris avecques ses gens. Et, à son

14. *Par bécarre et par bémol :* de toute façon.

15. *A remotis :* à l'écart (latin scolaire).

16. Les *cloches* (du latin *campana*). Gargantua (cf. chap. xvii) fait sonner les cloches de Notre-Dame, « ce que faisant, luy vint en pensée qu'elles serviroient bien de campanes au coul de sa jument ».

17. Les *sept arts libéraux* se divisaient en deux cycles, le *trivium* (grammaire, rhétorique, dialectique) et le *quadrivium* (artithmétique, géométrie, astronomie, musique).

18. *Les gueux de Saint-Innocent :* Le cimetière des Saints-Innocents, l'un des plus anciens de Paris, se trouvait entre les rues actuelles de la Lingerie, de la Ferronnerie et des Innocents. Faute de place, on exhumait souvent les ossements pour les entasser dans un *charnier,* dont les galeries abritaient des boutiques. La *Cour des Miracles* n'en était guère éloignée et les gueux y devaient foisonner.

19. La bibliothèque de l'abbaye de Saint-Victor, située à l'emplacement de l'actuelle Halle aux vins, était réputée pour sa richesse. L'énumération de Rabelais, presque toujours fantaisiste, raille aussi les ouvrages de piété, qui rapprochent dans leurs titres des objets matériels et des intentions spirituelles (Cf. *Les Bottes de patience*). Plus d'un trait vise les ennemis des humanistes.

20. *La perche du salut.*

21. *La braguette du droit.* Le « droit » de la braguette donnait lieu à bien des plaisanteries équivoques.

22. *La pantoufle des décrets :* allusion au *Décret,* compilation de Gratien, moine italien du xiie siècle, dont on se servait pour l'enseignement du droit canon. Le rapprochement du *droit de la braguette* et de la *pantoufle* souligne le calembour sexuel.

23. *La Grenade des vices,* sans doute par rapprochement burlesque avec un *Malogranatum* des vertus chrétiennes.

24. Long plumeau à manche... et calembour sur *vist,* échalas et le membre viril.

25. La *c...* d'*éléphant* (lat. *barrinus*) *des preux.*

26. *La jusquiame des évêques.* La jusquiame calme les ardeurs amoureuses.

27. *Marmotretus.* Marmotret, commentateur de la Bible, dont le nom évoque le *marmot* (singe à longue queue); d'où l'attribution fantaisiste du traité *Des babouins et des singes.* (Cf. aussi *Gargantua,* chap. xiv.) — *D'Orbellis :* Nicolas des Orbeaux enseignait à Poitiers à la fin du xve siècle.

28. *Décret de l'Université de Paris sur la coquetterie des petites femmes à plaisir.* Calembour sur *gorgiasitatem* et *gorge.*

entrée, tout le monde sortit hors pour le veoir, comme vous sçavez bien que le peuple de Paris est sot par nature, par béquarre et par bémol[14], et le regardoyent en grand esbahyssement, et non sans grande peur qu'il n'emportast le Palais ailleurs, en quelque pays *a remotis*[15], comme son père avoit emporté les campanes[16] de Nostre Dame, pour atacher au col de sa jument. Et, après quelque espace de temps qu'il y eut demouré, et fort bien estudié en tous les sept ars libéraulx[17], il disoit que c'estoit une bonne ville pour vivre, mais non pour mourir, car les guenaulx de Sainct Innocent[18] se chauffoyent le cul des ossements des mors. Et trouva la librairie de sainct Victor[19] fort magnificque, mesmement d'aulcuns livres qu'il y trouva, desquelz s'ensuit le répertoyre, et *primo* :

Bigua salutis[20].

Bragueta juris[21].

Pantofla decretorum[22].

Malogranatum vitiorum[23].

Le Peloton de Théologie.

Le Vistempenard[24] des prescheurs, composé par Turelupin.

La Couillebarine[25] des preux.

Les Hanebanes[26] des évesques.

Marmotretus, de baboinis et cingis, cum commento d'Orbellis[27].

Decretum Universitatis Parisiensis super gorgiasitate muliercularum ad placitum[28].

L'apparition de saincte Geltrude à une nonnain de Poissy estant en mal d'enfant.

Ars honeste pettandi in societate, per M. Ortuinum[29].

Le Moustardier de pénitence[30].

Les Houseaulx, *alias* les Bottes de patience.

Formicarium artium[31].

De brodiorum usu, et honestate Chopinandi, per Silvestrem Prieratem Jacospinum[32].

Le Beliné en Court[33].

29. *L'art de p... honnêtement en société.* Ortuinus ou Hardouin de Graës, théologien de Cologne, adversaire d'Erasme et tête de Turc des Humanistes (cf. les *Épîtres des hommes obscurs*).

30. Calembour sur *moutardier* et le pécheur qui *moult tarde* à faire pénitence.

31. *La fourmilière des arts.* Il existe un *Formicarium* de la magie, composé par Jean Nyder, Jacobin allemand (1477).

32. *De l'usage des bouillons et de l'honnêteté de chopiner, par Sylvestre de Prierio.* Ce Jacobin, adversaire de Luther, avait composé un ouvrage très libéral sur les cas de conscience. D'où l'attribution de ce traité imaginaire.

33. *Le Trompé en Cour.*

34. *Le cabas* (escroquerie) *des notaires,* ou bien le *cas* (sexe de la femme) *bas?*

35. *Le paquet* : les testicules.

36. *Le creuset* (forme dialectale).

37. *L'aiguillon de vin; l'Éperon de fromage :* métaphores utilisées pour des ouvrages mystiques. Le calembour *de vin divin* se retrouve dans le *Gargantua.*

38. *Le décrotoire scolaire.* La saleté des étudiants était proverbiale.

39. *Tartaret, de la manière de...* Cette attribution fantaisiste à Tartaret, théologien sorbonnard et commentateur d'Aristote, dérive de son nom (*tarter = cacare*).

40. *Bricot, des différences des soupes.* Guillaume Bricot, théologien adversaire du célèbre hébraïsant Reuchlin (1455-1522).

41. *Le petit cul que l'on fouette* (avec la *discipline*).

42. Succession de calembours : *tripier* et *trépied, panse* et *pensée.*

43. *Les accrocs des confesseurs.*

44. *Trois livres du Révérend Père frère Lubin, père provincial de Bavarderie, sur les lardons à croquer.* Moine imaginaire, symbole de goinfrerie. Cf. Màrot, ballade *d'ung qu'on appeloit frère Lubin :*

Mais pour boire de belle eau claire,

Faictes-la boire à vostre chien,

Frère Lubin ne le peult faire.

On le traitera de *croque-lardon* dans le *Prologue* de *Gargantua.*

45. *Pasquin, docteur marmoréen, que l'on peut manger des chevreaux à la chardonnette* (à l'artichaut, ou aux cardons) *en temps papal interdit par l'Église.* Accumulation de jeux de mots : *Pasquin,* statue de marbre à Rome, sur laquelle on affichait des épigrammes ou *pasquins.* L'épithète *marmoréen* s'applique à la statue, mais raille aussi les épithètes consacrées aux docteurs

Le Cabat des notaires[34].

Le Pacquet de mariage[35].

Le Creziou[36] de contemplation.

Les Fariboles de droict.

L'Aguillon de vin[37].

L'esperon de fromaige.

Decrotatorium scholarium[38].

Tartaretus, de modo cacandi[39].

Les Fanfares de Rome.

Bricot[40], *de differentiis soupparum*.

Le Culot de discipline[41].

La Savate de humilité.

Le tripier de bon pensement[42].

Le Chaulderon de magnanimité.

Les Hanicrochemens des confesseurs[43].

La Croquignolle des curés.

Reverendi patris fratis Lubini, provincialis Bavardie, de croquendis lardonibus libri tres[44].

Pasquilli, doctoris marmorei, de Capreolis cum chardoneta comedendis, tempore papali ab Ecclesia interdicto[45].

L'Invention Sainte Croix, à six personnaiges, jouée par les clercs de finesse[46].

Les Lunettes des Romipètes[47].

Majoris, de Modo faciendi boudinos[48].

La Cornemuse des prélatz.

Beda, de Optimitate triparum[49].

La Complainte des advocatz sus la réformation des dragées[50].

Le Chatfourré des procureurs[51].

Des Poys au lart, *cum commento*.

La Profiterolle des Indulgences[52].

Præclarissimi juris utriusque doctoris Maistre Pilloti Racquedenari, de bobelidandis glosse Accursiane baguenaudis repetitio enucidiluculidissima[53].

Stratagemata Francarchieri de Baignolet[54].

Franctopinus, De re militari, cum figuris Tevoti[55].

de la foi (saint Bonaventure appelé *docteur séraphique,* etc.)
— *Temps papal* pour *temps pascal.*

Chevreau à la chardonnette : un plat maigre (le légume) dissimulant la viande (de chevreau) : expression proverbiale pour stigmatiser l'hypocrisie du papelard.

46. *L'Invention sainte Croix,* titre de *mystère,* et art pour les filous de découvrir les monnaies d'argent, marquées d'une croix.

47. Parodie des *Lunettes des Princes* de Jean Meschinot, poète rhétoriqueur. Les *Romipètes :* les pèlerins qui vont à Rome. Cf. Henri Estienne (*Apologie pour Hérodote*) : « Que dirons-nous des Romipètes? Le proverbe ancien en a déjà prononcé :

> *Jamais ni cheval ni homme*
> *N'amenda d'aller à Romme.* » (chap. xi).

Cf. aussi le calembour sur *petere,* aller, chez Noël du Fail : « Martin maudissant l'heure d'avoir fait un pet à Rome, c'est-à-dire d'être Romipète. » (*Contes d'Eutrapel,* xvii).

48. Majoris (ou de Maior), *De la façon de faire les boudins :* John Mair, théologien écossais, régent au collège Montaigu. L'attribution est d'autant plus burlesque que Montaigu était réputé pour sa mauvaise table comme pour sa *pouillerie.* Cf. Erasme, et *Gargantua* (chap. xxxvii).

49. Béda, *De l'excellence des tripes.* Principal du collège de Montaigu et adversaire d'Erasme et de Budé. Sa grosse panse était célèbre, d'où le jeu de mots sur *tripes.*

50. Les *dragées :* les épices.

51. *Le barbouillage des avoués.*

52. *Les petits profits des Indulgences.*

53. *De très illustre Docteur en l'un et l'autre droit, Maître Pillot Racle-Deniers, sur les niaiseries de la glose d'Accurse* (cf. chap. v) *à rapiécer. Répétition aussi clarissime que la lumière de l'aube.*

54. *Stratagèmes du franc-archer de Bagnolet :* Le monologue du franc-archer de Bagnolet (xve s.) raille les fanfaronnades de la milice bourgeoise créée par Charles VII.

55. *De Franc-taupin, de l'art militaire, avec figures de Tevot. Les Francs-taupins,* milice rurale créée par Charles VII et aussi plaisantée pour sa poltronnerie que les francs-archers. (Cf. *Gargantua,* chap. xxxv) et *Tiers Livre* (chap. viii) : « Saulve, Tevot, le pot au vin. » *Tevot* est le type du poltron.

56. *Sur l'usage et l'utilité d'écorcher chevaux et juments, auteur Notre Maître de Quebecu.* — *Quebecu :* Duchesne, théologien, adversaire, comme Béda, des Humanistes.

57. *La Rustrerie des prêtres.*

De usu et utilitate escorchandi equos et equas, autore M. *Nostro de Quebecu*[56].

Le Rustrie des prestolans[57].

M. N. Rostocostojambedanesse, *de Moustarda post prandium servienda, lib. quatuordecim, apostilati per M. Vaurillonis*[58].

Le Couillaige des promoteurs[59].

Quœstio subtilissima, utrum Chimera, in vacuo bombinans, possit comedere secundas intentiones? et fuit debatuta per decem hebdomadas in concilio Constantiensi[60].

Le Maschefain des advocatz[61].

Barbouillamenta Scoti[62].

Le Ratepenade[63] des cardinaulx.

De Calcaribus removendis decades undecim, per M. Albericum de Rosata[64].

Ejusdem, De castrametandis crinibus lib. tres[65].

L'entrée de Anthoine de Leive ès terres du Brésil[66].

Marforii bacalarii cubantis Rome, de pelendis mascarendisque Cardinalium mulis[67].

Apologie d'icelluy, contre ceux qui disent que la mule du pape ne mange qu'à ses heures.

Pronosticatio que incipit, Silvi Triquebille, balata per M. N. *Songecrusyon*[68].

Boudarini episcopi, de emulgentiarum profectibus enneades novem, cum privilegio papali ad triennium, et postea non[69].

Le Chiabrena des pucelles[70].

Le Cul pelé des vefves.

La Coqueluche[71] des moines.

Les Brimborions des padres Célestins[72].

Le Barrage de manducité[73].

Le Claquedent des marroufles.

La Ratouère des théologiens[74].

L'Ambouchouoir des maistres en ars[75].

Les Marmitons de Olcam[76], à simple tonsure.

Magistri N. Fripesaulcetis, De grabellationibus horarum canonicarum, lib. quadraginta[77].

58. *De Notre Maître* (titre des docteurs en théologie) *Jambe d'ânesse de Rostock, quatorze livres, sur la moutarde à servir après le repas, apostillés par Maître Vaurillon*. Les théologiens de Rostock étaient en conflit avec ceux de Paris. Vaurillon, franciscain du XVe siècle. *Moutarde après dîner* : loc. familière : avoir l'esprit de l'escalier (cf. Montaigne, *Essais*, III, x.)

59. *Couillage* : cadeau du jeune marié à ses amis célibataires. — *Promoteur* : l'homologue du Procureur du Roi dans la justice ecclésiastique.

60. *Question subtilissime, à savoir si la Chimère bourdonnant dans le vide peut manger des intentions secondes. Qui fut débattue dix semaines au concile de Constance.* Rabelais raille les théologiens du Concile de Constance (1414-1418) et la formule scolastique des *intentions secondes*, attributs accidentels de l'objet.

61. *Le mâche-foin* (avidité) *des Avocats.*

62. *Les barbouillages de Scot* (Duns Scot, théologien du XIIIe s.).

63. *Coiffure en forme d'ailes de chauve-souris* (*ratopenado* en dialecte languedocien).

64. *D'écarter les éperons onze décades, par Maître Albericus de Rosata* (célèbre jurisconsulte du XIVe s.).

65. *Du même, D'établir des garnisons dans les cheveux, trois livres.*

66. Allusion à la campagne infructueuse d'Antoine de Lève (1480-1536), général de Charles Quint, en Provence.

67. *De Marforius, bachelier, couchant à Rome, Sur la façon d'étriller et mâchurer les mules des cardinaux.* Marforius, statue romaine vis-à-vis de *Pasquin* (cf. note 45) et qui avait même usage.

68. *Pronostication qui commence par : De Silvius Triquebille* (testicule), *baillée par Notre Maître Songecruyson* (l'acteur Jean de l'Espine avait composé les *Contreditz de Songecreux*).

69. *De l'évêque Boudarin, neuf neuvaines sur le profit des émulgences* (on attend *indulgences* : dans les deux cas, il s'agit de traire ou *sucer* le bétail... ou les fidèles), *avec privilège du pape pour trois ans et non au-delà.*

70. Sens figuré : *Les simagrées des pucelles.*

71. *La capuche des moines.*

72. *Les prières marmottées des pères Célestins.*

73. *Le Barrage* (péage) *de gloutonnerie* (lat. *manducus*, glouton; confusion volontaire avec *mendicus*, mendiant). On peut donc entendre : le péage levé par la mendicité (les ordres mendiants).

74. *La ratière des théologiens.*

Cullebutatorium confratriarum, incerto authore[78].

La Cabourne des briffaulx[79].

Le Faguenat des Espagnolz, supercoquelicanticqué par Frai Inigo[80].

La Barbotine des marmiteux[81].

Poiltronismus rerum Italicarum, authore magistro Bruslefer[82].

R. Lullius, *de Batisfolagiis principium*[83].

Callibistratorium caffardiæ, actore M. *Jacobo Hocstratem hereticometra*[84].

Chaultcouillons, de magistro nostrandorum magistro nostratorumque beuvetis, lib. octo galantissimi[85].

Les Pétarrades des Bullistes[86], Copistes, Scripteurs, Abbréviateurs, Référendaires, et Dataires, compillées par Regis.

Almanach perpétuel pour les gouteux et vérollez. *Maneries ramonandi fournellos, per* M. *Eccium*[87].

Le Poulemart des marchans[88].

Les Aises de vie monachale.

La Gualimaffrée des bigotz[89].

L'Histoire des farfadetz.

La Belistrandie des millesouldiers[90].

Les Happelourdes des officiaulx[91].

La Bauduffe des thésauriers[92].

Badinatorium Sophistarum[93].

Antipericatametanaparbeugedamphicribrationes merdicantium[94].

Le Limasson des rimasseurs[95].

Le Boutavent des alchymistes[96].

La Nicquenocque des questeurs, cababezacée par frère Serratis[97].

Les Entraves de religion.

La Racquette des brimballeurs[98].

L'Acodouoir de vieillesse.

La Muselière de noblesse.

La Patenostre du cinge[99].

Les grézillons[100] de dévotion.

75. *L'embouchoir des maîtres ès arts.*

76. *Les Marmitons d'Okham,* docteur médiéval († 1347), adversaire de Duns Scot. On le retrouvera dans *Gargantua* (chap. VIII).

77. *De Notre Maître Fripe-Sauce, Sur les grabellations* (recherches vétilleuses) *des heures canoniques, quarante livres.*

78. *Le culbutoire des confréries, auteur incertain.*

79. *Le creux des goinfres.*

80. *La puanteur des Espagnols superbement exaltée par Frère Inigo.*

81. *Le vermifuge des Marmiteux.* La *barbotine* ou absinthe de mer tue les vers.

82. *La mollesse des choses italiennes, auteur Maître Brûlefer,* docteur de Paris (XVᵉ s.), continuateur de Scot et adversaire d'Erasme.

83. *Raimond Lulle, Des batifolages des Princes* (ou le principe (*principium*) des batifolages?) Le célèbre alchimiste du XIVᵉ siècle n'a rien à voir ici.

84. *Callibistratoire* (callibistris : sexe de la femme) *de la Cafarderie, auteur Maître Jacob Hochstraten, mesureur d'hérésie.* Grand inquisiteur pour l'Allemagne, Hochstraten était l'adversaire des humanistes, en particulier de Reuchlin.

85. *De chaudcouillon, huit livres très galants sur les buvettes de Nos Maîtres futurs et présents. (Magister Noster :* Notre Maître, le docteur une-fois reçu; *Magister nostrandus :* le futur Notre Maître).

86. Rédacteurs des bulles pontificales. — Les *dataires* dataient et expédiaient le courrier de la cour romaine. — *Régis,* moine hollandais, adversaire des humanistes.

87. *La manière de ramoner les fourneaux par Maître Eck* (adversaire de Luther).

88. *La Ficelle des marchands* (du provençal *pouloumar*).

89. *La galimafrée* (ragoût) *des bigots.*

90. *La gueuserie des Mille-Sous* (*belîtrandie,* de belître, gueux).

91. *Les Attrape-nigauds des officiaux* (juges ecclésiastiques).

92. *La Baudruche* (?) *des trésoriers.*

93. *Le Badinoire des Sophistes.*

94. Composé burlesque formé avec les prépositions grecques, ἀντί, περί, κατά, etc. et le latin *cribratio,* discussion (mot à mot : passage au crible) : *Discussions sens dessus dessous des merdicants* (calembour : *des ordres mendiants*).

95. *Le Limaçon des rimailleurs.*

96. L' « *expérience* » *des* Alchimistes (jeu de mots avec *boutevent,* soufflet).

La Marmite des quatre temps.

Le Mortier de vie politicque.

Le Mouschet des hermites[101].

La Barbute[102] des pénitenciers.

Le Trictrac des frères frapars[103].

Lourdaudus, *De vita et honestate braguardorum*[104].

Lyripipii Sorbonici Moralisationes, per M. Lupoldum[105].

Les Brimbelettes des voyageurs.

Les Potingues des évesques potatifz[106].

Tarraballationes doctorum Coloniensium adversus Reuchlin[107].

Les Cymbales des dames[108].

La Martingalle des fianteurs[109].

Virevoustatorum nacquettorum, per F. Pedebilletis[110].

Les Bobelins de franc couraige[111].

La Mommerie des rebatz[112] et lutins.

Gerson, *De Auferibilitate pape ab Ecclesia*[113].

La Ramasse des nommez et graduez[114].

Jo. Dytebrodii, De terribilitate excommunicationum libellus acephalos[115].

Ingeniositas invocandi diabolos et diabolas, per M. Guingolfum[116].

Le Hoschepot des perpétuons[117].

La Morisque[118] des hérétiques.

Les Hénilles de Gaïetan[119].

Moillegroin doctoris cherubici, de origine patepelutarum et torticollorum ritibus, lib. septem[120].

Soixante et neuf bréviaires de haulte gresse.

Le Godemarre des cinq ordres des mendians[121].

La Pelleterie des tyrelupins, extraicte de la *Botte fauve* incornifistibulée en la *Somme angelicque*[122].

Le Ravasseur des cas de conscience[123].

La Bedondaine des présidens[124].

Le Vietdazouer des abbés[125].

Sutoris, adversus quemdam qui vocaverat eum fripponatorem, et quod fripponatores non sunt damnati ab Ecclesia[126].

Cacatorium medicorum[127].

97. *L'Attrape des Questeurs...* Le *nicquenocque* est un des jeux de Gargantua (chap. XXII). — *Cababezacée,* ramassée de *cabas et besace?*).

98. *La Raquette des sonneurs de cloches.*

99. *La Patenôtre du singe :* marmonner ses prières en remuant les lèvres comme un singe.

100. *Les chaînes de dévotion.*

101. *L'émouchoir* (la barbe?) *des ermites.*

102. *Le capuchon.*

103. *Tric-trac :* jeu. *Les frères frapparts :* moines débauchés.

104. *Lourdaud. De la vie et honnêteté des élégants* (bragards).

105. *Moralisations du lyripipion sorbonnique,* par Maître Lupold (correspondant d'Ortuinus, cf. note 29, p. 78). — Le *lyripipion* est le chaperon des docteurs en théologie. Le génitif *lyripipii* évoque tout autre chose.

106. *Les Potions des évêques buveurs.* Jeu de mots sur *potatif,* de *potare,* boire, et *portatif* (évêque *in partibus*) déjà employé dans la *Farce de Maître Pathelin.*

107. *Les agitations des docteurs de Cologne contre Reuchlin.* Allusion à la querelle (1505-1516) de Reuchlin contre les théologiens de Cologne.

108. *Les grelots des Dames* (avec un sens paillard).

109. Chausses venues de Martigues et dont le pont placé par-derrière facilite ce qui est indiqué.

110. *Les Virevoustes* (tours) *des naquets* (valets des jeux de paume) par Frère Pied-de-Bille.

111. *Les godillots de Franc-courage. Bobelin :* grosse chaussure.

112. *Rebat :* esprit follet.

113. *Gerson. Du droit de déposition du pape par l'Église.* Ouvrage composé en 1414 par Gerson lors du concile de Constance pour faire déposer les deux antipapes Grégoire et Benoît XIII et faire cesser le Grand Schisme. Mais ce droit risquait fort d'être étendu à d'autres cas.

114. *Le Balai des titrés.*

115. *De Jean Ditebrodius* (Richebrouet), *Sur la terribilité des excommunications, livre acéphale* (sans en-tête ou sans tête?).

116. *L'art d'invoquer les diables et diablesses, par Maître Guingolfus.*

117. *Le Hochepot* (ragoût) *des Perpétuons* (moines perpétuellement en oraisons).

118. *La Morisque* (danse moresque) *des Hérétiques.*

119. *Les béquilles* (?) *de Gaëtan.* Le cardinal Caietan (1469-1534) combattit Luther à la diète d'Augsbourg.

120. *De Mouille-groin, Docteur Chérubique* (titre donné à saint Thomas d'Aquin) *sept livres sur l'origine des pattepelus* (papelards) *et les rites des torticolis* (hypocrites se tordant le cou en priant par piété affectée).

121. *La Bedaine des cinq Ordres des mendiants.* Jeu de mots sur *godemarre,* bedaine, et l'antienne *Gaude Maria, Gaudemare.*

122. Les *tyrelupins* ou *turelupins :* les vagabonds. La *Somme angélique* est de saint Thomas d'Aquin. *La pelleterie des Turelupins, extraite de la Botte fauve, infiltrée* (?) *en la Somme angélique.*

123. *Le Rêvasseur des cas de conscience.*

124. *La grosse bedaine des Présidents.*

125. *Vietdazouer* composé sur *vietdaze,* dit d'âne, en languedocien.

126. *De Couturier, contre quelqu'un qui l'avait appelé fripon, et que les fripons ne sont pas condamnés par l'Église.* Couturier, docteur en théologie, avait composé un ouvrage contre Erasme.

127. *Le Cacatoire des médecins.*

128. *Les champs des Clystères... par Symphorien Champier*. Fragment du titre d'un ouvrage réel de Champier (1528), illustre médecin lyonnais. Les rapports entre les deux médecins semblent avoir été médiocres. S. Champier dans son *Catalogue* des médecins ne cite pas Rabelais, qui était pourtant médecin de l'Hôtel-Dieu de Lyon. L'insertion de l'ouvrage de Champier parmi une liste d'ouvrages ridicules ou de fantaisie est au moins une taquinerie.

129. *Le Tire-pet* (clystère) *des apothicaires*.

130. Justinien, *De la suppression des cagots*.

131. *La Pharmacopée de l'âme*.

132. *Merlin Coccaie* (alias Folengo.), *Sur la patrie des diables*. L'auteur des *Macaronées* raconte que Merlin l'enchanteur avait composé trois livres sur les diables.

133. *Tübingen*, comme Louvain, Nuremberg et Lyon, était célèbre par ses éditeurs. C'est encore une ville universitaire très réputée.

1. *Lettres :* le pluriel, comme en latin *litteræ*, bien qu'il s'agisse d'une seule missive.

2. *Repli.*

3. *Outres.*

4. *Tonneaux d'huile d'olive.*

5. Cette lettre résume les vues des humanistes (Erasme, Vivès en particulier) sur l'instruction. On remarquera sa gravité contrastant avec le burlesque catalogue de la librairie Saint-Victor, et son accent religieux.

6. *Créateur*, du grec πλασσω, modeler. On trouve déjà le mot dans la *Passion* de Gréban : « Mon seigneur et mon plasmateur ».

7. Gratifié d'un *douaire : doté* (terme juridique).

8. *Orné* (lat. *adornare*).

Le Rammoneur d'astrologie.
Campi clysteriorum per S. C.[128].
Le Tyrepet des apothecaires[129].
Le Baisecul de chirurgie.
Justinianus, *de Cagotis tollendis*[130].
Antidotarium animæ[131].
Merlinus Coccaius, *de Patria diabolorum*[132].

Desquelz aucuns sont jà imprimez, et les aultres l'on imprime maintenant en ceste noble ville de Tubinge[133].

CHAPITRE VIII

Comment Pantagruel, estant à Paris,
receut letres[1] *de son père Gargantua,*
et la copie d'icelles.

PANTAGRUEL estudioit fort bien, comme assez entendez, et proufitoit de mesmes, car il avoit l'entendement à double rebras[2], et capacité de mémoire à la mesure de douze oyres[3] et botes d'olif[4]. Et, comme il estoit ainsi là demourant, receut un jour lettres de son père en la manière que s'ensuyt :

« *Très chier filz*[5],

« *Entre les dons, grâces et prérogations desquelles le souverain plasmateur*[6], *Dieu tout puissant, a endouayré*[7] *et aorné*[8] *l'humaine nature à son commencement, celle me semble singulière et excellente par laquelle elle peut, en estat mortel, acqué-*

9. *En cours...*

10. *Restitué en quelque façon,* du latin *instaurare.*

11. *Enlevé* (du lat. *tollere : tollir*).

12. *Auxquels.*

13. *Forme.* M. E. Gilson (*Les idées et les lettres, Rabelais franciscain*) souligne combien cette justification de la mort par le péché originel est conforme à la doctrine de l'Église.

14. *Souillure* (sens religieux).

15. *Consommée.*

16. *Révolution.* Rabelais reproduit l'opinion de saint Thomas sur l'action purificatrice du Jugement dernier. L'homme et le monde retrouveront leur perfection originelle.

17. *Chenue* (archaïsme).

18. Conceptions platoniciennes et doctrine chrétienne se rapprochent dans cette croyance à la migration de l'âme immortelle.

19. *Société, fréquentation :* sens habituel au XVIe s. (Montaigne : « Nous vivons et négocions avec le peuple; si sa conversation nous importune,... il ne nous faut plus entremettre ni de nos propres affaires, ni de celles d'autrui. » *Essais,* livre III, chap. III, *De trois commerces.*)

20. Le souvenir de la postérité, forme de l'immortalité, est une idée chère aux humanistes.

rir espèce de immortalité, et, en décours[9] de vie transitoire, perpétuer son nom et sa semence. Ce que est faict par lignée yssue de nous en mariage légitime. Dont nous est aulcunement instauré[10] ce que nous feut tollu[11] par le péché de nos premiers parens, esquelz[12] fut dict que, parce qu'ilz n'avoyent esté obéyssans au commendement de Dieu le créateur, ilz mourroyent, et, par mort, seroit réduicte à néant ceste tant magnificque plasmature[13] en laquelle avoit esté l'homme créé.

« *Mais, par ce moyen de propagation séminale, demoure ès enfans ce que estoit de perdu ès parens, et ès nepveux ce que dépérissoit ès enfans; et ainsi successivement jusques à l'heure du jugement final, quand Jésu-Christ aura rendu à Dieu le père son Royaulme pacificque hors tout dangier et contamination de péché[14]; car alors cesseront toutes générations et corruptions, et seront les élémens hors de leurs transmutations continues, veu que la paix tant désirée sera consumée[15] et parfaicte, et que toutes choses seront réduites à leur fin et période[16].*

« *Non doncques sans juste et équitable cause, je rends grâces à Dieu, mon conservateur, de ce qu'il m'a donné povoir veoir mon antiquité chanue[17] refleurir en ta jeunesse; car, quand, par le plaisir de luy, qui tout régist et modère, mon âme laissera ceste habitation humaine, je ne me réputeray totallement mourir, ains passer d'un lieu en aultre[18], attendu que, en toy et par toy, je demeure en mon image visible en ce monde, vivant, voyant et conservant entre gens de honneur et mes amys, comme je souloys. Laquelle mienne conversation[19] a esté, moyennant l'ayde et grâce divine, non sans péché, je le confesse (car nous péchons tous, et continuellement requérons à Dieu qu'il efface noz péchez), mais sans reproche.*

Par quoy, ainsi comme en toy demeure l'image de mon corps, si pareillement ne reluysoient les meurs de l'âme, l'on ne te jugeroit estre garde et trésor de l'immortalité de nostre nom; et le plaisir que prendroys, ce voyant, seroit petit, considérant que la moindre partie de moy, qui est le corps, demoureroit, et la meilleure, qui est l'âme, et par laquelle demeure nostre nom en bénédiction entre les hommes[20], seroit dégénérante et abastardie. Ce que je ne dis par défiance que je aye de ta vertu,

21. La *prud'homie,* formée de savoir et de sagesse tolérante, est un idéal de la Renaissance.

22. L'opposition entre le Moyen Âge, époque « gothique » ténébreuse, et la Renaissance, temps des lumières, est fréquente chez les contemporains. Rabelais l'évoque dans sa *Lettre à Tiraqueau,* dédicace de l'édition des *Epistolæ medicinales* (1532) de Manardi. Le contraste ténèbres-lumières, symbolisant l'ignorance des scolastiques et la science des humanistes, fut souvent rappelé par les premiers champions de l'imprimerie, vers la fin du xve s.

23. *Abondance* (latinisme : *copia*).

24. Souvenir du *De Senectute* (9 et 10) de Cicéron (Marcus Tullius Cicero), qui prête cette maxime au vieux Caton.

25. Plutarque, *De se ipsum citra invidiam laudando.*

26. Le rétablissement des études libérales est le bienfait essentiel de la *Renaissance,* mot qui sera employé pour la première fois par Belon, *Observations de plusieurs singularités,* 1553.

27. L'enseignement du grec et de l'hébreu, conjointement avec celui du latin, est une victoire des humanistes. L'Université de Louvain ouvre un Collège des trois langues (1518). François Ier, *Père et vrai restaurateur des arts et des lettres,* fonde le Collège royal (1530) avec des chaires de grec, d'hébreu et de latin. Dès le couvent, Rabelais, malgré l'interdiction de ses supérieurs, avait appris le grec. Le renouveau des études hébraïques remonte à la fin du xve s., avec Pic de la Mirandole et Reuchlin (*Le Verbe mirifique,* 1496); il se développe avec Erasme et Postel (1505-1581). Le chaldéen était utile à l'interprétation de l'Ancien Testament (cf. Erasme, *Apologia in dialogum Jacobi Latomi,* 1518).

28. *Livres imprimés.*

laquelle m'a esté jà par cy devant esprouvée, mais pour plus
fort te encourager à proffiter de bien en mieulx.

« *Et ce que présentement te escriz, n'est tant affin qu'en*
ce train vertueux tu vives, que de ainsi vivre et avoir vescu
tu te resjouisses, et te refraischisses en courage pareil pour
l'advenir. A laquelle entreprinse parfaite et consommer, il te
peut assez souvenir comment je n'ay rien espargné; mais ainsi
te y ay-je secouru comme si je n'eusse aultre thésor en ce
monde que de te veoir une foys en ma vie absolu et parfaict,
tant en vertu, honesteté et preudhommie[21], *comme en tout*
sçavoir libéral et honeste, et tel te laisser après ma mort comme
un mirouoir représentant la personne de moy · ton père, et si
non tant excellent et tel de faict comme je te souhaite, certes
bien tel en désir.

« *Mais, encores que mon feu père, de bonne mémoire, Grand-*
gousier, eust adonné tout son estude à ce que je proffitasse en
toute perfection et sçavoir politique, et que mon labeur et estude
correspondit très bien, voire encores oultrepassast son désir,
toutesfoys, comme tu peulx bien entendre, le temps n'estoit
tant idoine ne commode ès lettres comme est de présent[22], *et*
n'avoys copie[23] *de telz précepteurs comme tu as eu.*

Le temps estoit encores ténébreux et sentant l'infélicité et cala-
mité des Gothz qui avoient mis à destruction toute bonne litéra-
ture. Mais, par la bonté divine, la lumière et dignité a esté de
mon eage rendue ès lettres, et y voy tel amendement que, de
présent, à difficulté seroys-je receu en la première · classe des
petitz grimaulx, qui, en mon eage virile, estoys. (non à tord)
réputé le plus sçavant dudict siècle. Ce que je ne dis par jac-
tance vaine, encores que je le puisse louablement faire en t'escri-
vant, comme tu as l'autorité de Marc Tulle en son livre de
Viéillesse[24], *et la sentence de Plutarche au livre intitulé :*
Comment on se peut louer sans envie[25], *mais pour te*
donner affection de plus hault tendre.

« *Maintenant toutes disciplines sont restituées*[26], *les langues*
instaurées : Grecque[27], *sans laquelle c'est honte que une per-*
sonne se die sçavant, Hébraïcque, Caldaïque, Latine. Les
impressions[28] *tant élégantes et correctes en usance, qui ont esté*

29. L'opposition entre l'imprimerie, *inspiration divine,* et l'artillerie, *suggestion diabolique,* est un lieu commun chez les humanistes (cf. du Verdier, *Prosopographie*).

30. *Bibliothèques.*

31. L'illustre juriconsulte Papinien (142-212).

32. Soldats irréguliers.

33. Il est peu flatteur pour les dames d'être citées après les *brigands, bourreaux,* etc. « Cette misogynie » traditionnelle se retrouve chez Montaigne, qui se plaint, lui, de l'engouement féminin pour les études (*Essai,* III, 3, *De trois commerces*). Erasme, Rabelais, en revanche, en sont fiers. L'exemple de cette culture antique était donné par Marguerite de Navarre. Quelques années après le *Pantagruel,* Lyon comptera deux poétesses illustres, Louise Labé et Pernette du Guillet.

34. *Méprisé* (du latin *contemnere*).

35. A Rome, Caton l'Ancien fut l'adversaire de l'hellénisme, mais il apprit le grec à quatre-vingts ans. Erasme prétend avoir quatre amis, « célèbres par leurs ouvrages, dont l'un apprit le grec à quarante-huit ans, dont nul ne l'apprit avant la quarantaine ».

36. Les *Œuvres Morales* de Plutarque. Rabelais en possédait plusieurs exemplaires.

37. Les *Dialogues* de Platon comptent parmi les lectures préférées de Rabelais. Pendant toute la Renaissance, le culte de Platon ne fit que se développer.

38. Pausanias (IIe s. ap. J.-C.) auteur d'une *Description de la Grèce,* document précieux sur les reliques de la Grèce antique.

39. Athénée (IIIe s. ap. J.-C.), auteur du *Banquet des Sophistes,* compilation sur l'Antiquité, très lue par les Humanistes.

40. *C'est pourquoi.* Après l'exemple personnel, les conseils de pédagogie et de morale.

41. *Instructions orales.* Souvenir de Cicéron, *De Officiis,* I, chap. XIV.

42. Quintilien, *Institution oratoire,* I, chap. I : « Je préfère que l'enfant commence par le grec. » C'était aussi l'avis de Guillaume Budé.

43. Certains psautiers donnaient le texte en hébreu, en grec, en latin, en chaldéen et en arabe. La critique des textes et leur comparaison est une des nouveautés du temps.

44. Les modèles proposés par Gargantua, Platon en grec, Cicéron en latin, sont purement classiques.

45. *Géographie.*

*inventées de mon eage par inspiration divine, comme, à contre-
fil, l'artillerie par suggestion diabolicque*[29]. *Tout le monde est
plein de gens savans, de précepteurs très doctes, de librairies*[30]
*très amples, qu'il m'est advis que, ny au temps de Platon, ny
de Cicèron, ny de Papinian*[31], *n'estoit telle commodité d'estude
qu'on y veoit maintenant. Et ne se fauldra plus doresnavant
trouver en place ny en compaignie, qui ne sera bien expoly en
l'officine de Minerve. Je voy les brigans, les boureaulx, les avan-
turiers*[32], *les palefreniers de maintenant, plus doctes que les
docteurs et prescheurs de mon temps.*

« *Que diray je ? Les femmes et les filles ont aspiré à ceste
louange et manne céleste de bonne doctrine*[33]. *Tant y a que, en
l'eage où je suis, j'ay esté contrainct de apprendre les lettres
Grecques, lesquelles je n'avois contemné*[34] *comme Caton*[35], *mais
je n'avoys eu loysir de comprendre en mon jeune eage. Et voluntiers me délecte à lire les Moraulx de Plutarche*[36], *les beaux
Dialogues de Platon*[37], *les Monumens de Pausanias*[38], *et
Antiquitez de Atheneus*[39], *attendant l'heure qu'il plaira à
Dieu mon créateur me appeller, et commander yssir de ceste
terre.*

« *Parquoy*[40], *mon filz, je te admoneste que employe ta jeunesse à bien profiter en estudes et en vertus. Tu es à Paris, tu
as ton précepteur Epistémon, dont l'un par vives et vocables
instructions*[41], *l'aultre par louables exemples, te peut endoctri-
ner. J'entens et veulx que tu aprenes les langues parfaictement :
premièrement la Grecque, comme le veult Quintilian*[42] ; *secondement, la Latine ; et puis l'Hébraïcque pour les sainctes lettres,
et la Chaldaïcque et Arabicque pareillement*[43] ; *et que tu formes
ton stille, quand à la Grecque, à l'imitation de Platon ; quand à
la Latine, de Cicéron*[44]. *Qu'il n'y ait hystoire que tu ne tienne
en mémoire présente, à quoy te aydera la Cosmographie*[45] *de
ceulx qui en ont escript.*

« *Des ars libéraux, Géometrie, Arisméticque et Musicque*[46],
*je t'en donnay quelque goust quand tu estoys encores petit, en
l'eage de cinq à six ans ; poursuys la reste, et de Astronomie
saiche en tous les canons*[47] ; *laisse moy l'Astrologie divinatrice,
et l'art de Lullius, comme abuz et vanitez*[48]. *Du droit*[49] *civil,*

46. Gargantua laisse de côté les trois autres *arts libéraux :* la grammaire, la rhétorique et la logique.

47. *Les lois de l'astronomie.* Rabelais honore la vraie science et condamne l'*astrologie divinatrice,* si prisée de ses contemporains superstitieux, qui croyaient être déterminés par les astres. Montaigne, lui aussi, se moquera des fables des astrologues, comme des autres *pronostications*.

48. Rabelais a déjà attaqué Raymond Lulle au chap. VII. Qu'il s'agisse des traités d'alchimie ou de l'*Ars brevis,* c'est toujours vaine science.

49. On a déjà vu l'intérêt que Rabelais portait au renouveau du droit, notamment à la réforme d'Alciat. Cf. son amitié avec Tiraqueau.

50. *Buissons* (latinisme).

51. Alors que les polémiques entre défenseurs de la médecine grecque et partisans de la médecine arabe étaient très violentes, Rabelais ne jette l'exclusive sur aucune doctrine.

52. E. Dolet loue Rabelais d'avoir pratiqué la dissection, ce qui était encore exceptionnel en France à cette époque. L'anatomie était en honneur en Italie, notamment à Padoue (cf. Alessandro Achillini, Berengario et Canano, précurseur de l'illustre Vésale (1514-1564). Rabelais se tenait au courant des progrès de la médecine italienne.

53. L'« autre monde », l'homme ou *microcosme* par opposition à l'univers ou *macrocosme*.

54. *Embarras, difficultés.* Au XVIe s., *affaire* est masculin.

55. *Bientôt.*

56. *Soutenant des thèses.* Pantagruel suivra le conseil et sera si réputé pour son art d'argumenter qu'« un grand clerc de Angleterre » viendra spécialement à Paris pour l'éprouver (cf. chap. XVIII). Au chapitre X, il affiche aux carrefours « neuf mille sept cens soixante et quatre » conclusions.

57. *Ame malivole :* âme qui veut le mal (du latin *malevola*). Cf. Salomon, *Livre de la Sagesse* (I, 4).

58. Cet adage célèbre était déjà courant chez les scolastiques, avant Rabelais.

59. *Foi formée de charité.* Au sens théologique : la charité, c'est-à-dire l'amour divin, est la *forme* des autres vertus chrétiennes.

60. *N'applique ton cœur à des choses vaines.*

61. Souvenir d'*Isaïe,* XL, 8.

62. Erasme recommande, lui aussi, le respect des maîtres (*De pueris statim ac liberaliter instituendis*).

je veulx que tu saiche par cueur les beaulx textes, et me les confere avecques philosophie.

« *Et quand à la congnoissance des faictz de nature, je veulx que tu te y adonne curieusement : qu'il n'y ayt mer, rivière, ny fontaine, dont tu ne congnoisse les poissons; tous les oyseaulx de l'air, tous les arbres, arbustes, et fructices[50] des forestz, toutes les herbes de la terre, tous les métaulx cachez au ventre des abysmes, les pierreries de tout Orient et Midy, rien ne te soit incongneu.*

« *Puis songneusement revisite les livres des médicins Grecz, Arabes et Latins, sans contemner les Thalmudistes et Cabalistes[51], et, par fréquentes anatomies[52], acquiers toy parfaicte congnoissance de l'aultre monde[53], qui est l'homme. Et, par lesquelles heures du jour, commence à visiter les sainctes lettres, premièrement, en Grec, le* Nouveau Testament, *et* Epistres des Apostres, *et puis, en Hébrieu, le* Vieulx Testament.

« *Somme, que je voy un abysme de science. Car, doresnavant que tu deviens homme et te fais grand, il te fauldra yssir de ceste tranquillité et repos d'estude, et apprendre la chevalerie et les armes, pour défendre ma maison, et nos amys secourir en tous leurs affaires[54], contre les assaulx des malfaisans. Et veulx que, de brief[55], tu essaye combien tu as proffité, ce que tu ne pourras mieulx faire, que tenent conclusions[56] en tout sçavoir, publiquement, envers tous et contre tous, et hantant les gens lettrez qui sont tant à Paris comme ailleurs.*

« *Mais parce que, selon le saige Salomon, Sapience n'entre poinct en àme malivole[57], et science sans conscience n'est que ruine de l'âme[58], il te convient servir, aymer, et craindre Dieu, et en luy mettre toutes tes pensées et tout ton espoir; et, par foy formée de charité[59], estre à luy adjoinct, en sorte que jamais n'en soys desamparé par péché. Aye suspectz les abus du monde; ne metz ton cueur à vanité[60] : car ceste vie est transitoire, mais la parole de Dieu demeure éternellement[61]. Soys serviable à tous tes prochains, et les ayme comme toy mesmes. Révère tes précepteurs[62], fuis les compaignies des gens esquelz tu ne veulx point resembler, et, les grâces que Dieu te a données, icelles ne reçoipz en vain. Et quand tu congnoistras que auras tout le*

98

63. *Enflambé* : enflammé.

64. Les thèmes effleurés dans cette lettre célèbre seront repris et développés par Rabelais dans le *Gargantua* : la satire de l'éducation des temps « gothiques » dans les chapitres XIV et XXI, le programme de l'éducation humaniste dans les chapitres XXIII et XXIV.

1. A l'emplacement de l'hôpital Saint-Antoine.

2. Les cueilleurs de pommes, nombreux dans le Perche, étaient de pauvres hères, aux vêtements déchirés par les branches. La comparaison était proverbiale.

sçavoir de par delà acquis, retourne vers moy, affin que je te voye et donne ma bénédiction devant que mourir.

« Mon filz, la paix et grâce de Nostre Seigneur soit avecques toy. Amen.

De Utopie, ce dix septiesme jour du moys de mars,

« Ton père,

« GARGANTUA »

Ces lettres receues et veues, Pantagruel print nouveau courage, et feut enflambé[63] à proffiter plus que jamais; en sorte que, le voyant estudier et proffiter, eussiez dict que tel estoit son espérit entre les livres comme est le feu parmy les brandes, tant il l'avoit infatigable et strident[64].

CHAPITRE IX

*Comment Pantagruel trouva Panurge,
lequel il ayma toute sa vie.*

UN jour Pantagruel, se pourmenant hors la ville, vers l'abbaye sainct Antoine[1], devisant et philosophant avecques ses gens et aulcuns escholiers, rencontra un homme, beau de stature et élégant en tous linéamens du corps, mais pitoyablement navré en divers lieux, et tant mal en ordre qu'il sembloit estre eschappé ès chiens, ou mieulx resembloit un cueilleur de pommes du païs du Perche[2]. De tant loing que le vit Pantagruel, il dist ès assistans : « Voyez-vous cest homme qui vient par le chemin du pont de Charanton? Par ma foy, il n'est pauvre que par fortune : car je vous asseure que, à sa physionomie, Nature l'a produict de riche et noble

3. *Au droit :* à la hauteur.

4. Ici commence la série des discours, soit en langues étrangères, soit en langages macaroniques forgés à plaisir par Rabelais. Ce procédé comique était déjà employé dans la *Farce de Maître Pathelin,* mais chez Rabelais les discours affectent le ton sérieux, tout en renfermant des calembredaines et des obscénités.

Le premier discours est en allemand : *Seigneur, Dieu vous donne bonheur et prospérité. D'abord, cher Seigneur, sachez que l'objet de votre question est triste et digne de compassion. Et ce qu'il y aurait à en dire serait pour vous fâcheux à entendre, et pour moi à raconter, bien que les poètes et les orateurs de jadis aient dit dans leurs adages et sentences, que le souvenir de la misère et de la pauvreté passées est une grande joie.*

5. Langue imaginaire où Rabelais accumule noms propres *(Chinon)*, noms communs *(galette)*, et gauloiseries *(foulchrich al conin).*

lignée, mais les adventures des gens curieulx le ont
réduict en telle pénurie et indigence. » Et ainsi qu'il fut
au droict[3] d'entre eux, il luy demanda : « Mon amy, je
vous prie que un peu veuillez icy arrester, et me res-
pondre à ce que vous demanderay, et vous ne vous en
repentirez point, car j'ay affection très grande de vous
donner ayde à mon povoir en la calamité où je vous
voy : car vous me faictes grand pitié. Pourtant, mon
amy, dictes-moy : Qui estes-vous? Dont venez-vous?
Où allez-vous? Que quérez-vous? Et quel est vostre
nom? »

Le compaignon luy respond en langue Germanicque[4] :
*« Junker, Gott geb euch Glück unnd hail. Zuvor, lieber juncker,
ich las euch wissen, das da ihr mich von fragt, ist ein arm
unnd erbarmglich ding, unnd wer vil darvon zu sagen, welches
euch verdruslich zu hœren, unnd mir zu erzelen wer, vievol die
Poeten unnd Orators vorzeiten haben gesagt in iren Sprüchen
und Sententzen, das die Gedechtnus des Ellends unnd Armuot
vorlangst erlitten ist ain grosser Lust. »*

A quoy respondit Pantagruel : « Mon amy, je n'entens poinct ce barragouin; pourtant, si voulez qu'on
vous entende, parlez aultre langaige. »

Adoncques le compaignon luy respondit : *« Al barildim
gotfano dech min brin alabo dordin falbroth ringuam albaras.
Nin porth zadikim almucathin milko prin al elmin enthoth dal
heben ensouim : kuthim al dum alkatim nim broth dechoth porth
min michais im endoth, pruch dal maisoulum hol moth dansril-
rim lupaldas im voldemoth. Nin hur diavosth mnarbotim dal
gousch palfrapin duch im scoth pruch galeth dal Chinon, min
foulchrich al conin butathen doth dal prim[5].*

— Entendez-vous rien là? » dist Pantagruel ès assistans. A quoy dist Epistémon : « Je croy que c'est langaige
des Antipodes, le diable ny mordroit mie. » Lors dist
Pantagruel : « Compère, je ne sçay si les murailles vous
entendront, mais de nous nul n'y entend note. »

Donc dist le compaignon : *« Signor mio, voi videte per
exemplo che la cornamusa non suona mai, s'ela non a il ventre*

6. Discours en italien : *Monseigneur, vous voyez par exemple que la cornemuse ne sonne jamais si elle n'a le ventre plein. Moi de même, je ne saurais vous conter mes aventures, si mon ventre troublé n'est restauré comme d'habitude. Il lui est avis que les mains et les dents ont perdu leur fonction naturelle et sont complètement annihilées.*

A l'époque de *Pantagruel*, l'italien était la langue étrangère la plus connue en France.

7. Discours en écossais : *Milord, si vous êtes aussi puissant par l'intelligence que vous êtes naturellement grand de corps, vous devez avoir pitié de moi, car la nature nous a faits égaux, mais la fortune a élevé les uns et abaissé les autres. Toutefois la vertu est souvent dédaignée et les hommes vertueux sont méprisés, car avant la fin dernière, nul n'est bon.*

L'écossais était inconnu en France, sauf dans l'entourage des gardes écossais du Roi. Les éditions ultérieures remplacent l'écossais par de l'anglais, ce qui ôte de son sel à la remarque de Carpalim : « Saint Treignan, foutys vous d'Escoss... ».

8. Discours en basque, dont le ton familier contraste avec la gravité parodique des précédents : *Grand Sire, à tous maux, il faut remède. Être comme il faut, c'est le difficile. Je vous ai tant prié ! Faites qu'il y ait de l'ordre dans notre propos : cela sera, sans fâcherie, si vous me faites porter mon rassasiement. Après quoi, demandez-moi ce que vous voudrez. Il ne vous fera pas faute de faire même les frais de deux, s'il plaît à Dieu.*

9. *Genicoa* ou *Janicoac,* Dieu (en basque).

10. *Carpalim* ou le *Rapide* (du grec χαρπάλιμο), « domestique » de Pantagruel.

11. *Saint Treignan, êtes-vous d'Écosse, ou j'ai mal entendu ?* Cette réplique en jargon franco-écossais, comme celui que parlaient les gardes écossais du Roi, aurait dû faire suite au discours en écossais. Saint Treignan, ou saint Ringan est le saint national de l'Écosse.

12. Nouvelle invention verbale, d'où émergent quelques noms familiers à Rabelais, tels *Chavigny* et *La Devinière,* sa métairie natale.

13. *Langage patelinois :* allusion aux langages forgés par maître Pathelin.

14. *Langage lanternois.* Le *Lanternois,* comme l'*Utopie,* est une contrée imaginaire. Il en sera question au *Quart Livre,* chapitre v, *Comment Pantagruel, rencontra une nauf de voyagers retournans du pays lanternois,* et au chapitre vi, au cours du marchandage entre Dindenault et Panurge.

15. Discours en hollandais : *Seigneur, je ne parle point une langue qui ne soit pas chrétienne. Il me paraît toutefois que, sans que je vous dise un seul mot, mes haillons vous décèlent assez ce que je souhaite. Soyez assez charitable pour me donner de quoi me restaurer.*

*pieno. Cosi io parimente non vi saprei contare le mie fortune,
se prima il tribulato ventre non a la solita refectione. Al quale
e adviso che le mani et li denti abbui perso il loro ordine natu-
rale et del tuto annichillati[6]. »*

A quoy respondit Epistémon : « Autant de l'un comme
de l'aultre. »

Dont dist Panurge : « *Lard, ghest tholb be sua virtiuss
be intelligence ass yi body schal biss be naturall relvtht, tholb
suld of me pety have, for nature hass ulss egualy maide; bot
fortune sum exaltit hess, an oyis deprevit. Nom ye less viois mou
virtius deprevit and virtiuss men discrivis, for, anen ye lad
end, iss non gud[7].*

— Encores moins » respondit Pantagruel.

Adoncques dist Panurge : « *Jona andie, guaussa gous-
syetan behar da erremedio, beharde, versela ysser lan da.
Anbates otoy y es nausu, eyn essassu gourr ay proposian ordine
den. Non yssena bayta fascheria egabe, genherassy badia sadassu
noura assia. Aran hondovan gualde eydassu nay dassuna. Estou
oussyc eguinan soury hin, er darstura eguy harm. Genicoa plasar
vadu[8].*

— Estez-vous là, respondit Eudemon, Genicoa[9]? »
A quoy dist Carpalim[10] : « Sainct Treignan foutys-vous
d'Escoss[11], ou j'ay failly à entendre. »

Lors respondit Panurge : « *Prug frest strinst sorgdmand
strochdt drhds pag brledand Gravot Chavigny Pomardière rusth
pkallhdracg Devinière près Nays. Bouille kalmuch monach
drupp delmeupplistrincq dlrnddodelb up drent loch minc
stzrinquald de vins ders cordelis hur jocststzampenards[12].*

A quoy dist Epistémon : « Parlez-vous christian, mon
ami, ou langaige Patelinoys[13]? Non, c'est langaige Lan-
ternoys[14]. »

Dont dist Panurge : « *Herre, ie en spreke anders gheen
taele dan kersten taele : my dunct nochtans, al en seg ie v niet
een wordt, myuen nood verklaart ghenonch wat ie beglere;
gheest my unyt bermherticheyt yet waer un ie ghevoet magh
zunch[15].*

104

16. **Discours en espagnol** : *Seigneur, je suis las de tant parler : c'est pourquoi je supplie Votre Révérence de considérer les préceptes évangéliques, pour qu'ils portent Votre Révérence à ce qu'exige la conscience; s'ils ne suffisaient pas à émouvoir Votre Révérence à la pitié, je la supplie de considérer la pitié naturelle, qui la touchera, je crois, comme de raison; sur ce, je ne dis plus rien.*

17. *Dea*, forme ancienne de *da* (cf. *oui da*) : vraiment.

18. **En danois** : *Monsieur, même au cas où, comme les enfants et les bêtes brutes, je ne parlerais aucune langue, mes vêtements et la maigreur de mon corps montreraient clairement ce dont j'ai besoin : manger et boire. Ayez donc pitié de moi et faites-moi donner de quoi maîtriser mon estomac aboyant, de même qu'on place une soupe devant Cerbère. Ainsi vous vivrez longtemps et heureux.*

19. *Eusthène* ou *le fort* (du grec Εὐσθενής), « domestique » de Pantagruel.

20. **En hébreu** : *Monsieur, la paix soit avec vous. Si vous voulez faire du bien à votre serviteur, donnez-moi tout de suite une miche de pain, ainsi qu'il est écrit : Celui-là prête au Seigneur, qui a pitié du pauvre* (cf. *Proverbes*, XIX, 17).

21. **En grec ancien**, mais transcrit selon la prononciation du grec moderne, différente de la prononciation érasmienne adoptée depuis lors par les Universités : *Excellent Maître, pourquoi ne me donnes-tu pas de pain? Tu me vois périr misérablement de faim, et cependant tu n'as nullement pitié de moi. Tu me poses des questions importunes. Cependant tous les amis des lettres sont d'accord que les discours et les paroles sont superflus quand les faits sont évidents pour tous. Les discours ne sont nécessaires que là où les faits sur lesquels nous sommes en contestation ne se montrent pas clairement.*

A quoy respondit Pantagruel : « Autant de cestuy là. »

Dont dist Panurge : « *Seignor, de tanto hablar yo soy cansado. Por que supplico a Vostra Reverentia que mire a los preceptos evangelicos, para que ellos movant Vostra Reverentia a lo que es de conscientia, y, sy ellos non bastarent para mover Vostra Reverentia a piedad, supplico que mire a la piedad natural, la qual yo creo que le movra, como es de razon, y con esto non digo mas*[16]. »

A quoy respondit Pantagruel : « *Dea*[17], mon amy, je ne fais doubte aulcun que ne sachez bien parler divers langaiges, mais dictes nous ce que vouldrez en quelque langue que puissions entendre. »

Lors dist le compaignon : « *Myn Herre, endog ieg med inghen tunge talede, lygesom boeen, ocg uskvulig creatner! Myne Kleebon, och myne legoms magerhed uudviser allygue klalig huvad tyng meg meest behoff girereb, som aer sandeligh mad och drycke : hwarfor forbarme teg omsyder offvermeg; och bef ael at gyffuc meg nogeth; aff huylket ieg kand styre myne groeendes maghe lygeruss son mand Cerbero en soppe forsetthr. Soa shal tue loeffve lenge och lyksaligth*[18].

— Je croy, dist Eustènes[19], que les Gothz parloient ainsi. Et, si Dieu vouloit, ainsi parlerions nous du cul. »

Adoncques, dist le compaignon : « *Adoni, scolom lecha : im ischar harob hal habdeca, bemeherah thithen li kikar lehem, chancatbub : laah al Adonai chonen ral*[20]. »

A quoy respondit Epistémon : « A ceste heure ay je bien entendu : car c'est langue Hébraïcque bien rhétoricquement pronuncée. »

Dont dist le compaignon : « *Despota ti nyn panagathe, dioti sy mi uc artodotis? Horas gar limo analiscomenon eme athlios. Ce en to metaxy eme uc eleis udamos, zetis de par emu ha u chre, ce homos philologi pamdes homologusi tote logus te ce rhemeta peritta hyparchin, opote pragma asto pasi delon esti. Entha gar anankei monon logi isin, hina pragmata (hon peri amphisbetumen) me phosphoros epiphenete*[21].

22. Cette fois, c'est du grec de fantaisie, aussi imaginaire que les jargons précédents.

23. Discours en latin fort correct (comme le discours grec) : *Je vous ai déjà tant de fois conjuré, par les choses sacrées, par tous les dieux et déesses, si quelque pitié vous émeut, de soulager ma misère! Mais il ne me sert de rien de crier et de me plaindre. Laissez-moi, je vous en prie, laissez-moi, hommes impies, m'en aller où le destin m'appelle, et ne me fatiguez pas davantage par vos vaines apostrophes, vous souvenant de ce vieil adage : ventre affamé n'a pas d'oreilles.*

24. *Une nouvelle paire d'amis,* comme Achille et Patrocle, Oreste et Pylade, Enée et Achate.

25. *Panurge* (du grec πανοῦργος) : *le fourbe.*

26. *Lorsqu'on alla à Mytilène pour notre malheur.* Allusion à la défaite des Chrétiens devant les Turcs de Mytilène (1502).

— Quoy? dist Carpalim, lacquays de Pantagruel, c'est Grec, je l'ay entendu. Et comment? As-tu demouré en Grèce? »

Donc dist le compaignon : « *Agonou dont oussys vou denaguez algarou, nou den farou zamist vous mariston ulbrou, fousquez vous brol, tam bredaguez moupreton den goul houst, daguez daguez nou croupys fost bardounnofiist nou grou. Agou paston tol nalprissys hourtou los echatonous, prou dhouquys brol panygou den bascrou nou dous caguons goulfren goul oust troppassou*[22].

— J'entends, se me semble, dist Pantagruel : car ou c'est langaige de mon pays de Utopie, ou bien luy ressemble quant au son. »

Et, comme il vouloit commencer quelque propos, le compaignon dist : *Jam toties vos, per sacra, perque deos deasque omnis, obtestatus sum, ut, si qua vos pietas permovet, egestatem meam solaremini, nec hilum proficio clamans et ejulans. Sinite, quæso, sinite, viri impii, quo me fata vocant abire, nec ultra vanis vestris interpellationibus obtundatis, memores veteris illius adagi, quo venter famelicus auriculis, carere dicitur*[23].

— Dea, mon amy, dist Pantagruel, ne sçavez-vous parler Françoys?

— Si faictz très bien, Seigneur, respondit le compaignon, Dieu mercy. C'est ma langue naturelle et maternelle, car je suis né et ay esté nourry jeune au jardin de France : C'est Touraine.

— Doncques, dist Pantagruel, racomptez nous quel est vostre nom, et dont vous venez : car, par ma foy, je vous ay ja prins en amour si grand que, si vous condescendez à mon vouloir, vous ne bougerez jamais de ma compaignie, et vous et moy ferons un nouveau pair d'amitié[24], telle que feut entre Enée et Achates.

— Seigneur, dist le compaignon, mon vray et propre nom de baptesme est Panurge[25], et à présent viens de Turquie, où je fuz mené prisonnier lors qu'on alla à Mételin en la male heure[26]. Et voluntiers vous racomp-

27. *Ce sera baume...* Le *baume* de La Mecque était un produit rare et précieux.

28. *Briber : brifer,* ou comme aujourd'hui (pop.) *bâfrer :* manger gloutonnement.

1. *Bien records :* ayant bonne mémoire.
2. Il était d'usage d'afficher les thèses sur **lesquelles** on défiait tout contradicteur. Pantagruel bat le **record** de Pic de la Mirandole, qui se faisait fort de disputer sur **900** questions.
3. *Rue du Fouarre,* où se trouvaient les **salles de cours** de la Faculté des Arts, dont le sol était jonché de paille (*fouarre* ou *feurre*).
4. Maîtres ès arts dirigeant une école.
5. Etudiants ès arts.

teroys mes fortunes, qui sont plus merveilleuses que celles de Ulysses; mais, puis qu'il vous plaist me retenir avecques vous (et je accepte voluntiers l'offre, protestant jamais ne vous laisser; et alissiez vous à tous les diables), nous aurons, en aultre temps plus commode, assez loysir d'en racompter, car, pour ceste heure, j'ay nécessité bien urgente de repaistre : dentz agües, ventre vuyde, gorge seiche, appétit strident, tout y est délibéré : si me voulez mettre en œuvre, ce sera basme[27] de me veoir briber[28]; pour Dieu, donnez-y ordre! »

Lors commenda Pantagruel qu'on le menast en son logis et qu'on luy apportast force vivres. Ce que fut faict, et mangea très bien à ce soir, et s'en alla coucher en chappon, et dormit jusques au lendemain heure de disner, en sorte qu'il ne feist que troys pas et un sault du lict à table.

CHAPITRE X

Comment Pantagruel équitablement
jugea d'une controverse merveilleusement
obscure et difficile, si justement que son
jugement fut dict fort admirable.

PANTAGRUEL, bien records[1] des lettres et admonition de son père, voulut un jour essayer son sçavoir. De faict, par tous les carrefours de la ville mist conclusions[2] en nombre de neuf mille sept cens soixante et quatre, en tout sçavoir, touchant en ycelles les plus fors doubtes qui feussent en toutes sciences. Et premièrement, en la rue du Feurre[3], tint contre tous les régens[4], artiens[5] et orateurs, et les mist tous de cul. Puis en Sorbonne, tint

6. Dans l'édition originale. Rabelais reproduisait la raillerie traditionnelle contre le penchant des théologiens pour la chopine. Montaigne, au contraire, justifie les théologiens de faire bonne chère (cf. *Essais,* III, 13). — *Prendre sa réfection :* se restaurer.

7. Professeurs de droit canonique.

8. *Leurs ergots.* Calembour sur *ergot* (cf. monter sur ses ergots) et *ergo* (donc), conjonction latine, par laquelle débutait toute conclusion (cf. ergoter).

9. *Sophismes* (terme de la logique scolastique).

10. *Faire quinauds :* rendre honteux.

11. *Veaux enjuponnés.* Allusion aux robes que portaient théologiens et professeurs.

12. Courtières.

13. Marchandes de *ganivets* (petits couteaux).

14. L'anecdote concernant Démosthène était célèbre dans l'Antiquité (cf. Cicéron, *Tusculanes,* V. 36; Pline le Jeune, Elien, etc.).

15. Tribunal fondé par Charles VIII en 1497.

16. Enumération de juristes réels ou fantaisistes. *Jason,* surnom de Mainus (1485-1519), jurisconsulte de Padoue; Philippe Dèce enseigna le droit à Pavie, puis fut successivement conseiller au parlement de Bourges et à celui de Valence; Petrus de Petronibus, personnage imaginaire : « Pierre des pierrons ».

17. *Un tas d'autres vieux Rabbinistes :* un tas de vieux juristes aussi vétilleux que les rabbins épluchant la Bible.

contre tous les Théologiens[6], par l'espace de six
sepmaines, despuis le matin quatre heures jusques à six
du soir, exceptez deux heures d'intervalle pour repaistre
et prendre sa réfection. Et à ce assistèrent la plus part
des seigneurs de la Court : maistres des requestes, présidens, conseilliers, les gens des comptes, secrétaires,
advocatz et aultres, ensemble les eschevins de ladicte ville
avecques les médicins et canonistes[7].

Et notez que, d'iceulx la plus part prindrent bien le
frain aux dentz; mais, nonobstant leurs ergotz[8] et
fallaces[9], il les feist tous quinaulx[10], et leur monstra
visiblement qu'ilz n'estoient que veaulx engiponnez[11].

Dont tout le monde commença à bruyre et parler de
son sçavoir si merveilleux, jusques ès bonnes femmes
lavandières, courratières[12], roustissières, ganyvetières[13]
et aultres, lesquelles, quand il passoit par les rues,
disoient : « C'est luy! » A quoy il prenoit plaisir, comme
Démosthènes, prince des orateurs grecz, faisoit, quand
de luy dist une vieille acropie, le monstrant au doigt :
« C'est cestuy-là[14]. »

Or, en ceste propre saison, estoit un procès pendent
en la court entre deux gros seigneurs, desquelz l'un
estoit Monsieur de Baysecul, demandeur, d'une part,
l'aultre Monsieur de Humevesne, défendeur, de l'aultre,
desquelz la controverse estoit si haulte et difficile en
droict que la court de Parlement n'y entendoit que le
hault alemant. Dont, par le commandement du roy,
furent assemblez quatre les plus sçavans et les plus
gras de tous les parlemens de France, ensemble le
Grand Conseil[15], et tous les principaulx régens des
universitez, non seulement de France, mais aussi
d'Angleterre et Italie, comme Jason[16], Philippe Dèce,
Petrus de Petronibus et un tas d'aultres vieulx Rabanis-
tes[17]. Ainsi assemblez, par l'espace de quarante et six
sepmaines n'y avoyent sceu mordre ny entendre le cas
au net pour le mettre en droict en façon quelconques,

18. *Dépités.*

19. Vallée, sieur du Douhet, représente le juriste moderne, ami de l'humanisme et du bon sens. Du Douhet fut magistrat à Saintes, puis conseiller au parlement de Bordeaux.

20. Mot inventé par Rabelais, formé de *philo* (qui aime) et de *grabeler,* passer au crible. Ces éplucheurs de sentences sont dérangés du cerveau.

21. *Il y a longtemps déjà...*

22. *Canabasser :* mettre en canevas. *Grabeler,* cf. *supra.*

23. Les *sacs* à procès et les titres (*pancartes*).

24. Singeries (de babouin).

25. Cepola, jurisconsulte de Vérone (xve s.), auteur d'un traité de *Cautelae* (ruses) permettant de tourner les lois.

dont ilz estoyent si despitz[18] qu'ils se conchioyent de honte villainement.

Mais un d'entre eulx, nommé Du Douhet[19], le plus sçavant, le plus expert et prudent de tous les aultres, un jour qu'ilz estoyent tous philogrobolizez[20] du cerveau, leur dist :

« Messieurs, jà long temps a[21] que sommes icy sans rien faire que despendre, et ne pouvons trouver fond ny rive en ceste matière et, tant plus y estudions, tant moins y entendons, qui nous est grand honte et charge de conscience, et à mon advis que nous n'en sortirons que à deshonneur, car nous ne faisons que ravasser en noz consultations; mais voicy que j'ay advisé. Vous avez bien ouy parler de ce grand personnaige, nommé Maistre Pantagruel, lequel on a congneu estre sçavant dessus la capacité du temps de maintenant ès grandes disputations qu'il a tenu contre tous publiquement? Je suis d'opinion que nous l'apellons et conférons de cest affaire avecques luy, car jamais homme n'en viendra à bout si cestuy là n'en vient. »

A quoy voluntiers consentirent tous ces conseilliers et docteurs.

De faict, l'envoyèrent quérir sur l'heure et le prièrent vouloir le procès canabasser et grabeler[22] à poinct, et leur en faire le raport tel que de bon luy sembleroit en vraye science légale, et luy livrèrent les sacs et pantarques[23] entre ses mains, qui faisoyent presque le fais de quatre gros asnes couillars. Mais Pantagruel leur dist :

« Messieurs, les deux seigneurs qui ont ce procès entre eulx sont-ilz encore vivans? »

A quoy lui fut respondu que ouy.

« De quoy diable donc (dist-il) servent tant de fatrasseries de papiers et copies que me bailliez? N'est-ce le mieux ouyr par leur vive voix leur débat que lire ces babouyneries[24] icy, qui ne sont que tromperies, cautelles diabolicques de Cepola[25] et subversions de droict? Car

26. Toujours le même mépris pour les gloses. Sur *Accurse*, cf. chap. v, note 39 ; *Balde* (1323-1400), célèbre professeur italien, dont les commentaires étaient réédités à l'époque de Rabelais. *Bartolus* (1313-1357), jurisconsulte de Bologne, le symbole du droit. Cf. Ronsard (*Elégie à P. l'Escot*) : « Hantemoi les palais, caresse-moi Bartolle ». *Paul de Castro* (xve s.), professeur à Padoue. *Alexandre d'Imola*, professeur de droit à Bologne (xvie s.). *Hippolytus* (ou Riminaldus), juriste de Ferrare (xive s.). *Nicolas Tedesco*, dit *Panorme* (*Panorme*, nom antique de Palerme), professeur de droit canonique et archevêque de Palerme. *Bertachin* (1438-1497), avocat du Consistoire. *Alexandre Tartagno* (xve s.). *Curtius*, juriste disciple de Jason.

27. *Des veaux de dîme* : des lourdauds.

28. Rabelais considère que la connaissance des *humanités* doit précéder celle du droit. C'était l'opinion d'Alciat et des juristes qu'il fréquentait (Tiraqueau). Dans sa dédicace des *Epistulæ medicinales* de Manardi, contemporaine du *Pantagruel*, il condamne avec mépris les glossateurs.

29. D'après Pomponius (et non Ulpien), la loi des Douze Tables, fondement du droit romain, aurait une origine grecque.

30. *Tiré du sol nourricier* (du latin *stirps*, racine).

31. *Les lettres de humanité* : les *belles lettres*, sens nouveau à l'époque de Rabelais.

32. Au *crapaud chargé de plumes*, le texte original ajoutait *comme un crucifix d'un fifre (pifre)*.

je suis sœur que vous et tous ceulx par les mains desquelz a passé le procès y avez machiné ce que avez peu
Pro et Contra, et, au cas que leur controverse estoit
patente et facile à juger, vous l'avez obscurcie par
sottes et desraisonnables raisons et ineptes opinions[26]
de Accurse, Balde, Bartole, de Castro, de Imola,
Hippolytus, Panorme, Bertachin, Alexandre, Curtius
et ces aultres vieulx mastins qui jamais n'entendirent la
moindre loy des *Pandectes,* et n'estoyent que gros
veaulx[27] de dismes, ignorans de tout ce qu'est nécessaire
à l'intelligence des loix.

« Car (comme il est tout certain) ilz n'avoyent
congnoissance de langue ni Grecque, ny Latine[28], mais
seullement de Gothique et Barbare; et toutesfoys les
loix sont premièrement prinses des Grecz, comme vous
avez le tesmoignage de Ulpian[29], *l. posteriori De orig.
juris,* et toutes les loiz sont pleines de sentences et motz
Grecz; et secondement sont rédigées en latin le plus
élégant et aorné qui soit en toute la langue Latine, et
n'en excepteroys voluntiers ny Saluste, ny Varron, ny
Cicéron, ny Sénecque, ny T. Live, ny Quintilian.
Comment doncques eussent peu entendre ces vieulx res-
veurs le texte des loix, qui jamais ne virent bon livre de
langue Latine, comme manifestement appert à leur stile,
qui est stille de ramonneur de cheminée ou de cuysinier
et marmiteux, non de jurisconsulte?

« D'avantaige, veu que les loix sont extirpées[30] du
mylieu de philosophie moralle et naturelle, comment
l'entendront ces folz qui ont, par Dieu, moins estudié
en philosophie que ma mulle? Au regard des lettres de
humanité[31] et congnoissance des antiquitez et histoire,
ilz en estoyent chargez comme un crapault[32] de plumes,
dont toutesfoys les droictz sont tous pleins et sans ce
ne peuvent estre entenduz, comme quelque jour je
monstreray plus apertement par escript.

« Par ce, si voulez que je congnoisse de ce procès,
premièrement faictes moy brusler tous ces papiers, et

33. Cf. Tite-Live, XXI, 4.

34. *Soutenant* (du latin *contendere,* soutenir que).

35. Termes juridiques. La *réplique* est la réponse du demandeur aux *contredits* du défenseur, la *duplique* (cf. *variante)* la réponse du défendeur à la *réplique.* Les *reproches* sont la récusation de témoins, la *salvation,* la défense de ces témoins récusés. Comme Marot [cf. *Épître au Roi*], Rabelais se moque du jargon juridique. La Fontaine se souviendra de ce jargon dans ses *Fables* (I, 21 ; II, 3).

36. *Corbleu !*

37. Récit.

secondement faictez moy venir les deux gentilzhommes personnellement devant moy, et, quand je les auray ouy, je vous en diray mon opinion, sans fiction ny dissimulation quelconques. »

A quoy aulcuns d'entre eux contredisoient, comme vous sçavez que en toutes compaignies il y a plus de folz que de saiges et la plus grande partie surmonte tousjours la meilleure, ainsi que dict Tive Live parlant des Cartagiens[33]. Mais ledict Du Douhet tint au contraire virilement, contendent[34] que Pantagruel avoit bien dict, que ces registres, enquestes, réplicques, reproches, salvations[35] et aultres telles diableries n'estoient que subversions de droict et allongement de procès, et que le diable les emporteroit tous s'ilz ne procédoient aultrement, selon équité évangélicque et philosophicque.

Somme, tous les papiers furent bruslez, et les deux gentilzhommes personnellement convocquez. Et lors Pantagruel leur dist :

« Estez-vous ceulx qui avez ce grand différent ensemble?

— Ouy (dirent-ilz), Monsieur.

— Lequel de vous est demandeur?

— C'est moy, dist le seigneur de Baisecul.

— Or, mon amy, contez-moy de poinct en poinct vostre affaire selon la vérité; car, par le corps bieu[36], si vous en mentés d'un mot, je vous osteray la teste de dessus les espaules et vous monstreray que en justice et jugement l'on ne doibt dire que vérité. Par ce, donnez-vous garde de adjouster ny diminuer au narré[37] de vostre cas. Dictes. »

118

1. C'est le début d'une plaidoirie burlesque accumulant proverbes, calembours et jeux de mots. La fantaisie de Rabelais se donne libre cours.

2. Les seigneurs ne se découvraient que devant le roi.

3. *Blanc :* pièce de monnaie.

4. Les monts *Riphées*, en Scythie.

5. Attrape-nigaud. Cf. chap VII : *Les Happelourdes des officiaulx* (note 91).

6. Clients d'un moulin (mot dialectal), et en même temps disciples d'*Accurse*, le glossateur déjà raillé.

7. *La rébellion des Suisses.* Ne pas chercher un événement historique dans ce bric-à-brac!

8. *Au gui l'an neuf.*

9. *La soupe aux bœufs, la clé du charbon aux filles* (servantes), *l'avoine aux chiens :* autant de lapsus volontaires.

10. Sarbacane.

11. Médecins.

12. Pas d'outarde.

13. La *bezague* est une hache à deux tranchants.

14. *Allebouter :* grappiller. — Les *maignans :* les vers à soie (cf. *magnanerie*).

15. Air de danse.

CHAPITRE XI

Comment les seigneurs de Baisecul
et Humevesne plaidoient
devant Pantagruel sans advocatz.

Donc, commença Baisecul en la manière que s'ensuyt :

« Monsieur, il est vray que une bonne femme de ma maison portoit vendre des œufz au marchez[1].

— Couvrez-vous[2], Baisecul, dist Pantagruel.

— Grand mercy, Monsieur, dist le seigneur de Baisecul. Mais, à propos, passoit entre les deux tropicques, six blans[3] vers le zénith et maille par autant que les mons Rhiphées[4] avoyent eu celle année grande stérilité de happelourdes[5], moyennant une sédition de Ballivernes meue entre les Barragouyns et les Accoursiers[6] pour la rébellion des Souyces[7], qui s'estoyent assemblez jusques au nombre de bons bies pour aller à l'aguillanneuf[8] le premier trou de l'an que l'on livre la souppe aux beufz et la clef du charbon aux filles pour donner l'avoine aux chiens[9].

« Toute la nuict l'on ne feist, la main sur le pot, que despescher bulles à pied et bulles à cheval, pour retenir les bateaulx, car les cousturiers vouloyent faire des retaillons desrobez une sarbataine[10] pour couvrir la mer Océane, qui pour lors estoit grosse d'une potée de chous selon l'opinion des boteleurs de foin; mais les physiciens[11] disoyent que à son urine ilz ne congnoissoyent signe évident au pas d'ostarde[12] de manger bezagues[13] à la moustarde, sinon que Messieurs de la court feissent par bémol commandement à la vérolle de non plus allebouter[14] après les maignans, car les marroufles avoyent jà bon commencement à danser l'estrindore[15] au diapa-

16. *Ragot :* célèbre truand du xvie s.

17. Baisecul bouleverse le proverbe :
> « Contre la fortune la diverse
> N'est si bon charretier qui ne verse. »

L'introduction de *nasardes* ajoute à la confusion.

18. Allusion à la défaite française (1522) qui fit perdre le Milanais.

19. *Antitus :* type légendaire de lourdaud pédantesque. Rabelais lui attribue le fief (réel) de la Cressonnière, près de Fontenay-le-Comte.

20. *Heureux les lourdauds...* parodie de l'Évangile : *Heureux les pauvres d'esprit,* etc. (Cf. saint Matthieu, V, *Sermon sur la montagne*.)

21. La cathédrale de Meaux possédait des reliques de saint Fiacre, patron des jardiniers, qui, bien que d'origine irlandaise, vécut en Brie.

22. Jeu de mots courants sur *Pentecôte* et *coût :* c'est la fête qui *coûte* cher. A Partir du xiie s., la Pentecôte est une fête somptueuse.

23. Le *blanc* de la cible sur la butte de tir.

24. *En cercle.*

25. Les doigts sont empennés de plumes de jars.

26. *Vin à quarante sangles :* vin très fort (?) ou rapprochement de termes n'ayant aucun sens, comme ci-dessous *vingt bas* (bâts) *de quinquenelle* (remise de cinq ans) *(quinque)* accordée aux débiteurs).

27. *Lâcher l'oiseau* (de volerie) *avant de le décapuchonner* serait stupide. *Talmouse :* pâtisserie.

28. *Thibaud Mitaine :* sans doute, type de luron campagnard.

29. *Parler à trait :* parler lentement. — La variante de 1532 (*il fait bon adviser...*) joue sur les deux sens d'*adviser,* regarder, et *avisé,* réfléchi.

30. *Gaude... audi nos,* débuts de prières.

31. *Se couvrir d'un revers montant :* terme d'escrime.

32. *Vertu Dieu !*

33. *Angéliquement.*

son, un pied au feu et la teste au mylieu, comme disoit le bon Ragot[16].

« Ha, Messieurs, Dieu modère tout à son plaisir, et contre fortune la diverse un chartier rompit nazardes son fouet[17]. Ce fut au retour de la Bicoque[18], alors qu'on passa licentié Maistre Antitus[19] des Crossonniers en toute lourderie, comme disent les canonistes : *Beati lourdes, quoniam ipsi trebuchaverunt*[20].

« Mais ce que faict la quaresme si hault, par sainct Fiacre de Brye[21], ce n'est pour aultre chose que

> La Penthecoste
> Ne vient foys quelle ne me couste[22];
> May, hay avant,
> Peu de pluye abat grand vent.

Entendu que le sergeant me mist si hault le blanc[23] à la butte que le greffier ne s'en leschast orbiculairement[24] ses doigtz empenez de jardz[25] et nous voyons manifestement que chascun s'en prent au nez, sinon qu'on regardast en perspective oculairement vers la cheminée, à l'endroit où pend l'enseigne du vin à quarente sangles[26], qui sont nécessaire à vingt bas de quinquenelle. A tout le moins, qui ne vouldroit lascher l'oyseau devant talemouses que le descouvrir[27], car la mémoire souvent se pert quand on se chausse au rebours. Sa, Dieu gard de mal Thibault Mitaine[28] ! »

Alors dist Pantagruel :

« Tout beau, mon amy, tout beau, parlez à traict[29] et sans cholère. J'entends le cas, poursuyvez.

— Or, Monsieur, dist Baisecul, ladicte bonne femme, disant ses *Gaudez* et *Audi nos*[30], ne peut se couvrir d'un revers faulx montant[31] par la vertuz guoy[32] des privilèges de l'université, sinon par bien soy bassiner anglicquement[33], le couvrant d'un sept de quarreaulx et luy tirant un estoc vollant au plus près du lieu où l'on vent les vieux drapeaulx dont usent les paintres de Flandres quand ilz veullent bien à droict ferrer les cigalles, et

34. *Ferrer les cigales* : aussi stupide que se protéger avec un sept de carreau !

35. *Tabuster* (de *tabut*, vacarme) : tracasser, importuner (cf. *tarabuster*).

36. La *Pragmatique Sanction* (1438) soumettait le pape à l'autorité des Conciles. Abrogée en 1461, elle suscita des polémiques jusqu'au concordat de 1516.

37. Doublure en laine blanche.

38. *Faire éclore.*

39. *Servir dans une écuelle les sciatiques.*

40. Le *protêt des petits poissons couillards.*

41. *Bûche de moule* : bois à brûler (le *moule* est une mesure de bois).

42. *La lessive ; brimballatoire* : qui cause du remue-ménage (*brimbaler*).

43. *Premièrement.*

44. *Passer dans l'alun.*

45. Expressions de jeux (cf. *pique et repique,* etc.).

46. Rabelais a inversé les termes du proverbe : *Non de ponte cadit qui cum sapientia vadit :* il ne tombe pas du pont, celui qui marche sagement.

47. Ouvrage du grand rhétoriqueur Meschinot. (Cf. chap. VII, les *Lunettes* des Romipètes.)

48. *In verbo sacerdotis :* en parole de prêtre, c'est-à-dire *en toute vérité.* Même lapsus burlesque que dans la précédente citation.

49. Morceau de cuir pour faire une semelle.

m'esbahys bien fort comment le monde ne pont[34], veu qu'il faict si beau couver. »

Icy voulut interpeller et dire quelque chose le seigneur de Humevesne, dont luy dist Pantagruel :

« Et, ventre sainct Antoine, t'appertient-il de parler sans commendement? Je sue icy de haan pour entendre la procédure de vostre différent, et tu me viens encores tabuster[35]? Paix, de par le diable, paix! Tu parleras ton sou quand cestuy-cy aura achevé. Poursuyvez, dist-il à Baisecul, et ne vous hastez point.

— Voyant doncques, dist Baisecul, que la pragmatique sanction[36] n'en faisoit nulle mention et que le pape donnoit liberté à un chascun de péter à son aise, si les blanchetz[37] n'estoyent rayez, quelque pauvreté que feust au monde, pourveu qu'on ne se signast de ribaudaille, l'arc-an-ciel, fraischement esmoulu à Milan pour esclourre[38] les allouettes, consentit que la bonne femmes escullast les isciaticques[39] par le protest[40] des petitz poissons couillatrys qui estoyent pour lors nécessaires à entendre la construction des vieilles bottes.

« Pour tant, Jan le Veau, son cousin Gervays, remué d'une busche de moulle[41], luy conseilla qu'elle ne se mist poinct en ce hazard de seconder la buée[42] brimballatoyre sans premier[43] aluner[44] le papier à tant pille, nade, jocque, fore[45] : car

Non de ponte vadit, qui cum sapientia cadit[46],

attendu que Messieurs des Comptes ne convenoyent en la sommation des fleutes d'Allemant, dont on avoit basty les *Lunettes des Princes*[47], imprimée nouvellement à Anvers.

« Et voylà, Messieurs, que faict maulvais raport, et en croy partie adverse *in sacer verbo dotis*[48] : car, voulant obtempérer au plaisir du roy, je me estois armé de pied en cap d'une carrelure[49] de ventre pour aller veoir

50. *Jouer des mannequins* : s'agit-il d'un hypothétique instrument de musique? On pense plutôt à un épouvantail à moineaux. Mais au chap. XXI, il s'agit du jeu d'amour que propose Panurge à une dame. Peut-être une obscénité est-elle aussi évoquée ici.

51. Jeu de mots sur *foire, marché* et *dévoiement*.

52. Les *francs-archers* ont déjà été raillés par Rabelais. (Cf. chap. VII, *Stratagemata Francarchieri de Baignolet*.) La *montre* est la revue.

53. Tumeur au bas de la jambe du cheval.

54. Mal qui affecte le jarret des chevaux.

55. *L'ami Baudichon*, personnage d'une chanson populaire, citée dans le *Mystère de l'Assomption* (XVe s.) :

> Que je sceusse d'une vielle
> Jouer sans plus une chanson,
> Seulement « l'amy Baudichon »
> Ce seroit assez pour me vivre...

et évoquée dans le *Quintil Horatina*, comme une chanson vulgaire.

56. *Escargots*.

57. *Coustrets* : hottes de vendange.

58. *Cocquecigrue* : coquillage marin, ou oiseau.

59. *Etymologizer les patins* : faire l'étymologie de *patin*, soulier de femme à semelle épaisse et à haut talon. D'où le jeu de mots sur soulier et bateau : *avoir de gros bateaux pour passer la Seine*.

60. Pont en aval du pont au Change.

61. Roi imaginaire.

62. *Tu autem*. Allusion au verset chanté à *la fin* de chaque leçon de l'Écriture sainte : *Tu autem, Domine, miserere nobis*. D'où le sens : *entièrement, jusqu'à la conclusion*.

comment mes vendengeurs avoyent déchicqueté leurs haulx bonnetz pour mieux jouer des manequins[50], et le temps estoit quelque peu dangereux de la foire[51], dont plusieurs francz archiers avoyent esté refusez à la monstre[52], nonosbtant que les cheminées feussent assez haultes selon la proportion du javart[53] et des malandres[54] l'ami Baudichon[55].

« Et par ce moyen fut grande année de quaquerolles[56] en tout le pays de Artoys, qui ne feust petit amandement pour Messieurs les porteurs de cousteretz[57], quand on mangeoit, sans desguainer, cocques cigrues[58] à ventre déboutonné. Et à la mienne volunté que chascun eust aussi belle voix : l'on en jourroit beaucoup mieulx à la paulme, et ces petites finesses, qu'on faict à étymologizer les pattins[59], descendroyent plus aisément en Seine pour tousjours servir au Pont aux Meusniers[60], comme jadis feut décrété par le roy de Canarre[61] et l'arrest en est au greffe de céans.

« Pour ce, Monsieur, je requiers que par vostre seigneurie soit dict et déclairé sur le cas ce que de raison, avecques despens, dommaiges et intérest. »

Lors dist Pantagruel :

— Mon amy, voulez-vous plus rien dire?

Respondit Baisecul :

« Non, Monsieur, car je ay dict tout le *tu autem*[62], et n'en ay en rien varié, sur mon honneur.

— Vous doncques (dist Pantagruel), Monsieur de Humevesne, dictes ce que vouldrez, et abréviez, sans rien toutesfoys laisser de ce que servira au propos. »

1. La plaidoirie du seigneur de Humevesne est un galimatias tout aussi incohérent que celle de Baisecul.

2. *Bien que.*

3. *Duvet.*

4. Mémoire exposant le fait d'un procès.

5. *Accrocs.* Cf. chap. VII, *Les hanicrochemens des Confesseurs.*

6. *Sonner l'antiquaille :* jouer la chanson populaire appelée l'*antiquaille.*

7. *Se balancer.*

8. *Jouer du luth.* La série des jeux de mots obscènes continue.

9. *Détraqué.*

10. *Louchetz :* étoffe de laine (?).

11. *Leicester,* ville célèbre par ses lainages.

12. *Glaner.*

CHAPITRE XII

*Comment le seigneur de Humevesne
plaidoie davant Pantagruel.*

Lors commença le seigneur de Humevesne ainsi que s'ensuit[1] :

« Monsieur et Messieurs, si l'iniquité des hommes estoit aussi facilement veue en jugement catégoricque comme on congnoist mousches en laict, le monde, quatre beufz, ne seroit tant mangé de ratz comme il est, et seroient aureilles maintes sur terre qui en ont esté rongées trop laschement : car, — combien que[2] tout ce que a dit partie adverse soit de dumet[3] bien vray quand à la lettre et histoire du *factum*[4], — toutesfoys, Messieurs, la finesse, la tricherie, les petitz hanicrochemens[5] sont cachez soubz le pot aux roses.

« Doibs je endurer que, à l'heure que je mange, au pair, ma souppe, sans mal penser ny mal dire, l'on me vienne ratisser et tabuster le cerveau, me sonnant l'antiquaille[6] et disant :

> Qui boit en mangeant sa souppe
> Quand il est mort, il n'y voit goutte ?

« Et, saincte Dame, combien avons-nous veu de gros cappitaines en plein camp de bataille, alors qu'on donnoit les horions du pain bénist de la confrarie, pour plus honnestement se déliner[7], jouer du luc[8], sonner du cul et faire les petiz saulx en plate forme !

« Mais maintenant le monde est tout détravé[9] de louchetz[10] des balles de Lucestre[11] : l'un se desbauche, l'aultre cinq, quatre et deux, et, si la court n'y donne ordre, il fera aussi mal gléner[12] ceste année qu'il feist,

13. Bains chauds.

14. *Chaise* (selle) *percée*.

15. *Teston* : monnaie d'argent marquée d'une tête. *Rogner les testons* : faire de la fausse monnaie. Jeu de mots sur *teston* et *téton*.

16. *Écus elles* ou *écuelles* de bois.

17. *Vivement*.

18. *Courtaud* : gros cheval de selle, à qui on a coupé les oreilles et la queue. Cf. le calembour *hault et court,* court-haut inversé.

19. Graine.

20. Les *et cetera* des notaires pouvaient introduire des clauses dangereuses dans les actes.

21. *Botté* (de l'afr. *huese,* botte, guêtre).

22. *Chanfrain* : pièce d'armure protégeant le bras; *hoguine* : pièce d'armure protégeant la jambe.

23. Mets grossier (?); cf. chap. VII, *La Rustrie des prestolans.*

24. *Voir vaches noires en bois brûlé,* dicton populaire : n'y voir goutte.

25. Un des neuf modes de la première figure du syllogisme.

26. *Ganivet de Lyon* : canif de Lyon. Mais le *Ganivet de Lyon* était aussi le nom d'un mauvais lieu de la ville.

27. *Rebecquer torticolis* : riposter aigrement.

28. *Humant.*

29. *Pochecuillière* : oiseau de passage (?), spatule (?).

30. *Apanager* : donner un apanage, un fief; *Record* : rappel (sens juridique).

ou bien fera des goubeletz. Si une pauvre personne va aux estuves[13] pour se faire enluminer le museau de bouzes de vache ou acheter bottes de hyver, et de sergeans passans, ou bien ceulx du guet, reçeuvent la décoction d'un clystère ou la matière fécale d'une celle persée[14] sur leurs tintamarres, en doibt l'on pourtant roigner les testons[15] et fricasser les escutz elles de boys[16]?

« Aulcunes foys nous pensons l'un, mais Dieu faict l'aultre, et, quand le soleil est couché, toutes bestes sont à l'ombre. Je n'en veulx estre creu si je ne le prouve hugrement[17] par gens de plain jour. L'an trente et six, j'avoys achapté un courtault[18] d'Alemaigne, hault et court, d'assez bonne laine et tainct en grene[19] comme asseuroyent les orfèvres, toutesfoys le notaire y mist du *cetera*[20]. Je ne suis poinct clerc pour prendre la lune avecques les dentz, mais, au pot de beurre où l'on selloit les instrumens vulcanicques, le bruyt estoit que le bœuf salé faisoit trouver le vin sans chandelle, et feust-il caiché au fond d'un sac de charbonnier, houzé[21] et bardé avecques le chanfrain et hoguines[22] requises à bien fricasser rusterie[23], c'est teste de mouton. Et c'est bien ce qu'on dict en proverbe, qu'il faict bon veoir vaches noires en boys bruslé[24] quand on jouist de ses amours. J'en fis consulter la matière à Messieurs les clercs, et pour résolution conclurent en *frisesomorum*[25] qu'il n'est tel que faucher l'esté en cave bien garnie de papier et d'ancre, de plumes et ganivet de Lyon[26] sur le Rosne, tarabin tarebas : car, incontinent que un harnoys sent les aulx, la rouille luy mangeue le foye, et puis l'on ne faict que rébecquer torty colli[27], fleuretant[28] le dormir d'après disner. Et voylà qui faict le sel tant cher.

« Messieurs, ne croyez que, au temps que ladicte bonne femme englua la poche cuillière[29] pour le record du sergeant mieulx apanager[30] et que la fressure boudinalle tergiversa par les bourses des usuriers, il n'y eust rien meilleur à soy garder des canibales que prendre une

31. *Navets*.

32. *Mouflin, mouflart* : comme plus haut *tarabin, tarebas*, cf. *patati, patata*.

33. *Raballe* : rateau à foin.

34. *Ambesas* : double as.

35. *Caressez-la*.

36. *En péchant les grenouilles* (latin macaronique!).

37. Jeu consistant à éteindre une chandelle avec le nez.

38. *Chauffer la cire aux bavards* (confusion avec *buveurs*) *de bière* (*good ale* francisé en *godale*).

39. *Cormoran*.

40. *Arithmétique* (en chiffres arabes).

41. *Diable*.

42. *Monsieur, bois, bois*, Variante de 1532 : *C'est bon! par Dieu ce fut pauvre guerre que celle des frelons* : Humevesne mélange latin et allemand.

43. Expression tirée du jeu de tric-trac, mais *jouer du doublet* ou du *redoublet* a aussi un sens obscène.

44. *Géline de feurre* : poule de paillier (élevée aux champs). Cf. Janequin, chanson des *Cris de Paris* : « A Paris, sur petit pont geline de feurre ».

45. *Huppes*.

46. *Moret* : sorte d'encre.

47. *Lettres majuscules ou courantes*.

48. *Tranchefile* (terme de reliure) : le bourrelet en haut et en bas du dos d'un livre.

49. *Accouplement*.

50. *Marmouselles*, cf. *marmouset* (petit personnage de cour) : les petites filles.

51. *Corné prise* : sonné la prise avec le cor.

52. *La grande laize* : la *laize* est la largeur d'une étoffe entre deux lisières. Rabelais accumule des mesures incohérentes : *laize*, *bottes* (tonneaux), *arpents*.

liasse d'oignons, lyée de trois cens naveaulx[31], et quelque peu d'une fraize de veau, du meilleur alloy que ayent les alchimistes, et bien luter et calciner ses pantofles, *mouflin, mouflart*[32], avecques belle saulce de raballe[33], et soy mucer en quelque petit trou de taulpe, salvant tousjours les lardons.

« Et, si le dez ne vous veult aultrement ambezars[34], ternes du gros bout, guare d'az, mettez la dame au coing du lict, fringuez[35] la, toureloura la la, et bevez à oultrance, *depiscando grenoillibus*[36], à tout beaulx houseaulx coturnicques; ce sera pour les petitz oysons de mue, qui s'esbatent au jeu de foucquet[37], attendant battre le métal et chauffer la cyre aux bavars de godale[38].

« Bien vray est-il que les quatre beufz desquelz est question avoyent quelque peu la mémoire courte; toutesfoys, pour sçavoir la game, ilz n'en craignoyent courmaran[39] ny quanard de Savoye, et les bonnes gens de ma terre en avoyent bonne espérance, disant : « Ces enfants deviendront grands en algorisme[40]; ce nous sera une rubrique de droict. » Nous ne pouvons faillir à prendre le loup, faisans nos hayes dessus le moulin à vent, duquel a esté parlé par partie adverse. Mais le grand diole[41] y eut envie et mist les Allemans par le derrière, qui firent diables de humer : « *Her, tringue, tringue*[42] ! » de doublet en case[43], car il n'y a nulle apparence de dire que à Paris sur Petit Pont géline de feurre[44], et fussent-ilz aussi huppez que duppes[45] de marays, sinon vrayement qu'on sçacrifiast les pompetes[46] au moret fraischement esmoulu de lettres versalles ou coursives[47], ce m'est tout un, pourveu que la tranchefille[48] n'y engendre les vers.

« Et, posé le cas que au coublement[49] des chiens courans les marmouzelles[50] eussent corné prinse[51] devant que le notaire eust baillé sa relation par art cabalisticque, il ne s'ensuit (saulve meilleur jugement de la court) que six arpens de pré à la grand laize[52] feissent troys bottes de fine ancre sans souffler au bassin, consi-

53. *As.*

54. ... *Par mon serment, de laine.* L'expression se trouve déjà dans la *Farce de maître Pathelin.*

55. *Quille lui bille :* au jeu de *quille* et de *bille.*

56. *La Saint-Martin.*

57. *Maulgouvert :* mal gouverné ou mal couvert? *Louze-fougerouse :* La Loge-Fougereuse, près de Fontenay-le-Comte.

58. Sorte de hallebarde.

59. *Alors, Messieurs, quel droit pour les mineurs?*

60. *Solfier les points des savetiers.* Jeu de mots sur *points,* terme de musique (cf. *contrepoint*), et les *points* que font les savetiers en piquant le cuir.

61. *En temps de godemarre :* en temps de bamboche. Jeu de mots sur *gaude Maria* et sur *godemarre,* grosse bedaine.

62. Qui donnent des crocs-en-jambe, comme à la lutte bretonne.

déré que aux funérailles du roy Charles l'on avoit en plain marché la toyson pour deux et ar[53], j'entens, par mon serment, de laine[54].

« Et je voy ordinairement en toutes bonnes cornemuses que, quand l'on va à la pipée, faisant troys tours de balay par la cheminée et insinuant sa nomination, l'on ne faict que bander aux reins et souffler au cul, si d'adventure il est trop chault, et, *quille luy bille*[55],

Incontinent les lettres venues veues,
Les vaches luy furent rendues.

« Et en fut donné pareil arrest à la Martingalle[56] l'an dix et sept pour le maulgouvert[57] de Louzefouge-rouse, à quoy il plaira à la Court d'avoir esguard.

« Je ne dy vrayement qu'on ne puisse par équité desposséder en juste tiltre ceulx qui de l'eaue béniste beuvroyent, comme on faict d'un rancon[58] de tisserant, dont on faict les suppositoires à ceulx qui ne voulent résigner, sinon à beau jeu bel argent.

« *Tunc*, Messieurs, *quid juris pro minoribus*[59]? Car l'usance commune de la loy Salicque est telle que le premier boute feu qui escornifle la vache, qui mousche en plein chant de musicque sans solfier les poinctz[60] des savatiers, doibt, en temps de godemarre[61], sublimer la pénurie de son membre par la mousse cuillie alors qu'on se morfond à la messe de minuict, pour bailler l'estrapade à ces vins blancs d'Anjou qui font la jambette[62], collet à collet, à la mode de Bretaigne.

« Concluent comme dessus, avecques despens, dommaiges et intérestz. »

Après que le seigneur de Humevesne eut achevé, Pantagruel dist au seigneur de Baisecul : « Mon amy, voulez-vous rien réplicquer? »

A quoy respondit Baisecul : « Non, Monsieur, car je n'en ay dict que la vérité, et, pour Dieu donnons fin à nostre différent, car nous ne sommes icy sans grand frais. »

1. *Par oracle de vive voix.*
2. *D'une seule voix.*
3. *Dès à présent comme dès lors.*
4. *Paragraphe.* Toutes ces lois figurent réellement dans le droit romain. Elles passaient pour les plus obscures.
5. *La loy Exempto.* Rabelais utilise plaisamment ses connaissances juridiques.
6. *Il geignait :* mélange de *geindre* et *gehainer,* torturer. *Angustie : angoisse.*

CHAPITRE XIII

*Comment Pantagruel donna sentence
sus le différent des deux seigneurs.*

ALORS Pantagruel se lève et assemble tous les présidens, conseilliers et docteurs là assistans, et leur dist :

« Or, çza, Messieurs, vous avez ouy, *vive vocis oraculo*[1], le différent dont est question. Que vous en semble ? »

A quoy respondirent :

« Nous l'avons véritablement ouy, mais nous n'y avons entendu, au diable, la cause. Par ce, nous vous prions *una voce*[2] et supplions par grâce que vueilliez donner la sentence telle que verrez, et *ex nunc prout ex tunc*[3] nous l'avons aggréable et ratifions de nos pleins consentemens.

— Eh bien, Messieurs, dist Pantagruel, puisqu'il vous plaist, je le feray ; mais je ne trouve le cas tant difficile que vous le faictes. Votre paraphe[4] *Caton*, la loy *Frater*, la loy *Gallus*, la loy *Quinque pedum*, la loy *Vinum*, la loy *Si dominus*, la loy *Mater*, la loy *Mulier bona*, la loy *Si quis*, la loy *Pomponius*, la loy *Fundi*, la loy *Emptor*[5], la loy *Pretor*, la loy *Venditor* et tant d'aultres sont bien plus difficiles en mon oppinion. »

Et, après ce dict, il se pourmena un tour ou deux par la sale, pensant bien. profundément, comme l'on povoit estimer, car il géhaignoyt[6] comme un asne qu'on sangle trop fort, pensant qu'il falloit à un chascun faire droict, sans varier n'y accepter personne ; puis retourna s'asseoir et commença prunoncer la sentence comme s'ensuyt :

7. *L'arrêt de Pantagruel* est, comme les plaidoyers, une succession de coq-à-l'âne.

8. *Horripilation de la chauve-souris*. Calembour possible sur l'expression médicale : *opilation* (obstruction) *de la rate*.

9. *Mugueter :* faire le galant, courtiser.

10. *Avoir mat du pion :* faire échec et mat avec un pion (aux échecs).

11. *Lucifuge :* qui fuit la lumière. *Dia Rhomès :* à travers Rome. Coup de patte aux prêtres de Rome, ces corbeaux ennemis des « lumières ».

12. *Singe.*

13. *Calfater.*

14. *Ordures.*

15. *Avec entrain.*

16. Au pays de Mirebeau *(Mirebaloys)*, dans la Vienne, on faisait des chandelles de noix pilées, à défaut de suif.

17. *Lâcher la bouline :* terme de marine : *lâcher le cordage,* qui maintenait tendue la voile.

18. Les *palefreniers.*

19. *Légumes entre-bâtés.*

20. *Panier.*

21. *Épuisés* (par la chasse au *halbran,* canard sauvage).

22. *Canabasserie :* toile de chanvre.

23. Abri pour l'affût.

24. *Perroquet.* Ici, la cible d'un jeu de tir à l'arc ou à l'arquebuse. Cf. V.-L. Saulnier, *Pantagruel,* note 469.

25. Plumeau à long manche.

26. *Raccommodeur.*

27. *Mangeur de fromage* (du grec τυροφάγος, surnom du rat dans la *Batrachomyomachie* ([Combat des rats et des grenouilles], épopée burlesque faussement attribuée à Homère).

28. *Goudronneur.*

29. *Trois verres de caillebotte* (lait caillé).

30. *Assaisonné (cimenté de…).*

31. Mots au sens resté inexpliqué : *apprêtés et bien épicés* (?).

« *Veu, entendu et bien calculé le différent d'entre les seigneurs de Baisecul et Humevesne, la Court leur dict[7] :*

« *Que, considérée l'orripilation de la ratepenade[8] déclinent bravement du solstice estival pour mugueter[9] les billesvesées qui ont eu mat du pyon[10] par les males vexations des lucifuges[11] qui sont au climat dia Rhomès d'un matagot[12] à cheval bendant une arbaleste au reins, le demandeur eut juste cause de callafater[13] le gallion que la bonne femme boursouffloit, un pied chaussé et l'aultre nud, le remboursant bas et roidde en sa conscience d'aultant de baguenaudes comme y a de poil en dix huit vaches, et autant pour le brodeur.*

« *Semblablement est déclairé innocent du cas privilégié des gringuenaudes[14] qu'on pensoit qu'il eust encouru de ce qu'il ne pouvoit baudement[15] fianter, par la décision d'une paire de gands, parfumés de pétarrades à la chandelle de noix, comme on use en son pays de Mirebaloy[16], laschant la bouline[17] avecques les bouletz de bronze, dont les houssepailleurs[18] pastissoyent conestablement ses légumaiges interbastez[19] du Loyrre à tout les sonnettes d'esparvier faictes à poinct de Hongrie que son beau frère portoit mémoriallement en un penier[20] limitrophe, brodé de gueulles à troys chevrons hallebrenez[21], de canabasserie[22], au caignard[23] angulaire dont on tire au papeguay[24] vermiforme avecques la vistempenarde[25].*

« *Mais, en ce qu'il met sus au défendeur qu'il fut rataconneur[26], tyrofageux[27] et goildronneur[28] de mommye que n'a esté en brimbalant trouvé vray comme bien l'a débastu ledict défendeur, la court le condemne en troys verrassées[29] de caillebottes assimentées[30], prélorelitantées et gaudepisées[31] comme est la coustume du pays, envers ledict défendeur, payables à la my d'oust, en may;*

« *Mais ledict défendeur sera tenu de fournir de foin et d'estoupes à l'embouchement des chasse-trapes guttu-*

32. *Emberlificotées de capuchons*.
33. *Criblés en rondelles*.
34. Le déluge.
35. *Eau de rose*. Dans le *Gargantua* (chap. LV), les parfumeurs fournissent « chascun matin les chambres des dames d'eau rose, d'eau de naphe [eau de fleurs d'oranger] et d'eau d'ange [eau de myrte] ».

rales, emburelucocquées[32] *de guilverdons, bien grabelez à rouelles*[33].

« *Et amis comme devant, sans despens, et pour cause.* »

Laquelle sentence prononcée, les deux parties départirent toutes deux contentes de l'arrest, qui fust quasi chose incréable : car venu n'estoyt despuys les grandes pluyes[34] et n'adviendra de treze jubilez que deux parties, contendentes en jugement contradictoires, soient éguallement contentez d'un arrest diffinitif.

Au regard des conseilliers et aultres docteurs qui là assistoyent, ilz demeurèrent en ecstase esvanoys bien troys heures, et tous ravys en admiration de la prudence de Pantagruel plus que humaine, laquelle avoyent congneu clèrement en la décision de ce jugement tant difficile et espineux, et y feussent encores, sinon qu'on apporta force vinaigre et eaue rose[35] pour leur faire revenir le sens et entendement acoustumé, dont Dieu soit loué partout.

CHAPITRE XIV

Comment
Panurge racompte la manière
comment il eschappa de
la main des Turcqs.

Le jugement de Pantagruel feut incontinent sceu et entendu de tout le monde, et imprimé à force, et rédigé ès archives du palays, en sorte que le monde commença à dire :

1. Salomon (*Rois*, III, 3) pour reconnaître la véritable mère d'un enfant que deux femmes se disputaient, propose de partager en deux celui-ci. Par affection maternelle, l'une des deux refuse alors d'exercer son droit pour que son fils vive, et Salomon lui accorde l'enfant.

2. D'après saint Anselme, entre autres, les hommes auraient été créés pour occuper la place laissée vide par les anges déchus avec Lucifer.

3. *Cusanus*, le cardinal de Cusa (1401-1464), avait prédit la fin du monde pour le 34e jubilé après J.-C., c.-à-d. au XVIIe s.

4. *Maigre* comme un hareng saur.

5. *Hanap*.

6. *Je me donne au diable*.

7. Diminutif de buveur : biberonneur.

8. Jeu de mots sur les deux sens d'*avaler*, aller en aval, *descendre*, et *absorber*.

9. Souvenir de Lucien, *Icaroménippe*, 13. Le philosophe imaginaire Icaroménippe rencontre Empédocle dans la lune, où les vapeurs de l'Etna, dans le cratère duquel il s'était précipité par curiosité scientifique, l'avaient transporté. Déjà Antonius Diogène (IIe s.) dans son roman, *Les Merveilles d'au-delà de Thulé*, faisait aller son héros dans la lune.

10. Allusion au rôle traditionnel de Pantagruel dans les Mystères, où il jetait du sel dans la bouche des ivrognes endormis.

11. Les Anciens croyaient que la lune donnait le rhume de cerveau.

« Salomon, qui rendit par soubson l'enfant à sa mère[1], jamais ne montra tel chief-d'œuvre de prudence comme a faict le bon Pantagruel. Nous sommes heureux de l'avoir en notre pays. »

Et de faict, on le voulut faire maistre des requestes et président en la Court; mais il refusa tout, les remerciant gracieusement :

« Car il y a (dist-il) trop grande servitude à ces offices, et à trop grande poine peuvent estre saulvez ceulx qui les exercent, veu la corruption des hommes, et croy que, si les sièges vuides des anges ne sont rempliz d'aultre sorte de gens[2], que de trente sept jubilez nous n'aurons le jugement final, et sera Cusanus[3] trompé en ses conjectures; je vous en advertis de bonne heure. Mais, si avez quelque muitz de bon vin, voluntiers j'en recepvray le présent. »

Ce que ilz firent voluntiers, et luy envoyèrent du meilleur de la ville, et beut assez bien; mais le pauvre Panurge en beut vaillammant, car il estoit eximé[4] comme un haran soret : aussi alloit-il du pied comme un chat maigre. Et quelc'un l'admonesta, à demye alaine d'un grand hanat[5] plein de vin vermeil, disant :

« Compère, tout beau! Vous faictes rage de humer.

— Je donne au diesble[6]! (dist-il). Tu n'as pas trouvé tes petitz beuvreaux[7] de Paris, qui ne beuvent en plus qu'un pinson et ne prènent leur bechée sinon qu'on leurs tape la queue à la mode des passereaux. O, compaing, si je montasse aussi bien comme je avalle[8], je feusse desjà au dessus la sphère de la lune avecques Empédocles[9]! Mais je ne sçay que diable cecy veult dire : ce vin est fort bon, et bien délicieux, mais plus j'en boy, plus j'ay de soif. Je croy que l'ombre de Monseigneur Pantagruel[10] engendre les altérez, comme la lune faict les catharres[11]. »

Auquel commencèrent rire les assistans. Ce que voyant, Pantagruel dist :

« Panurge, qu'est-ce que avez à rire?

— Seigneur, (dist-il), je leur contoys comment ces

12. *Lapin*.

13. Saint Laurent fut rôti sur un gril. Différents monuments, en particulier le clocher de l'église de Nogent-sur-Seine, représentent le martyr sur son gril.

14. Le plancher recouvert de sapin avec des clefs pendantes en forme de cul-de-lampe.

15. *Le bas-ventre*.

16. *Étourdi comme un bouc*.

17. Turc de fantaisie... comme celui de Covielle dans *Le Bourgeois Gentilhomme*.

diables de Turcqs sont bien malheureux de ne boire goutte de vin. Si aultre mal n'estoit en l'*Alchoran* de Mahumeth, encores ne me mettroys-je mie de sa loy.

— Mais or me dictes comment (dist Pantagruel) vous eschappastes leurs mains?

— Par Dieu, Seigneur, dist Panurge, je ne vous en mentiray de mot.

« Les paillards Turcqs m'avoient mys en broche tout lardé comme un connil[12], car j'estois tant eximé que aultrement de ma chair eust esté fort maulvaise viande; et en ce poinct me faisoyent roustir tout vif. Ainsi comme ilz me roustissoyent, je me recommandoys à la grâce divine, ayant en mémoyre le bon sainct Laurent[13] et tousjours espéroys en Dieu qu'il me délivreroit de ce torment, ce qui feut faict bien estrangement; car, ainsi que me recommandoys bien de bon cueur à Dieu, cryant : « Seigneur Dieu, ayde-moy! Seigneur Dieu, saulve-moy! Seigneur Dieu, oste-moy de ce torment auquel ces traistres chiens me détiennent pour la maintenance de ta loy! » le roustisseur s'endormit par le vouloir divin, ou bien de quelque bon Mercure, qui endormit cautement Argus qui avoit cent yeulx.

« Quand je vys qu'il ne me tournoit plus en roustissant, je le regarde et voy qu'il s'endort. Lors je prens avecques les dents un tyson par le bout où il n'estoit point bruslé, et vous le jette au gyron de mon routisseur, et un aultre je gette, le mieulx que je peuz, soubz un lict de camp qui estoit auprès de la cheminée où estoit la paillasse de Monsieur mon roustisseur.

« Incontinent le feu se print à la paille, et de la paille au lict, et du lict au solier[14], qui estoit embrunché de sapin faict à quehues de lampes. Mais le bon feut que le feu que j'avoys getté au gyron de mon paillard roustisseur luy brusla tout le pénil[15] et se prenoit aux couillons, sinon qu'il n'estoit tant punays qu'il ne le sentît plus tost que le jour, et, debouq estourdy[16] se levant, crya à la fenestre tant qu'il peut : « *Dal baroth, dal baroth*[17]*!* » qui

18. *Bacha* ou *Pacha*. Voltaire (*Le Catéchisme du jardinier*) emploie encore le mot *bacha*. Les *musaffiz* sont des docteurs en science coranique.

19. *Bagages*.

20. *Le péricarde*.

21. *Vertèbres dorsales*.

22. *Grilgoth*, invention burlesque sur le modèle du démon *Astarost* ou *Astaroth (gril-goth)*.

23. Autre démon médiéval.

24. *Gribouillis*, invention expressive de Rabelais, et qui ne figure pas dans la première rédaction de *Pantagruel*, fait partie des *preux cuisiniers* enfermés dans la Truie du *Quart Livre* (chap. XL) : *Froiddanguille, Rougenraye, Guourneau, Gribouillis*, etc.

25. *Jamblique*, philosophe platonicien d'Alexandrie (époque de Constantin). Il croyait à quantité d'êtres surnaturels, intermédiaires entre Dieu et l'homme, mais il ne s'agit pas de diables amateurs de lardons. Référence facétieuse, comme sans doute aussi celle de *Murmault* (Murmel de Munster?).

26. *Dieu est saint et immortel*. Invocation en grec, chantée à l'office du Vendredi Saint, et qui servait peut-être d'exorcisme.

vault autant à dire comme « *Au feu, au feu!* » et vint
droict à moy, pour me getter du tout au feu, et desjà
avoit couppé les cordes dont on m'avoit lyé les mains et
couppoit les lyens des piedz.

« Mais le maistre de la maison, ouyant le cry du feu
et sentant jà la fumée de la rue où il se pourmenoit
avecques quelques aultres baschatz[18] et musaffiz, courut
tant qu'il peut y donner secours et pour emporter les
bagues[19].

« De pleine arrivée il tire la broche où j'estoys embro-
ché, et tua tout roidde mon routisseur, dont il mourut
là par faulte de gouvernement ou aultrement : car il luy
passa la broche peu au dessus du nombril vers le flan
droict, et luy percea la tierce lobe du foye, et le coup
haussant luy pénétra le diaphragme et, par à travers
la capsule[20] du cueur, luy sortit la broche par le hault
des espaules entre les spondyles[21] et l'omoplate senestre.

« Vray est que en tirant la broche de mon corps je
tumbé à terre près des landiers, et me feist peu de mal
la cheute, toutesfoys non grand, car les lardons soustin-
drent le coup.

« Puis, voyant mon baschaz que le cas estoit désespéré
et que sa maison estoit bruslée sans rémission et tout son
bien perdu, se donna à tous les diables, appellant
Grilgoth[22], Astarost, Rappallus[23] et Gribouillis[24] par neuf
foys.

« Quoy voyant, je euz de peur pour plus de cinq solz,
craignant : Les diables viendront à ceste heure pour
emporter ce fol icy. Seroyent-ilz bien gens pour m'emporter aussi? Je suis jà demy rousty. Mes lardons seront
cause de mon mal, car ces diables icy sont frians de
lardons, comme vous avez l'autorité du philosophe Jam-
blicque[25] et Murmault en l'Apologie *De bossutis et contre-
factis pro Magistros nostros.* Mais je fis le signe de
la croix, criant : *Agyos athanatos, ho Theos*[26]! Et nul ne
venoit.

27. *Messire Bougre*.

28. *Heurt*.

29. Les chirurgiens du temps. Figaro emploiera encore la lancette.

30. *Bourse*.

31. *Séraphins*, monnaie d'Orient.

32. Refrain de la célèbre ballade *des Dames du temps jadis* :

> Dictes moy ou, n'en quel pays,
> Est Flora la belle Rommaine,
> Archipiades ne Thaïs,
> Qui fut sa cousine germaine,
> Echo parlant quant bruyt on maine
> Dessus riviere ou sus estan,
> Qui beaulté et trop plus qu'humaine.
> Mais où sont les neiges d'antan?

Rabelais a pu connaître l'œuvre de Villon par l'édition de Marot (1533), puisque la citation ne figure pas dans le *Pantagruel* de 1532.

33. L'ample culotte des Turcs.

34. *Milord*.

« Ce que congnoissant mon villain baschatz, se vouloit tuer de ma broche et s'en percer le cueur. De faict la mist contre sa poictrine, mais elle ne povoit oultrepasser, car elle n'estoit assez poinctue, et poulsoit tant qu'il povoit, mais il ne prouffitoit rien.

« Alors je vins à luy, disant :

« Missaire Bougrino[27], tu pers icy ton temps, car tu ne te tueras jamais ainsi; bien te blesseras quelque hurte[28], dont tu languiras toute ta vie entre les mains des barbiers[29]; mais, si tu veulx, je te tueray icy tout franc, en sorte que tu ne sentiras rien, et m'en croys, car j'en ay bien tué d'aultres qui s'en sont bien trouvez.

— Ha, mon amy (dist il), je t'en prie! et, ce faisant, je te donne ma bougette[30]. Tien, voy-la là. Il y a six cens seraphz[31] dedans, et quelques dyamans et rubiz en perfection.

— Et où sont-ilz? (dist Epistémon).

— Par sainct Joan! dist Panurge, ilz sont bien loing s'ilz vont tousjours :

Mais où sont les neiges d'antan[32]?

« C'estoit le plus grand soucy que eust Villon, le poète parisien.

— Achève (dist Pantagruel), je te prie, que nous sçaichons comment tu accoustras ton baschatz.

— Foy d'homme de bien, dist Panurge, je n'en mentz de mot. Je le bande d'une meschante braye[33], que je trouve là, demy bruslée, et vous le lye rustrement, piedz et mains, de mes cordes, si bien qu'il n'eust sceu regimber; puis luy passay ma broche à travers la gargamelle et le pendys, acrochant la broche à deux gros crampons, qui soustenoient des alebardes; et vous attise un beau feu au dessoubz, et vous flamboys mon milourt[34] comme on faict les harans soretz à la cheminée. Puis, prenant sa bougette et un petit javelot qui estoit sur les cram-

35. Odeur d'aisselle, que Rabelais appelle aussi *faguenas*.
36. *Coups* (en dialecte du Midi).
37. Courtisane de Corinthe. Rabelais avait d'abord écrit *Tudesque*.
38. Fruits exotiques à propriétés aphrodisiaques (*myrobalanus*), qui étaient confits à Alexandrie, et figuraient parmi les drogues des apothicaires.
39. *Hère*, désigne ici le membre viril.
40. *Tertre* (dialecte méridional).
41. Allusion à la destruction de Sodome et Gomorrhe (*Genèse*, XIX, 26).
42. *Me moquant*.
43. *Puces*.

pons, m'en fuys le beau galot, et Dieu sçait comme je sentoys mon espaule de mouton[35]!

« Quand je fuz descendu en la rue, je trouvay tout le monde qui estoit acouru au feu à force d'eaue pour l'estaindre, et, me voyans ainsi à demy rousty, eurent pitié de moy naturellement et me gettèrent toute leur eaue sur moy et me refraichèrent joyeusement, ce que me fist fort grand bien; puis me donnèrent quelque peu à repaistre, mais je ne mangeoys guères, car ilz ne me bailloient que de l'eaue à boyre, à leur mode.

« Aultre mal ne me firent, sinon un villain petit Turq, bossu par devant, qui furtivement me crocquoit mes lardons; mais je luy baillys si vert *dronos*[36] sur les doigtz à tout mon javelot qu'il n'y retourna pas deux foys; et une jeune Corinthiace[37], qui m'avoit aporté un pot de myrobolans emblicz[38] confictz à leur mode, laquelle regardoit mon pauvre haire[39] esmoucheté comment il s'estoit retiré au feu, car il ne me alloit plus que jusques sur les genoulx. Mais notez que cestuy rotissement me guérist d'un isciaticque entièrement, à laquelle j'estoys subject, plus de sept ans avoit, du cousté auquel mon rôtisseur s'endorment me laissa brusler.

« Or, ce pendent qu'ilz se amusoyent à moy, le feu triumphoit, ne demandez comment, à prendre en plus de deux mille maisons, tant que quelc'un d'entre eulx l'advisa et s'escria, disant : « Ventre Mahom, toute la ville brusle et nous nous amusons icy! » Ainsi chascun s'en va à sa chascunière.

« De moy, je prens mon chemin vers la porte. Quand je fuz sur un petit tucquet[40] qui est auprès, je me retourné arrière, comme la femme de Loth[41], et vys toute la ville bruslant, dont je fuz tant aise que je me cuydé conchier de joye; mais Dieu m'en punit bien.

— Comment? (dist Pantagruel).

— Ainsi (dist Panurge) que je regardoys en grand liesse ce beau feu, me gabelant[42] et disant : « Ha, pauvres pulses[43], ha, pauvres souris, vous aurez maulvais hyver,

44. Rhume ou rhumatisme?

45. *Pâques Dieu; Sole :* cellier. Rabelais atténue le juron en substituant *sole* à *Dieu.*

46. *Se battant* (cf. Montaigne, *Essais,* livre III, chap. XII : « *Je fus pelaudé* (maltraité) *à toutes mains.* »)

47. *Joyeux.*

1. Le *Faubourg Saint-Marcel* (quartier des Gobelins) resta hors de l'enceinte jusqu'à la fin du XVIIIe s.

2. La *Folie Gobelin,* maison de plaisance, faubourg Saint-Jacques, qu'il ne faut pas confondre avec la teinturerie du faubourg Saint-Marcel, qui utilisait l'eau de la Bièvre.

le feu est en vostre paillier! » sortirent plus de six, voire plus de trèze cens et unze chiens, gros et menutz, tous ensemble de la ville, fuyant le feu. De première venue acoururent droict à moy, sentant l'odeur de ma paillarde chair demy rostie, et me eussent dévoré à l'heure si mon bon ange ne m'eust bien inspiré, me enseignant un remède bien oportun contre le mal des dens.

— Et à quel propous (dist Pantagruel) craignois-tu le mal des dens? N'estois tu guéry de tes rheumes[44]?

— Pasques de soles[45]! (respondit Panurge) est-il mal de dens plus grand que quand les chiens vous tènent au jambes? Mais soudain je me advisé de mes lardons et les gettoys au mylieu d'entre eulx. Lors chiens d'aller et de se entrebattre l'un l'aultre à belles dentz à qui auroit le lardon. Par ce moyen me laissèrent et je les laissé aussi se pelaudans[46] l'un l'aultre. Ainsi eschappé gaillard et de hayt[47], et vive la roustisserie! »

CHAPITRE XV

Comment Panurge enseigne une manière
bien nouvelle
de bastir les murailles de Paris.

PANTAGRUEL, quelque jour, pour se recréer de son estude, se pourmenoit vers les faulxbours sainct Marceau[1], voulant veoir la Follie Goubelin[2]. Panurge estoit avecques luy, ayant tousjours le flacon soubz sa robbe et quelque morceau de jambon : car sans cela jamais ne alloit-il, disant que c'estoit son garde-corps. Aultre espée ne portoit-il, et, quand Pantagruel luy en

3. Le pédagogue de Pantagruel (cf. chap. v, chap. viii, etc.).

4. En pratiquant la savate, ou bien plutôt en détalant à toute vitesse.

5. Ce sont les remparts de Philippe Auguste, que Panurge tourne en dérision.

6. *Convenablement*.

7. Le mot d'Agésilas, roi de Sparte, est rapporté par Plutarque dans ses *Œuvres Morales, Apophtegmata laconica*, 29 et 30. La vogue de Plutarque est extraordinaire au xvie s. Au chap. viii, Gargantua (alias Rabelais) déclare : « voulentiers me délecte à lire les Moraulx de Plutarche. » Montaigne en fait son livre de chevet et cite de nombreuses sentences attribuées à Agésilas. (Cf. livre I, chap. xxiv; livre II, chap. xii, etc.). La réponse mémorable d'Agésilas est reproduite également dans des recueils de citations antiques au xvie s.

8. *Ferrare* a remplacé le *Carpentras* de l'édition 1533, sans doute en souvenir du voyage de Rabelais en Italie (1534). Le duché de Ferrare était gouverné par Hercule d'Este, qui avait épousé Renée de France, fille de Louis XII. Ferrare fut un centre d'accueil pour les Evangélistes et Réformés traqués en France. Marot s'y réfugia en 1535, après l'*affaire des placards* (1534).

9. Les magistrats municipaux.

voulut bailler une, il respondit qu'elle luy eschaufferoit
la ratelle.

« Voire mais, dist Epistémon[3], si l'on te assailloit,
comment te défendroys-tu?

— A grands coups de brodequin[4], respondit-il, pourveu que les estocz feussent défenduz. »

A leur retour, Panurge considéroit les murailles[5] de
la ville de Paris et en irrision dist à Pantagruel :

« Voyez cy ces belles murailles. O que fortes sont
et bien en poinct pour garder les oysons en mue! Par
ma barbe, elles sont compètement[6] meschantes pour
une telle ville comme ceste-cy, car une vache avecques
un pet en abbatroit plus de six brasses.

— O mon amy, dist Pantagruel, sçaitz-tu bien ce que
dist Agesilaee[7], quand on luy demanda pourquoy la
grande cité de Lacédémone n'estoit ceincte de murailles?
Car, monstrant les habitans et citoyens de la ville, tant
bien expers en discipline militaire et tant fors et bien
armez : « Voicy (dist-il) les murailles de la cité », signifiant qu'il n'est muraille que de os, et que les villes et
citez ne sçauroyent avoir muraille plus seure et plus forte
que la vertu des citoyens et habitans.

« Ainsi ceste ville est si forte par la multitude du
peuple belliqueux qui est dedans, qu'ilz ne se soucient
de faire aultres murailles. Dadvantaige, qui la vouldroit
emmurailler comme Strasbourg, Orléans ou Ferrare[8],
il ne seroit possible, tant les frais et despens seroyent
excessifz.

— Voire mais, dist Panurge, si faict-il bon avoir
quelque visaige de pierre quand on est envahy de ses
ennemys et ne feust ce que pour demander : « Qui est
là-bas? » Au regard des frays énormes que dictes estre
nécessaires si on la vouloit murer, si Messieurs de la
ville[9] me voulent donner quelque bon pot de vin, je
leurs enseigneray une manière bien nouvelle comment
ilz les pourront bastir à bon marché.

— Comment? dist Pantagruel.

10. Sexe féminin.

11. **Tour construite sous Philippe Auguste** (cf. chap. v et vi, où sont évoqués les souvenirs de Pantagruel étudiant à Bourges).

12. Sexe viril.

13. *Les braguettes des cloîtrés*. La variante de la première édition fait allusion vraisemblablement à l'entrée de la seconde femme de François Iᵉʳ, Eléonore d'Autriche, dans Paris, d'où furent éloignés des prisonniers de droit commun, en majorité italiens. — *Ceste ville* : Paris.

14. Jeu de mots sur *couleuvrine*.

15. La satire des moines amorcée par les *braguettes claustrales, le benoist fruict*, etc. est reprise ici par *bénists ou sacrez*.

16. *S'y réuniraient*.

17. Le texte de 1533, à la place de *Frater Lubinus*, symbole des moines balourds, donnait *Frater de Cornibus*, allusion vraisemblable à un franciscain, Pierre Cornu. L'ouvrage, *Des beuveries des mendiants* est, bien entendu, fantaisiste.

18. La forêt de Fontainebleau. Ce conte du Lion, du Renard et de la Vieille ressemble à une adaptation burlesque — et pornographique — d'un apologue ésopique. (Cf. p. 160, note 27).

19. *Dire ses prières*.

— Ne le dictes doncques mie, (respondit Panurge) si je vous l'enseigne.

« Je voy que les callibistrys[10] des femmes de ce pays sont à meilleur marché que les pierres. D'iceulx fauldroit bastir les murailles, en les arrengeant par bonne symméterye d'architecture et mettant les plus grans au premiers rancz, et puis, en taluant à doz d'asne, arranger les moyens et finablement les petitz, puis faire un beau petit entrelardement, à poinctes de diamans comme la grosse tour de Bourges[11], de tant de bracquemars[12] enroiddys qui habitent par les braguettes claustrales[13].

« Quel Diable defferoit telles murailles ? Il n'y a métal qui tant résistast aux coups. Et puis, que les couillevrines[14] se y vinsent froter, vous en verriez (par Dieu !) incontinent distiller de ce benoist fruict de grosse verolle, menu comme pluye, sec, au nom des diables. Dadvantaige, la foudre ne tumberoit jamais dessus ; car pourquoy ? Ilz sont tous bénists ou sacrez[15].

« Je n'y voy qu'un inconvénient.

— Ho, ho, ha, ha, ha ! (dist Pantagruel) et quel ?

— C'est que les mousches en sont tant friandes que merveilles, et se y cueilleroyent[16] facillement et y feroient leur ordure : et voylà l'ouvrage gasté. Mais voicy comment l'on y remédiroit : il fauldroit très bien les esmoucheter avecques belles quehues de renards, ou bons gros vietz d'azes de Provence. Et, à ce propos, je vous veux dire (nous en allans pour soupper) un bel exemple que met *Frater*[17] *Lubinus, libro De compotationibus mendicantium*.

« Au temps que les bestes parloyent (il n'y a pas troys jours), un pauvre lyon, par la forest de Bièvre[18] se pourmenant et disant ses menus suffrages[19], passa par dessoubz un arbre auquel estoit monté un villain, charbonnier, pour abastre du boys, lequel, voyant le lyon, lui getta sa coignée et le blessa énormément en

20. *L'herbe au charpentier* : le millefeuille (*aquilea millefolium*) aseptise les blessures.

21. *Faisait des bûchettes.*

une cuisse. Dont le lyon cloppant tant courut et tracassa par la forest pour trouver ayde qu'il rencontra un charpantier, lequel voluntiers regarda sa playe, la nettoya le mieulx qu'il peust et l'emplit de mousse, luy disant qu'il esmouchast bien sa playe que les mousches ne y feissent ordure, attendant qu'il yroit chercher de l'herbe au charpentier[20].

« Ainsi le lyon guéry se pourmenoist par la forest. A quelle heure une vieille sempiterneuse ébuschetoit[21] et amassoit du boys par ladicte forest; laquelle, voyant le lyon venir, tumba de peur à la renverse en telle faczon que le vent luy renversa robbe, cotte et chemise jusques au dessus des espaules. Ce que voyant, le lyon accourut de pitié veoir si elle s'estoit faict aulcun mal, et considérant son *comment a nom,* dist : « O pauvre femme, qui t'a ainsi blessée? »

« Et, ce disant, apperceut un regnard, lequel il l'appella, disant :

« — Compère regnard, hau, cza, cza, et pour cause! »

« Quand le regnard fut venu, il luy dict :

« — Compère, mon amy, l'on a blessé ceste bonne femme icy entre les jambes bien villainement, et y a solution de continuité manifeste? Regarde que la playe est grande : depuis le cul jusques au nombril, mesure quatre, mais bien cinq empans et demy. C'est un coup de coignie; je me doubte que la playe soit vieille. Pourtant, affin que les mousches n'y prennent, esmouche-la bien fort, je t'en prie, et dedans et dehors. Tu as bonne quehue et longue : esmouche, mon amy, esmouche, je t'en supplye, et ce pendent je voys quérir de la mousse pour y mettre, car ainsi nous fault-il secourir et ayder l'un l'aultre. Esmouche fort; ainsi, mon amy, esmouche bien, car ceste playe veult estre esmouchée souvent; aultrement la personne ne peut estre à son aise. Or esmouche bien, mon petit compère, esmouche! Dieu t'a bien pourveu de quehue; tu l'as grande et grosse à l'advenent; esmouche fort et ne t'ennuye poinct.

22. *Don Pietro de Castille*, ou Pierre le Cruel (XIVe s.) était l'amant de Marie de Padilla.

23. *Finalement*.

24. *Balles*.

Un bon esmoucheteur, qui, en esmouchetant continuellement, esmouche de son mouchet, par mousches jamais émouché ne sera. Esmouche, couillaud; esmouche, mon petit bedaud! Je n'arresteray gueres. »

« Puis va chercher force mousse et, quand il feut quelque peu loing, il s'escrya, parlant au regnard :

« — Esmouche bien tousjours, compère; esmouche, et ne te fasche jamais de bien esmoucher, mon petit compère. Je te feray estre à gaiges esmoucheteur de Don Pietro de Castille[22]. Esmouche seulement, esmouche, et rien plus. »

« Le pauvre regnard esmouchoit fort bien et deçà et delà, dedans et dehors; mais la faulse vieille vesnoit et vessoit puant comme cent diables. Le pauvre regnard estoit bien mal à son ayse, car il ne sçavoit de quel cousté se virer pour évader le parfum des vesses de la vieille; et, ainsi qu'il se tournoit, il veit que au derrière estoit encores un aultre pertuys, non si grand que celluy qu'il esmouchoit, dont luy venoit ce vent tant puant et infect.

« Le lyon finablement[23] retourne, portant de mousse plus que n'en tiendroyent dix et huyt basles[24], et commença en mettre dedans la playe avecques un baston qu'il aporta, et y en avoit jà bien mys seize basles et demye et s'esbahyssoit :

« — Que diable! ceste playe est parfonde : il y entreroit de mousse plus de deux charrettées. »

« Mais le regnard l'advisa :

« — O compère lyon, mon amy, je te prie, ne metz icy toute la mousse; gardes-en quelque peu, car y a encores icy dessoubz un aultre petit pertuys qui put comme cinq cens diables. J'en suis empoisonné de l'odeur, tant il est punays. »

« Ainsi fauldroit garder ces murailles des mousches et mettre esmoucheteurs à gaiges. »

Lors dist Pantagruel :

« Comment scez-tu que les membres honteux des

25. « *Et où le prends-tu ?* » (jargon scolaire).

26. *Je ne me vante pas, si je dis en avoir embourré...*

27. *Esope.* Allusion fort libre à l'apologue du *bissac;* cf. La Fontaine, I, 8 (*La besace*) :

Le fabricateur souverain
... fit pour nos défauts la poche de derrière
Et celle de devant pour les défauts d'autrui.

28. Traité imaginaire. Il sera question dans le *Prologue* de *Gargantua* d'un livre, *La Dignité des Braguettes,* à nouveau cité dans le chap. VIII : « Mais je vous en exposeray bien dadvantaige au live que j'ay faict De la dignité des braguettes. »

femmes sont à si bon marché, car en ceste ville il y a force preudes femmes, chastes et pucelles.

— *Et Ubi prenus*[25]? dist Panurge. Je vous en diray, non oppinion, mais vraye certitude et asseurance. Je ne me vante d'en avoir embourré[26] quatre cens dix et sept despuis que suis en ceste ville, — et n'y a que neuf jours, — mais, à ce matin, j'ay trouvé un bon homme qui, en un bissac tel comme celluy de Esopet[27], portoit deux petites fillettes de l'eage de deux ou troys ans au plus, l'une davant, l'aultre derrière. Il me demande l'aulmosne, mais je luy feis responce que j'avoys beaucoup plus de couillons que de deniers, et après luy demande : « Bon homme, ces deux fillettes sont elles pucelles? — Frère, dist-il, il y a deux ans que ainsi je les porte, et, au regard de ceste-cy devant, laquelle je voy continuellement, en mon advis elle est pucelle; toutesfoys, je n'en vouldroys mettre mon doigt au feu. Quand est de celle que je porte derrière, je ne sçay sans faulte rien. »

— Vrayement, dist Pantagruel, tu es gentil compaignon; je te veulx habiller de ma livrée. »

Et le feist vestir galantement selon la mode du temps qui couroit, excepté que Panurge voulut que la braguette de ses chausses feust longue de troys piedz et quarrée, non ronde, ce que feust faict; et la faisoit bon veoir. Et disoit souvent que le monde n'avoit encores congneu l'émolument et utilité qui est de porter grande braguette; mais le temps leur enseigneroit quelque jour, comme toutes choses ont esté inventées en temps. »

« Dieu gard de mal (disoit il) le compaignon à qui la longue braguette a saulvé la vie! Dieu gard de mal à qui la longue braguette a valu pour un jour cent soixante mille et neuf escutz! Dieu gard de mal qui par sa longue braguette a saulvé toute une ville de mourir de faim! Et, par Dieu, je feray un livre *De la commodité des longues braguettes*[28] quand j'auray plus de loysir. »

1. Double plaisanterie : le plomb, métal malléable, n'est pas utilisable pour les armes blanches; d'autre part, on ne savait pas dorer le plomb à l'époque de Rabelais.

2. Refrain d'une chanson d'étudiant du XVe s., cité notamment dans une *sotie* de Gringoire.

3. *Chapardeur*.

4. Le portrait moral de Panurge est la réplique de celui du valet de Marot :

> *J'avais un jour un valet de Gascogne,*
> *Gourmand, ivrogne, et assuré menteur,*
> *Pipeur, larron, jureur, blasphémateur,*
> *Sentant la hart* (le gibet) *de cent pas à la ronde,*
> *Au demeurant, le meilleur fils du monde...*
>
> (*Épître au Roi*, 1532.)

5. La rue de la *Montagne-Sainte-Geneviève*, par sa pente, facilite les mauvais tours de Panurge. Située entre l'église Saint-Étienne-du-Mont et la place Maubert, elle reste l'une des plus pittoresques du Quartier latin.

6. Fondé par Jeanne de Navarre en 1309, il était situé à la place de l'actuelle École Polytechnique. Il restera célèbre jusqu'à la fin du XVIIIe s.

7. Comme Panurge ne porte pas l'épée (cf. chap. XIV), il s'agit sans doute de l'épée... de la braguette.

De faict, en composa un beau et grand livre avecques les figures; mais il n'est encores imprimé, que je saiche.

CHAPITRE XVI

Des meurs et condictions de Panurge.

Panurge estoit de stature moyenne, ny trop grand, ny trop petit, et avoit le nez un peu aquillin, faict à manche de rasouer; et pour lors estoit de l'eage de trente et cinq ans ou environ, fin à dorer comme une dague de plomb[1], bien galand homme de sa personne, sinon qu'il estoit quelque peu paillard, et subject de nature à une maladie qu'on appelloit en ce temps-là :

« Faulte d'argent, c'est douleur non pareille[2] »,

Toutesfoys, il avoit soixante et troys manières d'en trouver tousjours à son besoing, dont la plus honorable et la plus commune estoit par façon de larrecin furtivement faict; malfaisant, pipeur, beuveur, bateur de pavez, ribleur[3], s'il en estoit à Paris; au demourant, le meilleur filz du monde[4], et tousjours machinoit quelque chose contre les sergeans et contre le guet.

A l'une foys il assembloit troys ou quatre bons rustres, les faisoit boire comme Templiers sur le soir; après, les menoit au dessoubz de Saincte Geneviefve[5], ou auprès du colliège de Navarre[6], et, à l'heure que le guet montoit par là (ce que il congnoissoit en mettant son espée sur le pavé[7], et l'aureille auprès, et lors qu'il oyoit son espée bransler, c'estoit signe infallible que le guet estoit près), à l'heure doncques, luy et ses compai-

8. Comme des porcs que le boucher va tuer.

9. *Deus det nobis suam pacem* : « Que Dieu nous donne sa paix », prière des *grâces*, après le repas.

10. *Le feu Saint-Antoine* est le *Mal des Ardents* ou ergotisme, fléau répandu au Moyen Age (cf. Adam le Bossu, *Jeu de la Feuillée*).

11. Rabelais par prudence a supprimé : *et théologiens*. Ceux-ci avaient plus de défense que les *pauvres maistres ès ars.* Cf. aussi le pronom *yceulx* p. 165, l. 21, remplaçant : *les théologiens*, et *infra*, *tout le pavé* enduit de *tarte bourbonnaise* à la place du *treillis* de la galerie de la Sorbonne. La satire de la Sorbonne a été adoucie dans l'édition définitive.

12. Cette sorte de chaperon avait un bourrelet tout autour, et une queue pendante sur l'épaule, ce qui facilite la pose des *queues de renard* et des *oreilles de lièvre*.

13. La *rue du Fouarre*, déjà citée au chap. x : c'est là que Pantagruel tient tête à tous les régents.

14. La vraie *tarte bourbonnaise* est citée dans *La Condamnation de Banquet, Moralité*, mais elle était aussi synonyme de notre... *marmelade*. Celle de Panurge contient tous les ingrédients à odeur forte : l'ail, la gomme-résine de Perse (*galbanum* et *assa fœtida*), des extraits des glandes du castor (*castoreum*).

15. Terme médical : sécrétion d'une plaie purulente. L'aspect dégoûtant et la puanteur sont soulignés par *bosses chancreuses*.

16. *Vomissaient*.

17. *Lépreux*.

18. *Goutteux*.

19. Vêtement de dessus.

gnons prenoyent un tombereau, et luy bailloyent le
bransle, le ruant de grande force contre l'avallée, et
ainsi mettoyent tout le pauvre guet par terre, comme
porcs[8], puis fuyoyent de l'aultre cousté, car, en moins
de deux jours, il sçeut toutes les rues, ruelles et traverses
de Paris, comme son *Deus det*[9].

A l'autre foys, faisoit en quelque belle place, par où
ledict guet debvoit passer, une trainnée de pouldre
de canon, et, à l'heure que passoit, mettoit le feu
dedans, et puis prenoit son passetemps à veoir la bonne
grâce qu'ilz avoyent en fuyant, pensans que le feu
sainct Antoine[10] les tint aux jambes.

Et, au regard des pauvres maistres ès ars[11], il les
persécutoit sur tous aultres. Quand il rencontroit
quelc'un d'entre eulx par la rue, jamais ne failloit de
leur faire quelque mal, maintenant leur mettant un
estronc dedans leurs chaperons au bourlet[12], maintenant leur attachant de petites quehues de regnard ou
des aureilles de lièvres par derrière, ou quelque aultre
mal.

Un jour, que l'on avoit assigné à yceulx se trouver
en la rue du Feurre[13], il feist une tartre bourbonnoise[14],
composée de force de hailz, de *galbanum*, de *assa fetida*,
de *castoreum*, d'estroncs tous chaulx, et la destrampit en
sanie[15] de bosses chancreuses, et de fort bon matin,
engressa et oignit tout le pavé, en sorte que le diable
n'y eust pas duré. Et tous ces bonnes gens rendoyent là
leurs gorges[16] devant tout le monde, comme s'ilz eussent
escorché le renard, et en mourut dix ou douze de peste,
quatorze en feurent ladres[17], dix et huyct en furent
pouacres[18], et plus de vingt et sept en eurent la verolle;
mais il ne s'en soucioit mie.

Et portoit ordinairement un fouet soubz sa robbe,
duquel il fouettoyt sans rémission les paiges qu'il trouvoit portans du vin à leurs maistres, pour les avancer
d'aller.

En son saye[19] avoit plus de vingt et six petites bou-

20. *Bourses et poches*.

21. Dé.

22. Du *verjus*, presque du vinaigre.

23. *Graterons* (de la bardane).

24. Les gueux du cimetière des Saints-Innocents, qui « se chauffent le cul des ossements des morts » figurent déjà au chap. VII.

25. *Et surtout*.

26. *Hameçons et crochets*.

27. Taffetas mince et non lustré, fabriqué surtout en Italie (*ermesino*).

28. *Un briquet garni d'amorce, d'allumettes* (soufrées).

29. Transposition cocasse de lettres (*f* et *m* ici), jeu de mots courant au XVIᵉ s., la *contrepèterie*. Il ne s'agit pas de la division de l'ode pindarique (strophe, antistrophe, épode)!

30. Le Palais de justice.

31. La messe précédant la séance du Parlement; les *Messieurs de la Cour*, les magistrats, y assistent.

gettes et fasques[20], toujours pleines, l'une d'un petit
deau[21] de plomb, et d'un petit cousteau affilé comme
l'aiguille d'un peletier, dont il couppoit les bourses;
l'aultre, de aigrest[22] qu'il gettoit aux yeulx de ceulx qu'il
trouvoit; l'aultre, de glaterons[23] empenez de petites
plumes de oysons ou de chappons, qu'il gettoit sur les
robbes et bonnetz des bonnes gens; et souvent leur en
faisoit de belles cornes, qu'ilz portoyent par toute la
ville, auculnesfoys toute leur vie. Aux femmes aussi,
par dessus leurs chapperons, au derrière, auculnesfoys
en mettoit, faictz en forme d'un membre d'homme.

En l'aultre, un tas de cornetz tous pleins de pulses
et de poux, qu'il empruntoit des guenaulx de Sainct
Innocent[24], et les gettoit, avec belles petites cannes
ou plumes dont on escript, sur les colletz des plus
sucrées damoiselles qu'il trouvoit, et mesmement[25] en
l'église : car jamais ne se mettoit au cueur au hault,
mais tousjours demouroit en la nef entre les femmes, tant
à la messe, à vespres, comme au sermon;

en l'aultre, force provision de haims et claveaulx[26],
dont il acouploit souvent les hommes et les femmes, en
compaignies où ilz estoient serrez, et mesmement celles
qui portoyent robbes de tafetas armoisy[27], et, à l'heure
qu'elles se vouloyent départir, elles rompoyent toutes
leurs robbes;

en l'aultre, un fouzil garny d'esmorche[28], d'allumettes,
de pierre à feu, et tout aultre appareil à ce requis;

en l'aultre, deux ou troys mirouers ardens, dont il
faisoit enrager aulcunesfoys les hommes et les femmes,
et leur faisoit perdre contenence à l'église : car il disoit
qu'il n'y avoit qu'un antistrophe[29] entre *femme folle à la
messe* et *femme molle à la fesse.*

en l'aultre, avoit provision de fil et d'agueilles, dont
il faisoit mille petites diableries.

Une foys, à l'issue du Palays[30], à la Grand Salle, lors
que un cordelier disoit la messe de Messieurs[31], il luy
ayda à soy habiller et revestir; mais en l'acoustrant, il

32. *Se retroussa*.

33. Pierre d'Ailly (xive s.), chancelier de l'Université de Paris et évêque sous Charles VI. Les *Suppositions* étaient un chapitre de la *Logique* scolastique.

34. *Trimbalant*. Cf. brimbalant.

35. Longs chapelets ouvragés que portaient les femmes. Rapprochement.

36. *A l'équivalent*.

37. *Alun de plume,* ainsi nommé parce qu'il a l'aspect de barbes de plume.

38. *Hautaines* (se redressant comme la crête d'un coq).

39. *Coq*.

40. *Tambour*.

luy cousit l'aulbe avec sa robbe et chemise, et puis se
retira quand Messieurs de la Court vindrent s'asseoir
pour ouyr icelle messe. Mais, quand ce fust l'*ite missa est,*
que le pauvre frater se voulut devestir son aulbe, il
emporta ensemble et habit et chemise, qui estoyent
bien cousuz ensemble; et se rebrassit[32] jusques aux
espaules, monstrant son callibistris à tout le monde, qui
n'estoit pas petit, sans doubte. Et le frapper tousjours
tiroit, mais tant plus se descouvroit-il, jusques à ce
q'un de Messieurs de la Court dist : « Et quoy, ce beau
père nous veult icy faire l'offrande et baiser son cul?
Le feu Sainct Antoine le baise! » Dès lors fut ordonné
que les pauvres beaulx pères ne se despouilleroyent plus
devant le monde, mais en leur sacristie, mesmement
en présence des femmes : car ce leur seroit occasion
du péché d'envie.

Et le monde demandoit pourquoy est-ce que ces
fratres avoyent la couille si longue. Ledict Panurge
soulut très bien le problesme, disant : « Ce que faict
les aureilles des asnes si grandes, ce est parce que leurs
mères ne leur mettoyent poinct de béguin en la teste :
comme dict *De Alliaco* en ses *Suppositions*[33]. A pareille
raison, ce que faict la couille des pauvres béatz pères
si longue, c'est qu'ilz ne portent poinct de chausses
foncées, et leur pauvre membre s'estend en liberté à
bride avallée, et leur va ainsi triballant[34] sur les genoulx,
comme font les patenostres[35] aux femmes. Mais la
cause pourquoy ilz l'avoyent gros à l'équipollent[36], c'estoit que en ce triballement les humeurs du corps descendent audict membre : car, selon les légistes, agitation
et motion continuelle est cause d'atraction. »

Item, il avoit un aultre poche pleine de alun de
plume[37], dont il gettoit dedans le doz des femmes qu'il
voyoit les plus acrestées[38], et les faisoit despouiller
devant tout le monde, les aultres dancer comme jau[39] sus
breze, ou bille sur tabour[40]; les aultres courir les rues,
et luy après couroit, et, à celles qui se despouilloyent

41. *Flacon* (mot languedocien).

42. *Dieu vous donne!*

43. *La mauvaise tache*.

44. *L'euphorbe* sous forme de poudre fait éternuer.

45. Le *mouchoir* était d'un usage peu fréquent. Montaigne estime illogique d'utiliser un linge si fin et travaillé pour une si sale besogne et approuve le gentilhomme qui se mouche des doigts.

46. *La belle lingère du Palais* (de justice) devance celle de Corneille dans la *Galerie du Palais*. La *Galerie* n'abritait que des boutiques de luxe tenues par de jolies vendeuses.

47. La Flandre et le Hainaut étaient réputés pour leurs dentelles.

48. La déformation volontaire de *Frontignan* et de *Fontarabie* joue sur l'indécent *fout*... Autre plaisanterie : aux pays du Nord, Panurge oppose des villes du Midi (nullement célèbres pour leurs broderies ou dentelles).

49. Un *davier,* instrument à arracher les dents, d'où *pince*.

50. Pince à crocheter les serrures et aussi pince de dentiste (cf. Ambroise Paré).

il mettoit sa cappe sur le doz, comme homme courtoys et gracieux.

Item, en un aultre, il avoit une petite guedoufle[41] pleine de vieille huyle, et, quand il trouvoit ou femme ou homme qui eust quelque belle robbe, il leurs engressoit et guastoit tous les plus beaulx endroitz, soubz le semblant de les toucher et dire : « Voicy de bon drap, voicy bon satin, bon tafetas! Madame, Dieu vous doint[42] ce que vostre noble cueur désire! Voz avez robbe neufve, novel amy; Dieu vous y maintienne! » Ce disant leurs mettoit la main sur le collet. Ensemble la male tache[43] y demouroit perpétuellement si énormément engravée en l'âme, en corps, et renommée, que le diable ne l'eust poinct ostée, puis à la fin leur disoit : « Madame, donnez-vous garde de tomber, car il y a icy un grand et sale trou devant vous. »

En un aultre, il avoit tout plein de Euphorbe[44] pulvérisé bien subtilement, et, là-dedans mettoit un mouschenez[45] beau et bien ouvré, qu'il avoit desrobé à la belle lingère du Palays[46], en luy oustant un poul dessus son sein, lequel toutesfoys il y avoit mis. Et, quand il se trouvoit en compaignie de quelques bonnes dames, il leur mettoit sus le propos de lingerie, et leur mettoit la main au sein, demandant : « Et cest ouvraige, est-il de Flandre, ou de Haynault[47]? » Et puis tiroit son mouschenez, disant : « Tenez, tenez, voyez-en cy de l'ouvrage; elle est de Foutignan ou de Foutarabie[48]. » Et le secouoit bien fort à leurs nez, et les faisoit esternuer quatre heures sans repos. Ce pendent il pétoit comme un rousin, et les femmes ryoient luy disans : « Comment, vous pétez, Panurge? — Non foys, disoit il, Madame; mais je accorde au contrepoint de la musicque que vous sonnés du nez. »

En l'aultre un daviet[49], un pellican[50], un crochet, et quelques aultres ferremens, dont il n'y avoit porte ny coffre qu'il ne crochetast.

En l'aultre, tout plein de petitz goubeletz, dont il

51. *Adroits.*

52. *Arachné*, Lydienne habile à tisser, fut changée en araignée par la jalousie de Minerve.

53. La *thériaque* est une drogue de charlatan. *Crier la thériaque :* faire le bonimenteur. On voit fort bien Panurge dans ce rôle.

54. Pièce d'argent.

55. Type populaire d'escamoteur.

56. Pièce d'argent.

1. L'octroi d'indulgences, ou *pardons,* moyennant un don d'argent, est un des abus du temps les plus critiqués avec la vente des bénéfices.

2. Pour donner plus de vie au récit, Rabelais entre lui-même en scène, sous la forme d'un interlocuteur naïf, respectueux de l'Église, mais n'aimant pas les simagrées.

3. *Penaud.*

4. *Dénare* (lat. *denarius,* italien *denaro*) : *denier,* donc *argent* (cf. *Farce de Pathelin*).

5. Comme on dit un *flux de ventre.*

6. Souvenir de *Maître Pathelin* (v. 285) :
Encore ay je denier et maille
Qu'onc ne virent père ne mère.

7. *Et m...!*

8. *Pardonneur* dans les deux sens d'*amateur de pardons* et d'*enclin à pardonner.*

jouoit fort artificiellement : car il avoit les doigtz faictz
à la main[51] comme Minerve ou Arachné[52], et avoit
aultrefoys crié le thériacle[53]. Et quand il changeoit un
teston[54] ou quelque aultre pièce, le changeur eust esté
plus fin que Maistre Mouche[55], si Panurge n'eust faict
esvanouyr à chascune foys cinq ou six grans blancs[56],
visiblement, apertement, manifestement, sans faire lésion
ne blessure aulcune, dont le changeur n'en eust senty
que le vent.

CHAPITRE XVII

Comment Panurge guaingnoyt les pardons[1]
et maryoit les vieilles,
et des procès qu'il eut à Paris.

Un jour je[2] trouvay Panurge quelque peu escorné[3] et
taciturne, et me doubtay bien qu'il n'avoit dénaré[4], dont
je luy dys : « Panurge, vous estes malade à ce que je voy à
vostre physionomie, et j'entens le mal : vous avez un fluz
de bourse[5], mais ne vous souciez; j'ay encores six
solz et maille, qui ne virent oncq père ny mère[6], qui ne
vous fauldront non plus que la vérolle en vostre
nécessité. »

A quoy il me respondit : « Et bren[7] pour l'argent! Je
n'en auray quelque jour que trop : car j'ay une
pierre philosophale, qui me attire l'argent des bourses,
comme l'aymant attire le fer. Mais voulés-vous venir
gaigner les pardons? dist-il.

— Et par ma foy (je luy respons), je ne suis grand
pardonneur[8] en ce monde icy; je ne sçay si je seray en

9. *Je vous rends grâces, Seigneur* (merci!), mais aussi jeu de mots du latin macaronique : « les dominos vous sont agréables ».

10. *Sainte Brigitte* (1303-1373), mystique suédoise, avait composé des *Révélations* et des *prières*. Celles-ci furent imprimées dès le xve s. Marguerite de Navarre en fait mention. (Cf. *Théâtre profane*, éd. V.-L. Saulnier.)

11. Le prêtre chargé de recevoir les offrandes.

12. Sans doute *Saint-Jean-en-Grève*, près de l'Hôtel de Ville; l'église fut détruite sous la Révolution.

13. Autre église disparue.

14. Toujours la critique contre la vente scandaleuse d'*indulgences*.

15. Déjà cité parmi les *« tavernes méritoires »* par l'Écolier Limousin (chap. vi).

16. *D'où?*

17. Les *bassins* ou plateaux pour recueillir les aumônes.

18. Une pièce blanche. — *Douzain :* autre pièce de monnaie. Le tour de Panurge était fréquent à son époque. Érasme (*Peregrinatio religionis*), Nicolas de Troyes (*Grand parangon des nouvelles nouvelles, IX*) dénoncent ce vol fait sous couleur de dévotion.

19. *Comme un serpent*, l'animal maudit.

20. *« Tu recevras le centuple »*, d'après l'*Évangile selon saint Matthieu :* « Celui qui abandonnera maison..., et terres pour mon nom recevra le centuple » (xix, 21).

l'aultre. Bien, allons, au nom de Dieu, pour un denier
ny plus, ny moins.

— Mais, dist-il, prestez-moi doncques un denier à
l'intérest. — Rien, rien, dis-je. Je vous le donne de bon
cueur.

— *Grates vobis dominos*[9] », dist-il.

Ainsi allasmes, commençant à Sainct-Gervays, et je
gaigné les pardons au premier tronc seulement, car
je me contente de peu en ces matières : puis disoys mes
menuz suffrages et oraisons de saincte Brigide[10]. Mais
il gaigna à tous les troncs, et tousjours bailloit argent
à chascun des pardonnaires[11].

De là, nous transportasmes à Nostre-Dame, à Sainct-
Jean[12], à Sainct-Antoine[13], et ainsi des aultres églises où
estoit bancque de pardons[14]. De ma part, je n'en gai-
gnoys plus; mais luy, à tous les troncz il baisoit les
relicques, et à chascun donnoit. Brief, quand nous
fusmes de retour, il me mena boire au cabaret du
Chasteau[15], et me monstra dix ou douze de ses bougettes
pleines d'argent. A quoy je me seignay, faisant la croix,
et disant : « Dont[16] avez-vous tant recouvert d'argent en
si peu de temps? » A quoy il me respondit que il l'avoit
prins ès bassains[17] des pardons :

« Car, en leur baillant le premier denier, dist-il, je
le mis si souplement que il sembla que feust un grand
blanc[18]. Ainsi, d'une main je prins douze deniers, voyre
bien douze liards, ou doubles pour le moins, et de
l'aultre, troys ou quatre douzains : et ainsi par toutes les
églises où nous avons esté.

— Voire mais, (dis-je), vous vous dampnez comme
une sarpe[19], et estes larron et sacrilège.

— Ouy bien, (dist-il), comme il vous semble; mais il
ne me semble, quand à moy. Car les pardonnaires me
le donnent, quand ilz me disent, en présentant les
relicques à baiser : *Centuplum accipies*[20], que pour un
denier j'en prene cent : car *accipies* est dict selon la
manière des Hébreux, qui usent du futur en lieu de

21. Rabelais montre ici sa connaissance de l'hébreu.

22. « *Tu aimeras le Seigneur* » et *Aime* [le Seigneur], commandement de l'Évangile.

23. Toujours le *pardonnaire* ou *porteur de pardons,* composé latin-français burlesque.

24. Personnages historiques. Le rabbin *Kimhy* (mort en 1240) est l'auteur d'un dictionnaire hébraïque et de commentaires de l'Écriture. Le rabbin espagnol *Aben Ezra* (xiie s.), également auteur d'une grammaire et de commentaires bibliques.

25. *Massorètes,* docteurs hébreux commentateurs de la Bible.

26. « *Et ici Bartole* » raillerie contre la manie des glossateurs d'accumuler les références. (Cf. chap. x, note 26.)

27. Le pape Sixte IV est cité comme *agresseur de vérolle* parmi les damnés qu'Épistémon voit aux Enfers (chap. xxx).

28. Allusion aux Croisades du début du xvie s. (notamment celle de Mytilène, cf. chap. ix), qui passaient pour faire les « choux gras » de la papauté, seul résultat effectif : on commençait à collecter l'argent et l'expédition n'avait pas lieu, ou échouait.

29. *Florins.*

30. *Jouer du serrecropière :* faire l'amour (cf. chap. v, à propos des femmes d'Avignon).

31. *Saccader* comme *biscoter : besogner,* au sens érotique.

32. *Hottes de vendanges* ou bien *fagots.*

33. *Faire l'amour.*

34. S'excitaient, la « lance à l'arrêt ».

l'impératif[21], comme vous avez en la Loy : *Diliges Dominum* et *dilige*[22]. Ainsi, quand le pardonnigére[23] me dit : *Centuplum accipies,* il veult dire : *Centuplum accipe,* et ainsi l'expose rabi Kimy et rabi Aben Ezra[24], et tous les Massoretz[25], et *ibi Bartolus*[26]. Dadvantaige, le pape Sixte[27] me donna quinze cens livres de rente sur son dommaine et thésor ecclésiasticque pour luy avoir guéry une bosse chancreuse, qui tant le tormentoit qu'il en cuida devenir boyteux toute sa vie. Ainsi je me paye par mes mains, car il n'est tel, sur ledict thésor ecclésiasticque.

« Ho, mon amy, (disoit-il), si tu sçavoys comment je fis mes chous gras de la croysade[28], tu seroys tout esbahy. Elle me valut plus de six mille fleurins[29]. — Et où diable, sont ilz allez? (dis-je), car tu n'en as une maille. — Dont ilz estoyent venuz, (dist-il); ilz ne feirent seulement que changer maistre. Mais j'en emploiay bien troys mille à marier, non les jeunes filles, car elles ne trouvent que trop marys, mais grandes vieilles sempiterneuses, qui n'avoyent dentz en gueulle, considérant : « ces bonnes femmes icy ont très bien employé leur temps en jeunesse et ont joué du serrecropière[30] à cul levé à tous venans, jusques à ce que on n'en a plus voulu; et, par Dieu, je les feray saccader[31] encores une foys devant qu'elles meurent! » Par ce moyen, à l'une donnois cent fleurins, à l'aultre six vingtz, à l'aultre troys cens, selon qu'elles estoient bien infâmes, détestables, et abhominables. Car, d'aultant qu'elles estoyent plus horribles et exècrables, d'autant il leur failloyt donner dadvantage, aultrement le diable ne les eust voulu biscoter. Incontinent m'en alloys à quelque porteur de coustretz[32] gros et gras, et faisoys moy-mesmes le mariage; mais, premier que lui monstrer les vieilles, je lui monstroys les escutz, disant : « Compère, voicy qui est à toy si tu veulx fretinfretailler[33] un bon coup. » Des lors les pauvres hayres bubajalloient[34] comme vieux mulletz : ainsi leur faisoys bien aprester à bancqueter,

35. A la mode des corsages ouverts datant de Charles V se substitua sous François Ier celle des corsages fermés et montants.

36. Titre juridique, mais équivoque avec le sens qu'on devine.

37. A peu près comme *sale.*

38. *Maître Fyfy* : le vidangeur (de l'interjection *fi !* exprimant le dégoût).

39. La *pipe* et le *bussart* sont deux mesures de liquides, la première correspondant à un tonneau et le second à une grosse futaille. Ce titre imaginaire a sans doute un rapport par calembour avec la vidange, comme le *Quart de sentences,* résumé de la doctrine chrétienne par Pierre Lombard.

40. La Faculté des Arts était située rue du Fouarre. L'édition de 1542 atténue ici encore l'attaque contre la Sorbonne et les théologiens, qui ne sont plus nommés. Mais l'allusion est transparente.

41. *Plainte.*

boire du meilleur, et force espiceries pour mettre les
vieilles en ruyt et en chaleur. Fin de compte, ilz besoin-
gnoyent comme toutes bonnes âmes, sinon que à celles
qui estoyent horriblement villaines et défaictes, je leur
faisoys mettre un sac sur le visaige.

« Davantaige, j'en ay perdu beaucoup en procès. — Et
quelz procès as-tu peu avoir? (disois-je), tu ne as ny
terre, ny maison. — Mon amy, (dist-il), les damoiselles
de ceste ville avoyent trouvé, par instigation du diable
d'enfer, une manière de colletz ou cachecoulx à la haulte
façon, qui leur cachoyent si bien les seins[35] que l'on n'y
povoit plus mettre la main par dessoubz, car la fente
d'iceulx elles avoyent mise par derrière, et estoyent tous
cloz par devant, dont les pauvres amans, dolens, contemplatifz, n'estoyent bien contens. Un beau jour de mardy,
j'en présentay requeste à la Court, me formant partie
contre lesdictes damoyselles, et remonstrant les grans
intérestz que je y prendroys, protestant que, à mesme
raison, je feroys couldre la braguette de mes chausses
au derrière, si la Court n'y donnoit ordre. Somme toute,
les damoyselles formèrent syndicat, monstrèrent leurs
fondemens[36], et passèrent procuration à défendre leur
cause; mais je les poursuivy si vertement que, par arrest
de la Court, fust dict que ces haulx cachecoulx ne
seroyent plus portez, sinon qu'ilz feussent quelque peu
fenduz par devant. Mais il me cousta beaucoup.

« J'euz un aultre procès bien hord[37] et bien sale
contre maitre Fyfy[38] et ses suppostz, à ce qu'ilz n'eussent
plus à lire clandestinement, de nuyct, la *Pipe de Bus-*
sart[39], ne le *Quart de Sentences,* mais de beau plein jour,
et ce ès escholes du Feurre[40], en face de tous les aultres
sophistes, où je fuz condemné ès despens pour quelque
formalité de la relation du sergeant.

« Une aultre fois je fourmay complaincte[41] à la Court
contre les mulles des Présidens, Conseillers, et aultres :
tendent à fin que, quand en la basse court du Palays,
l'on les mettroit à ronger leur frain, les Conseillières

42. **Calembour** : *à beaux dés* ou *à baudet*.

43. *Reniguebieu* : *je renie Dieu*. Ce jeu figure dans le catalogue des distractions de Gargantua (chap. XXII, *Gargantua*). Les jurons devaient y avoir bonne part.

44. *Faites la somme*.

45. **Saint inconnu**.

46. *Prendre son élan*.

47. *Je ne me plains pas de ce que*.

leur feissent de belles baverettes, affin que de leur bave
elles ne gastassent le pavé, en sorte que les pages du
Palais peussent jouer dessus à beaux detz[42] ou au reniguebieu[43] à leur ayse, sans y guaster leurs chausses aulx
genoulx. Et de ce en euz bel arrest, mais il me couste
bon.

« Or sommez[44] à ceste heure combien me coustent
les petitz bancquetz que je fais aux paiges du Palays
de jour en jour. — Et à quelle fin? (dis-je). — Mon amy,
(dist-il), tu ne as passetemps aulcun en ce monde. J'en
ay plus que le Roy. Et si vouloys te raislier avecques
moy, nous ferions diables. — Non, non, (dis-je), par
sainct Adauras[45], car tu seras une foys pendu. — Et toy,
(dist-il), tu seras une foys enterré : lequel est plus honorablement ou l'air ou la terre? Hé grosse pécore! Ce
pendent que ces paiges bancquetoient, je garde leurs
mulles et couppe à quelc'une l'estrivière du cousté du
montouoir, en sorte qu'elle ne tient qu'à un fillet.
Quand le gros enflé de Conseillier, ou aultre, a prins
son bransle[46] pour monter sus, ilz tombent tous platz
comme porcz devant tout le monde, et aprestent à rire
pour plus de cent francs. Mais je me rys encores dadvantage, c'est que, eulx arrivez au logis, ilz font fouetter
Monsieur du paige comme seigle vert : par ainsi, je ne
plains[47] poinct ce que m'a cousté à les bancqueter. »

Fin de compte, il avoit, comme ay dict dessus, soixante et troys manières de recouvrer argent; mais il en
avoit deux cens quatorze de le despendre, hors mis la
réparation de dessoubz le nez.

1. *Admirable* (en grec).

2. Au coin de la rue Saint-André-des-Arts et de la rue des Grands-Augustins, cet hôtel recevait surtout des Bénédictins. Résidence probable de Rabelais lors de ses séjours à Paris.

3. Les Péripatéticiens, disciples d'Aristote, discutaient en déambulant, d'où leur nom.

4. Le culte de Platon remplace celui d'Aristote chez les humanistes. Il est le « prince des philosophes », non seulement pour Rabelais, mais pour Marguerite de Navarre, Ramus, Étienne Dolet, etc. A partir de 1540, les traductions des *Dialogues* se multiplient. Rabelais paraphrase ici un passage du *Phèdre* (250 d) : « La vision est la plus aiguë des perceptions corporelles, mais elle ne voit pas la pensée. Quelles amours extraordinaires celle-ci offrirait, si elle offrait d'elle-même une image claire et perceptible à la vue. Mais seule la Beauté a obtenu du sort d'être la plus apparente et la plus désirable. »

5. La visite de la reine de Saba au roi Salomon est rapportée par la Bible (*Rois*, III, 10, 1-3).

CHAPITRE XVIII

Comment un grand clerc de Angleterre
vouloit arguer contre Pantagruel,
et fut vaincu par Panurge.

En ces mesmes jours, un sçavant homme nommé Thaumaste[1], oyant le bruict et renommée du sçavoir incomparable de Pantagruel, vint du pays de Angleterre en ceste seule intention de veoir icelluy Pantagruel et le congnoistre, et esprouver si tel estoit son sçavoir comme en estoit la renommée. De faict, arrivé à Paris, se transporta vers l'hostel dudict Pantagruel, qui estoit logé à l'hostel Sainct Denys[2], et pour lors se pourmenoit par le jardin avecques Panurge, philosophant à la mode des Peripatéticques[3]. De première entrée, tressaillit tout de paour, le voyant si grand et si gros; puis le salua comme est la façon, courtoysement, luy disant :

« Bien vray est-il, ce que dit Platon[4], prince des philosophes, que, si l'image de science et sapience estoit corporelle et spectable ès yeulx des humains, elle exciteroit tout le monde en admiration de soy. Car seulement le bruyct d'icelle espendu par l'air, s'il est reçeu ès aureilles des studieux et amateurs d'icelle qu'on nomme Philosophes, ne les laisse dormir ny reposer à leur ayse, tant les stimule et embrase de acourir au lieu, et veoir la personne en qui est dicte science avoir estably son temple et produyre ses oracles. Comme il nous feust manifestement démonstré en la Royne de Saba[5], que vint des limites d'Orient et mer Persicque pour veoir l'ordre de la maison du saige Salomon et ouyr sa sapience; en Anacharsis, qui, de Scithie, alla jusques en

6. Elien (*Varia Historia,* V, 7) raconte cette anecdote. Solon figure parmi les sept Sages de l'Antiquité.

7. Les autres exemples sont tirés de saint Jérôme, *Lettre à Paulin,* en tête de la *Vulgate.* Pythagore passe pour avoir consulté les devins de Memphis. De même Platon et Archytas.

8. Apollonios de Tyane, pythagoricien contemporain de Vespasien, acquit la réputation d'un faiseur de miracles dans l'imagination populaire; Rabelais traduit strictement saint Jérôme dans tout ce passage, y compris la référence à Tite-Live.

9. Le *grand fleuve Physon* arrose le légendaire Paradis terrestre.

10. Les « *Philosophes nus* », fakirs de l'Inde antique plutôt que de l'Éthiopie.

11. *Studieux :* passionné pour (au sens latin). Rabelais donne ici la définition de l'humanisme de la Renaissance. Le discours de Thaumaste reflète sa pensée.

12. *Ennui.*

13. L'art de prédire, en lançant de la poussière et en examinant les figures que celle-ci forme.

14. Interprétation symbolique de la Bible.

15. *Résoudre.*

16. Les *Académiques :* philosophes disciples de Platon.

17. Pythagore, philosophe et mathématicien, inventeur de la philosophie du Nombre : chaque nombre a dans son système une valeur symbolique.

Athènes pour veoir Solon[6]; en Pythagoras, qui visita les vaticinateurs Memphiticques[7]; en Platon, qui visita les Mages de Égypte et Architas de Tarente; en Apolonius Tyaneus[8], qui alla jusques au mont Caucase, passa les Scytes, les Massagettes, les Indiens, naviga le grand fleuve Physon[9] jusques ès Brachmanes, pour veoir Hiarchas, et en Babyloine, Caldée, Médée, Assyrie, Parthie, Syrie, Phœnice, Arabie, Palestine, Alexandrie, jusques en Éthiopie, pour veoir les Gymnosophistes[10].

« Pareil exemple avons nous de Tite Live, pour lequel veoir et ouyr plusieurs gens studieux vindrent en Rome des fins limitrophes de France et Hespagne.

« Je ne me ause recenser au nombre et ordre de ces gens tant parfaictz; mais bien je veulx estre dict studieux[11] et amateur non seulement des lettres, mais aussi des gens lettrez.

« De faict, ouyant le bruyt de ton sçavoir tant inestimable, ay délaissé pays, parens et maison, et me suis icy transporté, rien ne estimant la longueur du chemin, l'attédiation[12] de la mer, la nouveaulté des contrées, pour seulement te veoir et conférer avecques toy d'aulcuns passages de philosophie, de géomantie[13] et de caballe[14], desquelz je doubte et ne puis contenter mon esprit, lesquelz si tu me peulx souldre[15], je me rens dès à présent ton esclave, moy et toute ma postérité, car aultre don ne ay que assez je estimasse pour la récompense.

« Je les rédigeray par escript, et demain le feray sçavoir à tous les gens sçavans de la ville, affin que devant eulx publicquement nous en disputons.

« Mais voicy la manière comment j'entens que nous disputerons. Je ne veulx disputer *pro* et *contra,* comme font ces sotz sophistes de ceste ville et de ailleurs; semblablement, je ne veulx disputer en la manière des académicques[16] par déclamation, ny aussi par nombres, comme faisoit Pythagoras[17] et comme voulut faire

186

18. Pic de la Mirandole, l'homme univcrsel, se vantait de soutenir 900 thèses à Rome, mais non pas selon les nombres pythagoriciens.

19. Rabelais aime la mimique : cf. la scène muette de Seigny Joan, maniant la pièce du faquin (*Tiers Livre*, chap. xxxvii). Faut-il voir dans cette discussion par signes, procédé bien connu des humanistes, une allusion aux doctrines occultistes? Corneille Agrippa signale cette forme de dispute dans son traité sur la philosophie occulte. Rabelais, lui, s'en moque.

20. La grande salle du Collège de Navarre, où les clercs venaient faire assaut d'éloquence.

21. *Bien que*.

22. Rabelais confond Héraclite avec Démocrite. Même confusion dans le *Tiers Livre* (chap. xxxvi).

23. *Applaudissements*.

Picus Mirandula[18] à Romme; mais je veulx disputer par signes[19] seulement, sans parler, car les matières sont tant ardues que les parolles humaines ne seroyent suffisantes à les expliquer à mon plaisir.

« Par ce, il plaira à ta magnificence de soy y trouver. Ce sera en la grande salle de Navarre[20], à sept heures de matin. »

Ces parolles achevées, Pantagruel luy dist honorablement :

« Seigneur, des grâces que Dieu m'a donné je ne vouldroyes dénier à personne en despartir à mon pouvoir; car tout bien vient de luy, et son plaisir est que soit multiplié quand on se trouve entre gens dignes et ydoines de recepvoir ceste céleste manne de honeste sçavoir, au nombre desquelz parce que en ce temps, comme jà bien aperçoy, tu tiens le premier ranc, je te notifie que à toutes heures me trouveras prest de optempérer à une chascune de tes requestes selon mon petit pouvoir, combien que[21] plus de toy je deusse apprendre que toy de moy; mais, comme as protesté, nous conférerons de tes doubtes ensemble, et en chercherons la résolution jusques au fond du puis inespuisable auquel disoit Héraclite estre la vérité cachée[22].

« Et loue grandement la manière d'arguer que as proposée, c'est assavoir par signes, sans parler; car, ce faisant, toy et moy nous entendrons, et serons hors de ces frapements de mains que font ces badaulx sophistes quand on argue, alors qu'on est au bon de l'argument.

« Or demain je ne fauldray me trouver au lieu et heure que me as assigné, mais je te prye que entre nous n'y ait débat ny tumulte et que ne cherchons honeur n'y applausement[23] des hommes, mais la vérité seule. »

A quoy respondit Thaumaste :

« Seigneur, Dieu te maintienne en sa grâce, te remerciant de ce que ta haulte magnificence tant se veult

24. Les abbés de Cluny louaient leur hôtel. Celui-ci est devenu l'actuel musée, au Quartier latin.

25. Allusion à la légende du diablotin Pantagruel et à ses tours, Pantagruel est toujours synonyme de *soif*.

26. *Au paroxysme de l'excitation.*

27. Bède le Vénérable (VIIe s.), prêtre anglais, auteur d'un traité sur l'art de s'exprimer par gestes, *De loquela per gestum digitorum*.

28. Plotin (204-270), métaphysicien néo-platonicien, est surtout connu par les *Ennéades*. Le traité cité par Rabelais avait été traduit par Marsile Ficin en 1492.

29. Proclus, *De la Magie*. Il est cité à nouveau dans le *Gargantua* (chap. x, *De ce qu'est signifié par les couleurs blanc et bleu*).

30. Artémidore (IIe s.), *Sur la signification des songes*. Le traité sera traduit en 1546 par Charles Fontaine.

31. Anaxagore, philosophe ami de Périclès (Ve s. avant J.-C.). Mais on ne connaît pas de lui un traité des Signes (περὶ σημείων).

32. *Ynarius*, et son traité, *Des choses indicibles,* est inconnu.

33. Auteur latin de mimes (IIe s. ap. J.-C.).

34. Hipponas, poète satirique (IIe s. av. J.-C.). On ne lui connaît aucun ouvrage intitulé *Des choses qu'il faut taire.*

35. *Ad metam non loqui* : « à la borne du parler », locution du latin scolaire passée en proverbe; mettre à bout d'arguments.

36. *Oui, mais.*

condescendre à ma petite vilité. Or à Dieu jusques à demain.

— A Dieu », dist Pantagruel.

Messieurs, vous qui lisez ce présent escript, ne pensez que jamais gens plus feussent eslevez et transportez en pensée que furent, toute celle nuict, tant Thaumaste que Pantagruel; car ledict Thaumaste dist au concierge de l'hostel de Cluny[24], auquel il estoit logé, que de sa vie ne se estoit tant altéré comme il estoit celle nuyct :

« Il m'est, (disoit-il), advis que Pantagruel me tient à la gorge[25]. Donnez ordre que beuvons, je vous prie, et faictes tant que ayons de l'eau fresche pour me guargariser le palat. »

De l'aultre cousté, Pantagruel entra en la haulte game[26], et toute la nuyct ne faisoit que ravasser après :

Le livre de Beda, *De Numeris et Signis*[27];

Le livre de Plotin, *De Inenarrabilibus*[28];

Le livre de Procle, *De Magia*[29];

Les livres de Artémidore, *Peri onirocriticon*[30];

De Anaxagoras, *Peri Semion*[31];

D'Ynarius, *Peri Aphaton*[32];

Les livres de Philistion[33];

Hipponax, *Peri Anecphoneton*[34];

Et un tas d'autres, tant que Panurge luy dist :

« Seigneur, laissez toutes ces pensées, et vous allez coucher; car je vous sens tant esmeu en vostre esprit que bien tost tomberiez en quelque fièvre éphémère par cest excès de pensement. Mais, premier beuvant vingt et cinq ou trente bonnes foys, retirez-vous et dormez à vostre aise, car de matin je respondray et argueray contre Monsieur l'Angloys, et, au cas que je ne le mette *ad metam non loqui*[35], dictes mal de moy.

— Voire mès[36], (dist Pantagruel), Panurge, mon amy, il est merveilleusement sçavant; comment luy pourras-tu satisfaire?

— Très bien, respondit Panurge. Je vous prye, n'en

37. *Quinaud* : confus; *faire quinaud* : confondre; de même : *mettre de cul* ou *à cul*.

38. Gargantua joue aussi à ces jeux.

39. Ce sont les *sorbonicoles*.

40. *Recevra son pourboire*.

41. L'hôtel de Vauvert était un repaire de truands. Le *diable Vauvert* figure dans plusieurs dictons médiévaux. On dit encore : envoyer « au diable au vert ».

42. Les *grimauds* sont les élèves des petites classes; les *artiens*, ceux des classes supérieures; les *intrans*, les délégués des étudiants aux élections rectorales.

43. *Chahutez*.

44. Superlatif de *tous*.

45. Toujours le diablotin qui versait du sel dans la bouche des ivrognes endormis.

parlez plus et m'en laissez faire. Y a il homme tant sçavant que sont les diables?

— Non vrayement, (dist Pantagruel), sans grâce divine espéciale.

— Et toutesfoys, (dist Panurge); j'ai argué maintesfoys contre eulx et les ay faictz quinaulx[37] et mist de cul. Par ce, soyez asseuré de ce glorieux Angloys que je vous le feray demain chier vinaigre devant tout le monde. »

Ainsi passa la nuyct Panurge à chopiner avecques les paiges et jouer toutes les aigueillettes de ses chausses à *Primus et Secondus,* et à la Vergette[38]. Et, quand vint l'heure assignée, il conduysit son maistre Pantagruel au lieu constitué, et hardiment croyez qu'il n'y eut petit ne grand dedans Paris qu'il ne se trouvast au lieu, pensant :

« Ce diable de Pantagruel, qui a convaincu tous les ruseurs et béjaunes sophistes[39], à ceste heure aura son vin[40], car cest Angloys est un aultre diable de Vauvert[41]. Nous verrons qui en gaignera. »

Ainsi tout le monde assemblé, Thaumaste les attendoit, et, lors que Pantagruel et Panurge arrivèrent à la salle, tous ces grimaulx, artiens et intrans[42], commencèrent frapper des mains, comme est leur badaude coustume. Mais Pantagruel s'escrya à haulte voix, comme si ce eust esté le son d'un double canon, disant :

« Paix, de par le diable, paix! Par Dieu, coquins, si vous me tabustez[43] icy, je vous couperay la teste à trestous[44]. »

A laquelle parolle ilz demourèrent tous estonnez comme canes, et ne ausoient seulement tousser, voire eussent-ilz mangé quinze livres de plume, et furent tant altérez de ceste seule voix qu'ilz tiroyent la langue demy pied hors la gueule, comme si Pantagruel leur eust les gorges salées[45].

Lors commença Panurge à parler, disant à l'Angloys :

« Seigneur, es-tu icy venu pour disputer contentieu-

46. Les éditions antérieures à 1542 font une énumération burlesque de mots forgés sur *Sorbonne*, sorte de déclinaison cocasse, terminée par une contrepèterie : *Niborcisans, Borsonisans, Saniborsans.*

47. Président de thèse.

48. *Par-dessus le marché.*

49. Dans l'édition originale, c'est Thaumaste qui dit à Panurge : *Commence doncques.*

50. Les vastes braguettes étaient utilisées comme poches, et on y mettait même des fruits. Les oranges étaient appréciées dès le Moyen Age. Cf. *La Condamnation de Banquet :* « Et pour aiguiser l'appétit, de belles oranges, largement. »

sement de ces propositions que tu as mis, ou bien pour aprendre et en sçavoir la vérité ? »

A quoy respondit Thaumaste :

« Seigneur, aultre chose ne me ameine sinon bon désir de apprendre et sçavoir ce dont j'ay doubté toute ma vie, et n'ay trouvé ny livre ny homme qui me ayt contenté en la résolution des doubtes que j'ay proposez. Et, au regard de disputer par contention, je ne le veulx faire; aussi est-ce chose trop vile, et le laisse à ces maraulx sophistes[46], lesquelz en leurs disputations ne cherchent vérité, mais contradiction et débat.

— Doncques, dist Panurge, si je, qui suis petit disciple de mon maistre Monsieur Pantagruel, te contente et satisfays en tout et par tout, ce seroit chose indigne d'en empescher mon dict maistre. Par ce, mieulx vauldra qu'il soit cathédrant[47], jugeant de noz propos et te contentent au parsus[48], s'il te semble que je ne aye satisfaict à ton studieux désir.

— Vrayement, dist Thaumaste, c'est très bien dict.

— Commence doncques[49]. »

Or notez que Panurge avoit mis au bout de sa longue braguette un beau floc de soye, rouge, blanche, verte et bleue, et dedans, avoit mis une belle pomme d'orange[50].

CHAPITRE XIX

Comment Panurge feist quinaud l'Angloys,
qui arguoit par signe.

ADONCQUES, tout le monde assistant et escoutant en bonne silence, l'Angloys leva hault en l'air les deux

1. *Fermant*, participe du verbe *clourre*.

2. *Arète* (du latin *pinna*, plume).

3. *Visant*. Guigner : la langue populaire emploie encore ce verbe dans le sens de regarder avidement.

4. L'Anglais a manqué à la règle de la joute muette. Allusion aux *momons*, mascarades du xvie s., dont les participants masqués devaient garder le silence (cf. Plattard, *Revue du XVIe s.*, vi, 120).

5. *Arète*, cf. supra *pene* (note 2).

6. Ou *trismégiste*, trois fois la plus grande, superlatif renforcé. C'est l'épithète de l'Hermès égyptien, appliquée irrévérencieusement à la braguette monumentale de Panurge.

7. *Un tronçon de côte de bœuf*. La braguette de Panurge est un véritable sac à provisions.

8. *Bois du Brésil*.

mains séparément, clouant[1] toutes les extrémitez des doigtz en forme qu'on nomme en Chinonnoys cul de poulle, et frappa de l'une l'aultre par les ongles quatre foys; puys les ouvrit, et ainsi à plat de l'une frappa l'aultre en son strident. Une foys de rechief les joignant comme dessus, frappa deux foys, et quatre foys de rechief les ouvrant; puys les remist joinctes et extendues l'une jouxte l'aultre, comme semblant dévotement Dieu prier.

Panurge soubdain leva en l'air la main dextre, puys d'ycelle mist le poulse dedans la narine d'ycelluy cousté, tenant les quatre doigtz estenduz et serrez par leur ordre en ligne parallèle à la pène[2] du nez, fermant l'œil gausche entièrement et guaignant[3] du dextre avecques profonde dépression de la sourcile et paulpière; puys la gausche leva hault, avecques fort serrement et extension des quatre doigtz et élévation du poulse, et la tenoyt en ligne directement correspondente à l'assiète de la dextre, avecques distance entre les deux d'une couldée et demye. Cela faict, en pareille forme baissa contre terre l'une et l'aultre main; finablement les tint on mylieu, comme visant droict au nez de l'Angloys.

« Et si Mercure... » dist l'Angloys.

Là, Panurge interrompt, disant : « Vous avez parlé, masque[4] ! »

Lors feist l'Angloys tel signe. La main gausche toute ouverte il leva hault en l'air, puys ferma on poing les quatre doigtz d'ycelle, et le poulse extendu assist suz la pinne[5] du nez. Soubdain après, leva la destre toute ouverte et toute ouverte la baissa, joignant le poulse on lieu que fermoyt le petit doigt de la gausche, et les quatre doigtz d'ycelle mouvoyt lentement en l'air; puys, au rebours, feist de la dextre ce qu'il avoyt faict de la gausche et de la gausche ce que avoyt faict de la dextre.

Panurge, de ce non estonné, tyra en l'air sa très mégiste[6] braguette de la gausche, et de la dextre en tira un transon de couste[7] bovine blanche et deux pièces de boys de forme pareille, l'une de ébène noir, l'aultre de brésil[8]

9. Il subsistait des foyers de lèpre en Bretagne, au XVIe s.

10. Les crécelles que les lépreux (ou *ladres*) agitaient pour annoncer leur approche. Le nom de ladre subsiste dans de nombreux lieux-dits : le *puits-aux-ladres*, la *maladrerie*, etc.

11. Docteurs en droit canonique. Tout ce chapitre est une satire des controverses scolastiques aussi vaines que la mimique de Thaumaste et de Panurge. Rabelais vise aussi les occultistes, qui utilisaient le langage par signes, et dont la vogue était grande. Les ouvrages de Corneille Agrippa sont sensiblement contemporains du *Pantagruel* (*De occulta philosophia*, 1531; *De incertudine et vanitate scientiarium*, 1530). La perplexité des savants spectateurs devant les simagrées de Thaumaste et de Panurge est d'autant plus ridicule que leur signification obscène est évidente, et qu'elle n'exige aucune interprétation ésotérique.

12. Allusion à la parabole du mauvais riche (*Luc*, XVI, 24). Le lépreux Lazare, au sein d'Abraham, est plus heureux que le riche qui a mal usé de sa fortune.

13. *L'indice* est l'index.

14. *Accoupla*.

15. *Petit angle*.

16. *Paume de la main.*

incarnat, et les mist entre les doigtz d'ycelle en bonne symmétrie, et, les chocquant ensemble, faisoyt son tel que font les ladres en Bretaigne[9] avecques leurs clicquettes[10], mieulx toutesfoys resonnant et plus harmonieux, et de la langue, contracte dedans la bouche, fredonnoyt joyeusement, tousjours reguardant l'Angloys.

Les théologiens, médicins et chirurgiens pensèrent que par ce signe il inféroyt l'Angloys estre ladre.

Les conseilliers, légistes et décrétistes[11] pensoient que ce faisant, il vouloyt conclurre quelque espèce de félicité humaine consister en estat de ladrye, comme jadys maintenoyt le Seigneur[12].

L'Angloys pour ce ne s'effraya, et, levant les deux mains en l'air, les tint en telle forme que les troys maistres doigtz serroyt on poing et passoyt les poulses entre les doigtz indice[13] et moien, et les doigtz auriculaires demouroient en leurs extendues; ainsi les présentoyt à Panurge, puys les acoubla[14] de mode que le poulse dextre touchoyt le gausche et le doigt petit gausche touchoyt le dextre.

A ce, Panurge, sans mot dire, leva les mains et en feist tel signe. De la main gauche il joingnit l'ongle du doigt indice à l'ongle du poulse, faisant au meillieu de la distance comme une boucle, et de la main dextre serroit tous les doigtz au poing, excepté le doigt indice, lequel il mettoit et tiroit souvent par entre les deux aultres susdictes de la main gauche. Puis de la dextre estendit le doigt indice et le mylieu, les esloignant le mieulx qu'il povoit et les tirant vers Thaumaste. Puis mettoit le poulce de la main gauche sus l'anglet[15] de l'œil gauche, estendant toute la main comme une aesle d'oyseau ou une pinne de poisson, et la meuvant bien mignonement de czà et de là; autant en faisoit de la dextre sur l'anglet de l'œil dextre.

Thaumaste commença paslir et trembler, et luy feist tel signe. De la main dextre il frappa du doigt meillieu contre le muscle de la vole[16], qui est au dessoubz le

198

17. Panurge souffle entre ses mains pour siffler.
18. *Avec attention* (latin : *intente*).
19. *A grand ahan :* avec effort.
20. Jeu de mots sur *bran,* son, et *bren,* m...
21. *D'angoisse* (latinisme : *angustiæ).*
22. L'orange qu'il portait dans sa braguette.

poulce, puis mist le doigt indice de la dextre en pareille boucle de la senestre; mais il le mist par dessoubz, non par dessus, comme faisoit Panurge.

Adoncques Panurge frappe la main l'une contre l'aultre et souffle[17] en paulme. Ce faict, met encores le doigt indice de la dextre en la boucle de la gauche, le tirant et mettant souvent. Puis estendit le menton, regardant intentement[18] Thaumaste.

Le monde, qui n'entendoit rien à ces signes, entendit bien que en ce il demandoit sans dire mot à Thaumaste :

« Que voulez-vous dire là? »

De faict, Thaumaste commença suer à grosses gouttes et sembloit bien un homme qui feust ravy en haulte contemplation. Puis se advisa et mist tous les ongles de la gauche contre ceulx de la dextre, ouvrant les doigtz comme si ce eussent esté demys cercles, et élevoit tant qu'il povoit les mains en ce signe.

A quoy Panurge soubdain mist le poulce de la main dextre soubz les mandibules, et le doigt auriculaire d'icelle en la boucle de la gauche, et en ce poinct faisoit sonner ses dentz bien mélodieusement les basses contre les haultes.

Thaumaste, de grand hahan[19], se leva, mais en se levant fist un gros pet de boulangier[20], car le bran vint après, et pissa vinaigre bien fort, et puoit comme tous les diables. Les assistans commencèrent se estouper les nez, car il se conchioit de angustie[21]. Puis leva la main dextre, la clouant en telle faczon qu'il assembloit les boutz de tous les doigts ensemble, et la main gauche assist toute pleine sur la poictrine.

A quoy Panurge tira sa longue braguette avecques son floc, et l'estendit d'une couldée et demie, et la tenoit en l'air de la main gauche, et de la dextre print sa pomme d'orange[22], et, la gettant en l'air par sept foys, à la huytiesme la cacha au poing de la dextre, la tenant

23. Sauf au bord de la mer, les huîtres se mangeaient généralement cuites avec une sauce épicée. Les *huîtres en écailles* coûtaient fort cher à Paris, en raison des frais d'un transport rapide. Déjà les Romains appréciaient les huîtres et les faisaient venir des différentes côtes de l'Empire, notamment de Bordeaux (selon le témoignage d'Ausone).

24. *Profond*.

25. *Sureau*.

26. *Raves* : elles servent de projectiles pour la sarbacane de bureau.

27. *Vers le haut*.

en hault tout coy; puis commença secouer sa belle braguette, la monstrant à Thaumaste.

Après cella, Thaumaste commença enfler les deux joues, comme un cornemuseur, et souffloit comme se il enfloit une vessie de porc.

A quoy Panurge mist un doigt de la gauche ou trou du cul, et de la bouche tiroit l'air comme quand on mange des huytres en escalle[23] ou quand on hume sa soupe; ce faict, ouvre quelque peu de la bouche, et avecques le plat de la main dextre frappoit dessus, faisant en ce un grand son et parfond[24] comme s'il venoit de la superficie du diaphragme par la trachée artère, et le feist par seize foys.

Mais Thaumaste souffloit toujours comme une oye.

Adoncques Panurge mist le doigt indice de la dextre dedans la bouche, le serrant bien fort avecques les muscles de la bouche. Puis le tiroit, et, le tirant, faisoit un grand son, comme quand les petitz garsons, tirent d'un canon de sulz[25] avecques belles rabbes[26], et le fist par neuf foys.

Alors Thaumaste s'escria :

« Ha, Messieurs, le grand secret! Il y a mis la main jusques au coulde. »

Puis tira un poignard qu'il avoit, le tenant par la poincte contre bas.

A quoy Panurge print sa longue braguette et la secouoit tant qu'il povoit contre ses cuisses; puis mist ses deux mains, lyez en forme de peigne, sur sa teste, tirant la langue tant qu'il povoit et tournant les yeulx en la teste comme une chièvre qui meurt.

« Ha, j'entens, dist Thaumaste, mais quoy? » faisant tel signe qu'il mettoit le manche de son poignard contre sa poictrine, et sur la poincte mettoit le plat de la main, en retournant quelque peu le bout des doigts.

A quoy Panurge baissa sa teste du cousté gauche et mist le doigt mylieu en l'aureille dextre, eslevant le poulce contremont[27]. Puis croisa les deux bras sur la

28. Les paupières.
29. Profondément.

1. Citation de l'Évangile (saint Matthieu, XII, 42) : « Il y a plus que Salomon ici. » La comparaison d'un juge équitable, se fondant sur le bon sens, avec Salomon était déjà proverbiale.
2. *Trésor* (latin *thesaurus*).
3. Au sens fort : *Monseigneur*.

poictrine, toussant par cinq foys, et à la cinquiesme frappant du pied droit contre terre. Puis leva le bras gauche, et, serrant tous les doigtz au poing, tenoit le poulse contre le front, frappant de la main dextre par six foys contre la poictrine.

Mais Thaumaste, comme non content de ce, mist le poulse de la gauche sur le bout du nez, fermant la reste de ladicte main.

Dont Panurge mist les deux maistres doigtz à chascun cousté de la bouche, le retirant tant qu'il pouvoit et monstrant toutes ses dentz, et des deux poulses rabaissoit les paulpiers[28] des yeulx bien parfondément[29], en faisant assez layde grimace, selon que sembloit ès assistans.

CHAPITRE XX

*Comment Thaumaste racompte les vertus
et sçavoir de Panurge.*

ADONCQUES se leva Thaumaste, et, ostant son bonnet de la teste, remercia ledict Panurge doulcement; puis dist à haulte voix à toute l'assistance :

« Seigneurs, à ceste heure, puis-je bien dire le mot évangélicque : *Et ecce plus quam Salomon hic*[1]. Vous avez icy un thésor[2] incomparable en vostre présence; c'est Monsieur[3] Pantagruel, duquel la renommée me avoit icy attiré du fin fond de Angleterre, pour conférer avecques luy des problèmes insolubles, tant de magie, alchymie, de caballe, de géomantie, de astrologie, que de philosophie, lesquelz je avoys en mon esprit.

« Mais de présent je me courrouce contre la renommée, laquelle me semble estre envieuse contre luy, car

4. *En outre*.

5. *Alors*.

6. *Afin que*.

7. (Saint Matthieu, 10, 24) : « Le disciple n'est pas au-dessus du Maître. »

8. *Acte* de la vie universitaire, p. ex. examen, soutenance de thèse.

9. Boire jusqu'à ne plus reconnaître ses amis et leur demander : « D'où venez-vous ? »

10. *Outre en peau de chèvre,* d'où *boire à même l'outre,* avec le jeu de mots venu de la chasse : tirer le gibier. Les chevrotines sont un projectile de chasse.

11. Appeler à grands cris, comme on sonne du cor.

12. *Page*.

13. « Comme terre sans eau », expression biblique (*Psaume* CXLII, 6). Les éléments de cette scène de beuverie se retrouvent chapitre III, dans le deuil de Gargantua, et, plus développés, au chapitre V du *Gargantua, Propos des Bien-Yvres.*

elle n'en raporte la miliesme partie de ce que en est par efficace.

« Vous avez veu comment son seul disciple me a contenté et m'en a plus dict que n'en demandoys; d'abundand[4] m'a ouvert et ensemble solu d'aultres doubtes inestimables. En quoy je vous puisse asseurer qu'il m'a ouvert le vrays pays et abisme de encyclopédie, voire en une sorte que je ne pensoys trouver homme qui en sceust les premiers élémens seulement; c'est quand nous avons disputé par signes, sans dire mot ny demy. Mais à tant[5] je rédigerai par escript ce que avons dict et résolu, affin que l'on ne pense que ce ayent esté mocqueries, et le feray imprimer à ce que[6] chascun y apreigne comme je ay faict, dont povez juger ce que eust peu dire le maistre, veu que le disciple a faict telle prouesse, car *Non est discipulus super magistrum*[7].

« En tout cas Dieu soit loué, et bien humblement vous remercie de l'honneur que nous avez faict à cest acte[8]; Dieu vous le rétribue éternellement. »

Semblables actions de grâces rendit Pantagruel à toute l'assistance, et, de là, partant, mena disner Thaumaste avecques luy, et croyez qu'ilz beurent à ventre débou-tonné (car en ce temps là on fermoit les ventres à bou-tons, comme les colletz de présent), jusques à dire : D'ont venez-vous[9]?

Saincte Dame, comment ilz tiroyent au chevrotin[10], et flaccons d'aller et eulx de corner[11] :

« Tyre!
— Baille!
— Paige[12], vin!
— Boutte, de par le diable, boutte. »

Il n'y eut celluy qui ne beust vingt-cinq ou trente muys et sçavez comment? *Sicut terra sine aqua*[13], car il faisoit chault; et dadvantaige, se estoyent altérez.

Au regard de l'exposition des propositions mises par Thaumaste, et significations des signes desquelz ils usèrent en disputant, je vous les exposeroys selon la relation

14. *Éclaircit*.

15. *Je m'en écarte*. Nouvelle raillerie à l'adresse des pédants, qui glosent même sur une bouffonnerie.

1. *Orner de découpures*.

2. *A la mode de Rome*.

3. Les petits enfants vont acheter de la moutarde et du vin en lançant des quolibets et en improvisant des couplets satiriques contre les commères du quartier :

Enfans qui vont à la moustarde
chantent de vous aux carrefours.

(*Parnasse satyrique du XVe s.*)

4. Expression à double entente mais évidemment obscène.

5. Calembour sur les deux sens de *chair*. Rabelais se moque des *contemplatifs amoureux*, qui brûlent d'un feu idéal à la manière de Pétrarque. Du Bellay, après avoir pétrarquisé dans l'*Olive*, raillera lui-même le manque de franchise de ces *dolents* :

« J'ai oublié l'art de pétrarquiser,
Je veux d'Amour franchement deviser,
Sans vous flatter et sans me déguiser :
Jeux qui font tant de plaintes
N'ont pas le quart d'une vraie amitié... »

(*A une dame*)

d'entre eulx-mesmes, mais l'on m'a dict que Thaumaste en feist un grand livre, imprimé à Londres, auquel il déclaire[14] tout sans rien laisser. Par ce, je m'en déporte[15] pour le présent.

CHAPITRE XXI

*Comment Panurge feut amoureux
d'une haulte dame de Paris.*

PANURGE commença estre en réputation en la ville de Paris par ceste disputation qu'il obtint contre l'Angloys, et faisoit des lors bien valoir sa braguette, et la feist au dessus esmoucheter[1] de broderie à la romanicque[2]. Et le monde le louoit publicquement, et en feust faicte une chanson, dont les petitz enfans alloyent à la moustarde[3], et estoit bien venu en toutes compaignies des dames et demoiselles, en sorte qu'il devint glorieux, si bien qu'il entreprint venir au dessus[4] d'une des grandes dames de la ville.

De faict, laissant un tas de longs prologues et protestations que font ordinairement ces dolens contemplatifz amoureux de Karesme, lesquelz poinct à la chair[5] ne touchent, luy dict un jour :

« Ma dame, ce seroit bien fort utile à toute la républicque, délectable à vous, honneste à vostre lignée et à moy nécessaire, que feussiez couverte de ma race; et le croyez, car l'expérience vous le démonstrera. »

La dame, à ceste parolle, le reculla plus de cent lieues, disant :

« Meschant fol, vous appertient-il me tenir telz propos? A qui pensez vous parler? Allez, ne vous trouvez

6. *Une partie de joyeuse chère.*

7. Il est déjà question du *jeu des mannequins,* dans un sens obscène, au chapitre XI. La précision *basses marches* (pédales) évoque-t-elle un métier à tisser ou un instrument de musique? *Manequin* doit-il être rapproché du néerlandais *mannekijn* petit homme? De toute façon, il s'agit d'une équivoque.

8. Personnification du membre viril, comme plus bas *Jan Chouart.*

9. Danse de carnaval fort libre.

10. Au sens juridique : les incidents en dehors (cf. latin *foras*) de la cause principale; l'expression est prise ici dans un sens libre.

11. *Et petits bubons inguinaux dans la ratière.*

12. *Méchante.*

13. Changement de style. De l'obscénité, Panurge passe à la parodie de l'*adynaton,* un procédé précieux de l'Antiquité.

14. *Parangon,* modèle.

15. Le fameux jugement de Pâris, qui décerna le prix de beauté à Vénus. Chaque déesse incarne une des qualités de la femme.

jamais devant moi; car, si n'estoit pour un petit, je vous feroys coupper bras et jambes.

— Or, (dist-il), ce me seroit bien tout un d'avoir bras et jambes couppez, en condition que nous fissons, vous et moy, un transon de chère lie[6], jouans des manequins à basses marches[7]; car (monstrant sa longue braguette) voicy Maistre Jean Jeudy[8] qui vous sonneroit une *antiquaille*[9] dont vous sentirez jusques à la moelle des os. Il est galland et vous sçait tant bien trouver les alibitz forains[10] et petitz poullains grenez[11] en la ratouère, que après luy n'y a que espousseter. »

A quoy respondit la dame :

« Allez, meschant, allez. Si vous me dictes encores un mot, je appelleray le monde, et vous feray icy assommer de coups.

— Ho (dist-il), vous n'estez tant male[12] que vous dictez, non, ou je suis bien trompé à vostre physionomie; car plus tost la terre monteroit ès cieulx[13] et les haulx cieulx descendroyent en l'abisme, et tout ordre de nature seroyt parverty qu'en si grande beaulté et élégance comme la vostre y eust une goutte de fiel ny de malice. L'on dict bien que à grand peine :

> Veit on jamais femme belle
> Qui aussi ne feust rebelle;

« Mais cella est dict de ces beaultez vulgaires. La vostre est tant excellente, tant singulière, tant céleste, que je crois que nature l'a mise en vous comme un parragon[14] pour nous donner entendre combien elle peut faire quand elle veult employer toute sa puissance et tout son sçavoir.

« Ce n'est que miel, ce n'est que sucre, ce n'est que manne céleste, de tout ce qu'est en vous.

« C'estoit à vous à qui Pâris[15] debvoit adjuger la pomme d'or, non à Venus, non, ny à Juno, ny à Minerve; car oncques n'y eut tant de magnificence en

16. *Tout à plein* : extrêmement.
17. *Fées.*
18. *Boutte, pousse, enjambons...*
19. Ces équivoques érotiques sont très fréquentes dans la littérature du temps (cf. Marot, *2ᵉ épitre du coq à l'âne*).
20. *Donne.*
21. *Chapelet.*
22. *Tracassez.*

Juno, tant de prudence en Minerve, tant de élégance en Vénus, comme y a en vous.

« O dieux et déesses célestes, que heureux sera celluy à qui ferez celle grâce de ceste-cy accoller, de la baiser et de frotter son lart avecques elle. Par Dieu, ce sera moy, je le voy bien, car desjà elle me ayme tout à plein[16]; je le congnoys et suis à ce prédestiné des phées[17]. Doncques, pour gaigner temps, bouttepoussenjambions[18]. »

Et la vouloit embrasser, mais elle fist semblant de se mettre à la fenestre pour appeler les voisins à la force.

Adoncques sortit Panurge bien tost et luy dist en fuyant :

« Ma dame, attendez-moy icy; je les voys quérir moy mesme, n'en prenez la poine. »

Ainsi s'en alla, sans grandement se soucier du reffus qu'il avoit eu, et n'en fist oncques pire chière.

Au lendemain il se trouva à l'église à l'heure qu'elle alloit à la messe. A l'entrée luy bailla de l'eau béniste, se enclinant parfondément devant elle; après se agenouilla auprès de elle familiairement, et luy dist :

« Ma dame, saichez que je suis tant amoureux de vous que je n'en peuz ny pisser ny fianter. Je ne sçay comment l'entendez; s'il m'en advenoit quelque mal, que en seroit il?

— Allez, (dist-elle), allez, je ne m'en soucie; laissez-moy icy prier Dieu.

— Mais, (dist-il), équivocquez[19] sur *« A Beaumont le Viconte »*.

— Je ne sçauroys, dist-elle.

— C'est, (dist-il), *« A beau con le vit monte »*. Et sur cella priez Dieu qu'il me doint[20] ce que vostre noble cueur désire, et me donnez ces patenostres[21] par grâce.

— Tenez (dist-elle), et ne me tabustez[22] plus. »

Ce dict, luy vouloit tirer ses patenostres, que estoyent

23. *Bois odoriférant* (de citronnier).

24. Les *marques*, qui ponctuent les *dizaines*, étaient en or ou en pierres précieuses dans certains chapelets, véritables pièces d'orfèvrerie.

25. Panurge s'empresse de vendre le chapelet, au lieu de le conserver comme un souvenir d'amour.

26. *Étourdi*.

27. *De pays étranger*.

28. Les *écus du Palais* sont des jetons servant aux gens du Palais pour faire des comptes. Panurge veut faire croire qu'il a une bourse remplie de véritables écus. L'usage de calculer avec des jetons remonte à l'Antiquité et s'est conservé jusque dans le cours du XVIIᵉ s. (cf. *Le Malade imaginaire*, I, 1). Les jetons comportaient parfois des devises et des lignes conventionnelles permettant de faire des opérations rapides (cf. *Arithmétique de Jean Trenchant departie en trois livres, avec l'art de calculer aux getons*, Lyon, 1608).

29. *Afin que*.

30. Variante pour : *par mon serment* ; de même *corbleu* pour *cordieu*.

31. Après l'obscénité et les compliments, Panurge tente d'éveiller la convoitise de la dame pour les bijoux.

de cestrin[23] avecques grosses marques[24] d'or; mais
Panurge promptement tira un de ses cousteaux et les
couppa très bien, et les emporta à la fryperie[25] luy
disant :

« Voulez-vous mon cousteau?

— Non, non, dist-elle.

— Mais (dist-il), à propos, il est bon à vostre commendement, corps et biens, tripes et boyaulx. »

Ce pendent la dame n'estoit fort contente de ses patenostres, car c'estoit une de ses contenences à l'église,
et pensoit : « Ce bon bavart icy est quelque esventé[26],
homme d'estrange[27] pays; je ne recouvreray jamais mes
patenostres. Que m'en dira mon mary? Il se cour-
roucera à moy; mais je luy diray que un larron
me les a couppés dedans l'église, ce qu'il croira
facillement, voyant encores le bout du ruban à ma
ceincture. »

Après disner, Panurge l'alla veoir, portant en sa
manche une grande bourse pleine d'escuz du Palais[28]
et de gettons, et luy commença dire :

« Lequel des deux ayme plus l'autre, ou vous moy,
ou moy vous? »

A quoy elle respondit :

« Quant est de moy, je ne vous hays poinct, car,
comme Dieu le commande, je ayme tout le monde.

— Mais, à propos, (dist-il), n'estez vous amoureuse
de moy?

— Je vous ay, (dist-elle), jà dict tant de foys que vous
ne me tenissiez plus telles parolles; si vous m'en parlez
encores, je vous monstreray que ce n'est à moy à qui
vous debvez ainsi parler de déshonneur. Partez d'icy,
et me rendez mes patenostres, à ce que[29] mon mary ne
me les demande.

— Comment, (dist-il), Madame, voz patenostres? Non
feray, par mon sergent[30]; mais je vous en veux bien
donner d'aultres[31].

« En aymerez-vous mieulx d'or bien esmaillé, en

32. *Cordons de soie.*

33. *Jacinthes.*

34. *Marques;* de même *marqués (marchez).*

35. *Saphirs.*

36. *Rubis balais,* variété de rubis d'un rouge léger.

37. *Avec.*

38. A *vingt-huit facettes* (ou *carats,* unité de poids?). Panurge établit une progression dans son énumération de pierres précieuses, terminant par la plus coûteuse, le diamant.

39. Rond comme un grain de *couscous.*

40. Un *union persique* est une perle de Perse.

41. Le ducat vénitien valant presque douze francs-or, le prix de ce chapelet imaginaire est astronomique.

42. *Teint en écarlate* (graine d'écarlate).

43. *Oreillettes* maintenant les cheveux et fixées sur un bandeau.

44. Comme plus haut (note 8), *maître Jean Jeudi.* Après toutes ces promesses, Panurge revient à ses projets érotiques.

45. *Chevaucher par les chiens,* au sens libre.

forme de grosses sphères ou de beaulx lacz d'amours[32], ou bien toutes massifves comme gros lingotz? ou si en voulez de ébène, ou de gros hyacinthes[33], de gros grenatz taillez, avecques les marches[34] de fines turquioyses, ou de beaulx topazes marchez, de fins saphiz[35], ou de beaulx balays[36] à tout[37] grosses marches de dyamans à vingt et huyt quarres[38]?

« Non, non, c'est trop peu. J'en sçay un beau chapellet de fines esmerauldes, marchées de ambre gris coscoté[39] et à la boucle un union persicque[40] gros comme une pomme d'orange! elles ne coustent que vingt et cinq mille ducatz[41]. Je vous en veulx faire un présent, car j'en ay du content. »

Et de ce disoit, faisant sonner ses gettons comme si ce feussent escutz au soleil.

« Voulés-vous une pièce de veloux violet cramoysi tainct en grène[42], une pièce de satin broché ou bien cramoysi? Voulez-vous chaisnes, doreures, templettes[43], bagues? Il ne fault que dire ouy. Jusques à cinquante mille ducatz ce ne m'est rien cela. »

Par la vertus desquelles parolles il luy faisoit venir l'eau à la bouche, mais elle luy dict :

« Non, je vous remercie; je ne veulx rien de vous.

— Par Dieu, (dist-il), si veulx bien moy de vous, mais c'est chose qui ne vous coustera rien, et n'en aurez rien moins. Tenez, (montrant sa longue braguette), voicy Maistre Jan Chouart[44] qui demande logis. »

Et après, la vouloit accoller; mais elle commença à s'escrier, toutesfoys non trop hault. Adoncques Panurge tourna son faulx visaige et lui dist :

« Vous ne voulez doncques aultrement me laisser un peu faire?

« Bren pour vous. Il ne vous appartient tant de bien ny de honneur; mais par Dieu, je vous feray chevaucher aux chiens[45]. »

Et ce dict, s'en fouit le grand pas, de peur des coups, lesquelz il craignoit naturellement.

1. *La Fête-Dieu.*

2. En grec, ce que l'édition originale donne en français :
une chienne en chaleur.

3. Les *géomantiens grégoys* (géomanciens grecs) sont des
devins utilisant la poussière pour interpréter l'avenir. Le mauvais tour de Panurge était connu des Anciens (*Revue des Études
Rabelaisiennes*, II, 225).

4. *Ses prières.*

5. Le rondeau est un poème mondain très employé à la fin
du xv⁰ siècle et dans la première moitié du xvi⁰ siècle. Clément
Marot en composa un grand nombre (cf. *De la jeune Dame qui
a vieil mary, De l'amant doloreux, A la louange de Madame la du-
chesse d'Alençon*, etc.). Rabelais était lié d'amitié avec le poète
grand rhétoriqueur Jean Bouchet. On a conservé de Rabelais
une ode latine en l'honneur du Cardinal du Bellay.

CHAPITRE XXII

Comment Panurge feist un tour
à la dame Parisianne
qui ne fut poinct à son adventage.

OR notez que le lendemain estoit la grande feste du sacre[1], à laquelle toutes les femmes se mettent en leur triumphe de habillemens, et pour ce jour ladicte dame s'estoit vestue d'une très belle robbe de satin cramoysi et d'une cotte de veloux blanc bien précieux.

Le jour de la vigile, Panurge chercha tant d'un cousté et d'aultre qu'il trouva une lycisque orgoose[2], laquelle il lya avecques sa ceincture et la mena en sa chambre, et la nourrist très bien ce dict jour et toute la nuyct. Au matin la tua et en print ce que sçavent les géomantiens[3] Grégoys, et le mist en pièces le plus menu qu'il peut, et les emporta bien cachées, et alla où la dame devoit aller pour suyvre la procession, comme est de coustume à ladicte feste; et, alors qu'elle entra, Panurge luy donna de l'eaue béniste, bien courtoisement la saluant, et quelque peu de temps après qu'elle eut dict ses menuz suffrages[4], il se va joindre à elle en son banc et luy bailla un rondeau par escript en la forme que s'ensuyt :

RONDEAU[5]

Pour ceste foys que à vous, dame très belle,
Mon cas disoys, par trop feustes rebelle
De me chasser sans espoir de retour,
Veu que à vous oncq ne feis austère tour
En dict ny faict, en soubson ny libelle.

6. *Plainte* (latin *querela*).

7. Inversion : *si je vous décèle mon cœur*.

8. L'étincelle de la beauté brûle (*ard*) le cœur de Panurge.

9. *De bon cœur*.

10. *La culbute*.

11. Au Moyen Age, l'église était un lieu de réunion, où les chiens accompagnaient leurs maîtres.

12. *Divertissement*.

13. *Croupe ; culleter* cf. variante) : frotter du cul.

14. Chaussures de femme à haute semelle de bois comme les modernes cothurnes.

Si tant à vous déplaisoit ma querelle[6],
Vous pouviez par vous, sans maquerelle,
Me dire : « Amy, partez d'icy entour
    Pour ceste foys. »

Tort ne vous fays, si mon cueur vous décelle[7],
En remonstrant comme l'ard l'estincelle[8]
De la beaulté que couve vostre atour;
Car rien n'y quiers, sinon qu'en vostre tour
Me faciez de hait[9] la combrecelle[10]
    Pour ceste foys.

Et, ainsi qu'elle ouvrit le papier pour veoir que c'estoit, Panurge promptement sema la drogue qu'il avoir sur elle en divers lieux, et mesmement au replis de ses manches et de sa robbe, puis luy dist :

« Ma dame, les pauvres amans ne sont tousjours à leur aise. Quant est de moy, j'espère que les males nuictz, les travaulz et ennuytz esquelz me tient l'amour de vous me seront en déduction de autant des poines de purgatoire. A tout le moins priez Dieu qu'il me doint en mon mal patience. »

Panurge n'eut achevé ce mot que tous les chiens qui estoient en l'église[11] acoururent à ceste dame, pour l'odeur des drogues que il avoit espandu sur elle. Petitz et grands, gros et menuz, tous y venoyent, tirans le membre et la sentens et pissans partout sur elle. C'estoyt la plus grande villanie du monde.

Panurge les chassa quelque peu, puis d'elle print congé, et se retira en quelque chappelle pour veoir le déduyt[12], car ces villains chiens compissoyent tous ses habillemens, tant que un grand lévrier luy pissa sur la teste, les aultres aux manches, les aultres à la croppe[13]; les petitz pissoient sus ses patins[14], en sorte que toutes les femmes de là autour avoyent beaucoup affaire à la saulver.

15. A l'origine, terme de métier : jouer dans sa douille, en parlant d'un manche d'outil. Ici, synonyme d'accoler.

16. Au sens général de *spectacle*.

17. *Tourments*.

18. Il s'agit de la Bièvre, dont le cours avait été détourné au XIIe s. (d'où la précision : *de présent*), et qui se jetait dans la Seine, en face de l'évêché.

19. L'enclos Saint-Victor.

20. La célèbre teinturerie des Gobelins donnait d'un côté sur la rue Saint-Marcel, de l'autre sur la Bièvre, dont les eaux passaient pour avoir des vertus particulières pour la teinture. *La vertu spécifique des pisse-chiens* n'est pas complètement une invention burlesque de Rabelais, car on utilisait les propriétés ammonicales de l'urine pour dégraisser avant de teindre. — Les Gobelins étaient une véritable dynastie, présidée à l'époque du *Pantagruel* par la veuve de Jean II Gobelin, assistée de ses fils, tous teinturiers.

Et Panurge de rire, et dist à quelc'un des seigneurs de la ville :

« Je croy que ceste dame-là est en chaleur, ou bien que quelque lévrier l'a couverte fraischement. »

Et, quand il veid que tous les chiens grondoyent bien à l'entour de elle comme ilz font autour d'une chienne chaulde, partit de là et alla quérir Pantagruel. Par toutes les rues où il trouvoit chiens, il leur bailloit un coup de pied, disant :

« Ne yrez-vous pas avez voz compaignons aux nopces? Devant, devant, de par le diable, devant. »

Et, arrivé au logis, dist à Pantagruel :

« Maistre, je vous prye, venez veoir tous les chiens du pays qui sont assemblés à l'entour d'une dame, la plus belle de ceste ville, et la veullent jocqueter[15]. »

A quoy voluntiers consentit Pantagruel, et veit le mystère[16] lequel trouva fort beau et nouveau.

Mais le bon feut à la procession : en laquelle feurent veuz plus de six cens mille et quatorze chiens à l'entour d'elle, lesquelz luy faisoyent mille hayres[17] : et partout où elle passoit, les chiens frays venuz la suyvoyent à la trasse, pissans par le chemin où ses robbes avoyent touché.

Tout le monde se arestoit à ce spectacle, considérant les contenences de ces chiens, qui luy montoient jusques au col et lui gastèrent tous ses beaulx accoustremens, à quoy ne sceust trouver aulcun remède sinon soy retirer en son hostel. Et chiens d'aller après, et elle de se cacher, et chamberières de rire.

Quand elle feut entrée en sa maison, et fermé la porte après elle, tous les chiens y acouroyent de demye lieue, et compissèrent si bien la porte de sa maison, qu'ilz y feirent un rousseau de leurs urines auquel les cannes eussent bien nagé. Et c'est celluy ruysseau[18] qui de présent passe à Sainct Victor[19], auquel Guobelin[20] tainct l'escarlatte, pour la vertu spécificque de ses pissechiens,

21. Nom burlesque désignant sans doute Mathieu Ory, inquisiteur en 1536. Comme la *poudre d'oribus* est composée d'excréments, Maître d'Oribus complète à propos *pisse-chiens*. A moins qu'il ne s'agisse du maître *Doribus* des *Soties* (cf. édition V.-.L. Saulnier, *Appendice I*). La variante de 1537 prouve, en tout cas, l'intention satirique contre les adversaires des humanistes : *Maître Quercu* est Duchesne (en latin *quercus* : chêne), théologien de la Sorbonne, lieutenant de Béda, ridiculisé dans le catalogue de la librairie Saint-Victor, pour son ouvrage imaginaire, *De l'excellence des tripes*.

22. *Dieu vous aide !*

23. Moulin fameux sur la Garonne, et qui passait pour être le plus beau d'Europe, à cause d'une chaussée coupant le fleuve de biais. Les moulins de la Bièvre étaient plus modestes.

1. *Les soiffards* (forgé du grec διψώδης, altéré).

2. La ville des Amaurotes, capitale d'Utopie dans l'ouvrage de Thomas Morus, l'*Utopie* (1516), auquel Rabelais a fait divers emprunts.

3. *Transporté.*

4. La fée Morgane, qui intervient souvent dans les *Romans de la Table Ronde*, évoqués ici par le roi Arthur et Ogier le Danois. Généralement bénéfique, Morgue est présentée comme une fée grincheuse dans le *Jeu de la Feuillée* d'Adam le Bossu (vers 614-875). Les éditions antérieures à 1542 donnent *Enoch* et *Elie* à la place d'*Arthur* et *Ogier*. La *Genèse* (V, 24) et le *Livre des Rois* (IV, II, 11) rapportent les enlèvements de ces personnages bibliques.

5. *Ravagé.*

6. *Marotus du Lac,* nom burlesque imaginé par Rabelais associant *Marot* au titre de *Lancelot : du Lac*. L'épithète *monachus* (moine) donne une apparence sérieuse au personnage comme à sa *geste* imaginaire. Le pays de *Canarre* est sans doute celui des îles Canaries. Il en sera encore question au chapitre suivant dans l'itinéraire de Pantagruel.

7. *Miliaire :* le *mille* romain (mille pas, soit environ 1 500 mètres); le *stade,* mesure grecque : 180 mètres; le *parasange,* mesure perse : environ 5 400 mètres.

8. *Pharamond,* le premier roi mérovingien, selon la légende.

comme jadis prescha publicquement nostre maistre
d'Oribus[21]. Ainsi vous aist Dieu[22], un moulin y eust peu
mouldre; non tant toutesfoys que ceulx du Bazacle[23] à
Thoulouse.

CHAPITRE XXIII

Comment Pantagruel partit de Paris,
ouyant nouvelles que les Dipsodes[1] envahissoyent
le pays des Amaurotes[2], et la cause pourquoy
les lieues sont tant petites en France.

PEU de temps après, Pantagruel ouyt nouvelles que son
père Gargantua avoit esté translaté[3] au pays des Phées
par Morgue[4], comme feut jadis Ogier et Artus, ensemble
que, le bruyt de sa translation entendu, les Dipsodes
estoyent yssuz de leurs limites, et avoyent gasté[5] un
grand pays de Utopie, et tenoyent pour lors la grande
ville des Amaurotes assiégée. Dont partit de Paris sans
dire à Dieu à nulluy, car l'affaire requéroit diligence, et
vint à Rouen.

Or, en cheminant, voyant Pantagruel que les lieues
de France estoient petites par trop, au regard des aultres
pays, en demanda la cause et raison à Panurge, lequel
luy dist une histoire que mect *Marotus du Lac, monachus,*
ès Gestes des Roys de Canarre[6]; disant que

« D'ancienneté, les pays n'estoyent distinctz par
lieues, miliaires, stades, ny parasanges[7], jusques à ce
que le roy Pharamond[8] les distingua, ce que feut faict
en la manière que s'ensuyt. Car il print dedans Paris
cent beaulx jeunes et gallans compaignons bien délibé-

9. *Panser* : dorloter.

10. L'édition originale donne *chevauchaient*, que Rabelais a remplacé par trois équivalents pittoresques : *biscoteraient, fanfreluchaient, belinaient,* dont le sens est identique.

11. *Oisifs.*

12. *Il n'y avait plus d'huile d'olive en la lampe,* expression gasconne. Le *caleil* est une lampe de forme antique.

13. La *lieue* (aujourd'hui 4 kilomètres) était de longueur variable selon les pays : très longue en Bretagne, elle atteignait 7 kilomètres dans les Landes (les *Lanes*), comme en Prusse.

14. *Honfleur.* Jusqu'à la fondation du Havre, Honfleur fut un port très important. C'est d'Honfleur que Samuel Champlain partira en 1604 pour s'établir au Canada.

15. *Calfatant.*

rez, et cent belles garses Picardes, et les feist bien traicter, et bien penser[9] par huyt jours, puis les appella, et à un chascun bailla sa garse, avecques force argent pour les despens, leur faisant commandement qu'ilz allassent en divers lieux par cy et par là. Et, à tous les passaïges, qu'ilz biscoteroyent[10] leurs garses, que ilz missent une pierre, et ce seroit une lieue.

« Ainsi les compaignons joyeusement partirent, et, pour ce qu'ilz estoient frays et de séjour[11], ilz fanfreluchoient à chasque bout de champ, et voylà pourquoy les lieues de France sont tant petites. Mais, quand ilz eurent long chemin parfaict, et estoient jà las comme pauvres diables, et n'y avoit plus d'olif en ly caleil[12], ilz ne belinoyent si souvent, et se contentoyent bien (j'entends quand aux hommes) de quelque meschante et paillarde foys le jour. Et voylà qui faict les lieues de Bretaigne[13], de Lanes, d'Allemaigne, et aultres pays plus esloignez, si grandes. Les aultres mettent d'aultres raisons; mais celle-là me semble la meilleure. »

A quoy consentit voluntiers Pantagruel.

Partans de Rouen, arrivèrent à Hommefleur[14], où se mirent sur mer Pantagruel, Panurge, Epistémon, Eusthenes, et Carpalim. Auquel lieu attendans le vent propice, et calfretant[15] leur nef, receut d'une dame de Paris, (laquelle il avoit entretenue bonne espace de temps), unes lettres inscriptes au dessus :

Au plus aymé des belles, et moins loyal des preux,
P. N. T. G. R. L.

1. Taillé en surface plane.

2. Ce procédé pour faire apparaître l'encre sympathique figure dans un traité de Trithemius, la *Polygraphia* (1518). Rabelais se divertit à faire le connaisseur en messages secrets.

3. Variété d'euphorbe, dont le suc laiteux était utilisé pour la cryptographie chez les Anciens (cf. Pline l'Ancien, *Histoire naturelle,* livre XXVI, ch. VIII).

4. Lessive (*lexif*) de cendres de figuier, en usage au XVIe s.

5. *Crapauds* (latin *rubeta*).

6. *Nid d'hirondelle.*

7. Fruits du *coqueret* (latin *halicacabus*) ou *lanterne vénitienne.*

CHAPITRE XXIV

Lettres que un messagier aporta à Pantagruel
d'une dame de Paris,
et l'exposition d'un mot escript
en un aneau d'or.

QUAND Pantagruel eut leue l'inscription, il feut bien
esbahy, et, demandant au dict messagier le nom de celle
qui l'avoit envoyé, ouvrit les lettres, et rien ne trouva
dedans escript, mais seulement un aneau d'or, avecques
un diament en table[1]. Lors appella Panurge et luy
monstra le cas.

A quoy Panurge luy dist que la fueille de papier estoit
escripte, mais c'estoit par telle subtilité que l'on n'y
veoit poinct d'escripture.

Et pour le sçavoir, la mist auprès du feu, pour veoir
si l'escripture estoit faicte avec du sel ammoniac des-
trempé en eau[2].

Puis la mist dedans l'eau, pour sçavoir si la lettre
estoit escripte du suc de tithymalle[3].

Puis la monstra à la chandelle, si elle estoit poinct
escripte du jus de oignons blans.

Puis en frotta une partie d'huille de noix, pour veoir
si elle estoit poinct escripte de lexif de figuier[4].

Puis en frotta une part de laict de femme allaictant
sa fille première née, pour veoir si elle estoit poinct
escripte de sang de rubettes[5].

Puis en frotta un coing de cendres d'un nic de aron-
delles[6], pour veoir si elle estoit escripte de rousée qu'on
trouve dedans les pommes de Alicacabut[7].

Puis en frotta une aultre bout de la sanie des aureilles,
pour veoir si elle estoit escripte de fiel de corbeau.

8. *Suc d'épurge ou catapuce,* autre variété d'euphorbe.

9. L'*ambre gris* est un calcul intestinal du cachalot.

10. L'*alun de plume,* ainsi nommé parce qu'il ressemble à une barbe de plume. Il en a été question au chapitre XVI, parmi les mauvais tours de Panurge : celui-ci jette de l'alun de plume dans le dos des femmes.

11. Aulu-Gelle (*Nuits Attiques,* XVII, 9) rapporte que pour correspondre secrètement, les magistrats de Sparte enroulaient autour d'un bâton une bande sur laquelle ils avaient écrit transversalement les lettres. Le destinataire devait avoir un bâton identique sur lequel il enroulait à son tour le message, ce qui permettait d'assembler les lettres en mots. C'est le procédé appelé *scytale.*

12. *Raser.*

13. *Sorte d'encre.* Le subterfuge est rapporté par Hérodote, Aulu-Gelle et Erasme (*Adages,* III, IV, 42).

14. *Le Toscan Francesco di Nianto* (François de Rien) est un personnage imaginaire.

15. Grammairien de l'époque de Domitien. L'ouvrage sur *Les lettres difficiles à discerner* est inconnu.

16. *Calphurnius Bassus* et son traité *Des lettres illisibles* sont inconnus. Peut-être s'agit-il de Calpurnius, imitateur de Virgile?

17. Les dernières paroles du Christ en Croix : « Pourquoi m'as-tu abandonné? »

Puis les trempa en vinaigre pour veoir si elle estoit escripte de laict de espurge[8].

Puis les gressa d'axunge de souris chauves, pour veoir si elle estoit escripte avec sperme de baleine qu'on appelle ambre gris[9].

Puis la mist tout doulcement dedans un bassin d'eau fresche et soubdain la tira, pour veoir si elle estoit escripte avecques alum de plume[10].

Et, voyant qu'il n'y congnoissoit rien, appella le messagier et luy demanda : « Compaing, la dame qui t'a icy envoyé t'a-elle poinct baillé de baston pour apporter », pensant que feust la finesse que mect Aule Gelle[11].

Et le messagier luy respondit : « Non, Monsieur. »

Adoncques Panurge luy voulut faire raire[12] les cheveulx, pour sçavoir si la dame avoit faict escripre avecques fort moret[13] sur sa teste rase ce qu'elle vouloit mander; mais, voyant que ses cheveulx estoyent fort grand, il désista, considérant que en si peu de temps ses cheveulx n'eussent creuz si longs.

Alors, dist à Pantagruel :

« Maistre, par les vertuz Dieu, je n'y sçauroys que faire ny dire. Je ay employé, pour congnoistre si rien y a icy escript, une partie de ce que en met Messere Francesco di Nianto, le Thuscan[14], qui a escript la manière de lire lettres non apparentes, et ce que escript Zoroaster[15], *Peri Grammato acriton,* et Calphurnius Bassus[16], *De Literis illegibilibus;* mais je n'y voy rien, et çroy qu'il n'y a aultre chose que l'aneau. Or le voyons. »

Lors, le regardant, trouvèrent escrit par dedans en Hébrieu :

LAMAH HAZABTHANI[17].

Dont appellèrent Epistémon, luy demandant que c'estoit à dire. A quoy respondit que c'estoyent motz Hébraicques, signifians : *Pourquoy me as-tu laissé?*

Dont soubdain réplicqua Panurge :

18. Au chant IV de l'*Énéide*, Énée, sur l'ordre des dieux, abandonne Didon. La séparation (département) d'Énée et de Didon est chantée au Moyen Age dans le *Roman d'Énéas*.

19. On ne sait de quel ouvrage d'*Héraclite de Tarente* il s'agit.

20. Les escales de Pantagruel sont celles que les Espagnols, et avant eux les Portugais, avaient établies sur la côte d'Afrique pour aller aux Indes. L'itinéraire correspond sensiblement à celui emprunté par Vasco de Gama. Rabelais pouvait avoir trouvé ces noms d'escales et de sites dans le *Voyage* de Cadamosto (1432-1483) et dans le *Novus orbis regionum...* de Simon Grynaeus, dont l'Introduction avait été rédigée par Sébastien Münster, et qui parut à Bâle l'année même du *Pantagruel* (1532).

21. Ilot de l'archipel de Madère (*Medere*).

22. Les *Canaries* (cf. *supra*, chap. XXIII, note 6, p. 222).

23. *Le Cap Blanc* (Afrique occidentale), découvert par les Portugais en 1440.

24. *Le Sénégal.*

25. *Le Cap Vert,* également découvert par les Portugais en 1456.

26. *Gambie.*

27. *Le Cap de Sagres* (Liberia) tire son nom de la ville portugaise de Sagres, fondée par Henri le Navigateur. Le royaume des *Melli* est dans les mêmes parages.

28. *Le Cap de Bonne Espérance,* nom donné par le roi Jean II de Portugal, au lieu de *Cap des Tempêtes*. Vasco de Gama l'avait doublé en 1497.

29. *Mélinde,* à l'embouchure du Zambèze, la première escale de Vasco de Gama après le Cap.

30. La *Tramontane,* vent du nord (en Italie).

31. De la réalité, Rabelais passe à la fantaisie, naviguant par *Rien* (grec μηδὲν οὔτι, οὐδεν), *Plaisanterie* (γελάσιμος : risible). Les *Iles des Fées* soulignent le caractère imaginaire de cette navigation.

32. *Le royaume d'Achorie :* le mot est emprunté à l'*Utopie* de Thomas Morus. Les *Achoriens,* étymologiquement sont les sanspatrie (ἄ-χωρος). *Achorie* est le royaume de Nulle Part.

« J'entens le cas. Voyez-vous ce dyament? C'est un dya-
mant faulx. Telle est doncques l'exposition de ce que
veult dire la dame :

« Dy, amant faulx, pourquoy me as-tu laissée? »

Laquelle exposition entendit Pantagruel incontinent,
et luy souvint comment, à son départir, n'avoit dict à
Dieu à la dame, et s'en contristoit, et voluntiers fust
retourné à Paris pour faire sa paix avecques elle.

Mais Epistémon luy réduyt à mémoire le département
de Eneas d'avecques Dido[18], et le dict de Heraclides,
Tarentin[19], que, la navire restant à l'ancre, quand la
nécessité presse, il fault coupper la chorde plus tost que
perdre temps à la deslier, et qu'il debvoit laisser tous
pensemens pour survenir à la ville de sa nativité, qui
estoit en dangier.

De faict, une heure après, se leva le vent nommé
nord nord west, auquel ilz donnèrent pleine voilles, et
prindrent la haulte mer[20], et, en briefz jours, passans par
Porto Sancto[21] et par Medère, firent scalle ès Isles de
Canarre[22].

De là partans, passèrent par Cap Blanco[23], par
Senège[24], par Cap Virido[25], par Gambre[26], par Sagres[27],
par Melli, par le Cap de Bona Sperantza[28], et firent scalle
au royaulme de Melinde[29].

De là partans, feirent voille au vent de la Transmon-
tane[30], passans par Meden[31], par Uti, par Udem, par
Gelasim, par les Isles de Phées, et jouxte le royaulme de
Achorie[32], finablement arrivèrent au port de Utopie, dis-
tant de la ville des Amaurotes par troys lieues et quelque
peu dadvantaige.

Quand ilz feurent en terre quelque peu refraichiz,
Pantagruel dist :

« Enfans, la ville n'est loing d'icy. Davant que marcher oultre, il seroit bon délibérer de ce qu'est à faire
affin que ne semblons ès Athéniens, qui ne consultoient

33. La légèreté politique des Athéniens était proverbiale. Démosthène leur fait déjà le reproche de délibérer après l'événement dans ses *Philippiques,* ce qu'Erasme rappelle dans les *Adages* (I, viii, 44).

34. *Délibérés de vivre :* décidés à...

35. *Jouer du braquemart* (épée ou membre viril).

36. *Zopyre,* chef perse, se coupa le nez et les oreilles pour faire croire qu'il trahissait les siens et pénétra ainsi dans la capitale ennemie, Babylone. Hérodote conte cet exploit, qu'Erasme a rapporté dans ses *Adages* (II, x, 64).

37. *Sinon,* le guerrier grec, qui se fait prendre par les Troyens pour les persuader d'introduire le cheval fatal dans la cité (cf. Virgile, *Énéide,* II, vers 57 *sqq.*).

38. *Traversé.*

jamais, sinon après le cas faict[33]. Estez-vous délibérez[34] de vivre et mourir avecques moy?

— Seigneur, ouy, (dirent-ilz tous); tenez-vous asseuré de nous comme de vos doigtz propres.

— Or, (dist-il), il n'y a q'un poinct que tienne mon esperit suspend et doubteux; c'est que je ne sçay en quel ordre ny en quel nombre sont les ennemis qui tiennent la ville assiégée, car, quand je le sçauroys, je m'y en iroys en plus grande asseurance. Par ce, advisons ensemble du moyen comment nous le pourrons sçavoir. »

A quoy tous ensemble dirent :

« Laissez-nous y aller veoir et nous attendez icy; car, pour tout le jourd'huy, nous vous en apporterons nouvelles certaines.

— Je, (dist Panurge), entrepens de entrer en leur camp par le meillieu des guardes et du guet, et bancqueter avec eulx et bragmader[35] à leurs despens, sans estre congneu de nully, visiter l'artillerie, les tentes de tous les capitaines, et me prélasser par les bandes, sans jamais estre descouvert. Le diable ne me affineroit pas, car je suis de la lignée de Zopyre[36].

— Je, (dist Epistemon), sçay tous les stratagémates et prouesses des vaillans capitaines et champions du temps passé et toutes les ruses et finesses de discipline militaire. Je iray, et, encores que feusse descouvert et décelé, j'eschapperay en leur faisant croire de vous tout ce que me plaira, car je suis de la lignée de Sinon[37].

— Je, (dist Eusthenes), entreray par à travers leurs tranchées, maulgré le guet et tous les gardes, car je leur passeray sur le ventre et leur rompray bras et jambes, et feussent-ilz aussi fors que le diable, car je suis de la lignée de Hercules.

— Je, (dist Carpalim), y entreray si les oyseaulx y entrent; car j'ay le corps tant allaigre que je auray saulté leurs tranchées et percé[38] oultre tout leur camp davant qu'ilz me ayent apperceu, et ne crains ny traict, ny flesche, ny cheval, tant soit légier, et feust-ce Pégase de

39. Le fabuleux cheval de Persée.

40. Pacolet est un nain magicien qui fabrique, dans le roman de *Valentin et Orson,* un cheval de bois capable de voler à travers les airs. On retrouvera *Valentin et Orson, fils de l'Empereur de Grèce et neveux au très chrestien Roy de France Pépin* dans l'énumération burlesque des héros aux Enfers, chapitre XXX. Mais là, ils « servent aux estuves ».

41. *Camille,* reine des Amazones, dans Virgile (*Énéide,* VII, vers 808-909) marche sur les épis de blé sans les faire fléchir.

1. *A bride abattue.* Tout le chapitre est une parodie des romans de chevalerie, dont le public raffolait. Bien des lecteurs devaient prendre au sérieux les exploits des compagnons de Pantagruel.

Perseus[39] ou Pacolet[40], que devant eulx je n'eschappe
gaillard et sauf. J'entreprens de marcher sur les espiz de
bled, sur l'herbe des prez, sans qu'elle fléchisse dessoubz
moy, car je suis de la lignée de Camille, Amazone[41]. »

CHAPITRE XXV

*Comment Panurge, Carpalim, Eusthenes, Epistémon,
compaignons de Pantagruel,
desconfirent six cens soixante chevaliers bien subtilement.*

Ainsi qu'il disoit cela, ilz advisèrent six cens soixante chevaliers, montez à l'advantage sus chevaulx légiers, qui
acouroyent là veoir quelle navire c'estoit qui estoit de
nouveau abordée au port, et couroyent à bride avallée[1]
pour les prendre s'ilz eussent peu.

Lors dist Pantagruel :

« Enfans, retirez-vous en la navire. Voyez cy de noz
ennemys qui accourent, mais je vous les tueray icy
comme bestes, et feussent-ilz dix foys autant. Cependent
retirez vous, et en prenez vostre passe-temps. »

Adonc respondit Panurge :

« Non, Seigneur, il n'est de raison que ainsi faciez;
mais au contraire retirez-vous en la navire, et vous et
les aultres, car tout seul les desconfiray icy, mais il ne
fauldra pas tarder. Avancez, vous. »

A quoy dirent les aultres :

« C'est bien dict, Seigneur, retirez-vous, et nous ayde-
rons icy à Panurge, et vous congnoistrez que nous
sçavons faire. »

Adonc Pantagruel dist :

2. *Je ne vous ferai défaut.*
3. Le *cabestan.*
4. Dans le cercle. *Cerne* était usuel au XVIe s.
5. *Un baril.*
6. *Une grenade* (mot d'origine provençale).

« Or je le veulx bien; mais, au cas que feussiez plus foybles, je ne vous fauldray[2]. »

Alors Panurge tira deux grandes cordes de la nef et les atacha au tour qui estoit sur le tillac et les mist en terre et en fist un long circuyt, l'un plus loing, l'aultre dedans cestuy-là, et dist à Epistémon :

« Entrez dedans la navire, et, quand je vous sonneray, tournez le tour[3] sus le tillac diligentement en ramenant à vous ces deux chordes. »

Puis dist à Eusthènes et à Carpalim :

« Enfans, attendez ici, et vous offrez ès ennemys franchement et obtempérez à eux, et faictes semblant de vous rendre. Mais advisez que ne entrez au cerne[4] de ces chordes; retirez-vous tousjours hors. »

Et incontinent entra dedans la navire, et print un fais de paille et une botte[5] de pouldre de canon, et espandit par le cerne des chordes, et avec une migraine[6] de feu se tint auprès.

Soubdain arrivèrent à grande force les chevaliers, et les premiers chocquèrent jusques auprès de la navire, et, parce que le rivage glissoit, tumbèrent, eux et leurs chevaulx, jusques au nombre de quarante et quatre. Quoy voyans, les aultres approchèrent, pensans que on leur eust résisté à l'arrivée. Mais Panurge leur dist :

« Messieurs, je croy que vous soyez faict mal; pardonnez-le nous, car ce n'est de nous, mais c'est de la lubricité de l'eau de mer, qui est tousjours unctueuse. Nous nous rendons à vostre bon plaisir. »

Autant en dirent ses deux compaignons et Epistémon, qui estoit sur le tillact.

Ce pendent Panurge s'esloignoit, et, voyant que tous estoyent dedans le cerne des chordes et que ses deux compaignons s'en estoyent esloignez, faisans place à tous ces chevaliers, qui à foulle alloyent pour veoir la nef et qui estoit dedans, soubdain crya à Epistémon :

« Tire! tire! »

Lors Epistémon commença tirer au tour, et les

7. *Qui gagna sur lui en s'enfuyant.*

8. *Le prit à bras le corps.* Carpalim justifie son nom : le *rapide.*

9. *Faire raison à quelqu'un.* Le tour est encore employé par La Fontaine : « *Tous trois burent d'autant.* » (II, 10).

10. *N'aurait pas plus compté qu'un grain de millet.* On retrouve une comparaison analogue dans le *Quart Livre,* chap. XXXIII, *Comment par Pantagruel feut un monstrueux physétène apperceu près l'isle farouche :* « En sa grande gueule infernale nous ne luy tiendrons lieu plus que feroit un grain de dragée musquée en la gueule d'un asne... »

1. On retrouve ce juron dans les propos des Bien-Yvres (*Gargantua,* chap. v). Ce saint imaginaire désigne le sexe féminin. (Cf. *Humanisme et Renaissance,* tome V, 1938, et l'éd. crit. V.-L. Saulnier, p. 135).

deux chordes se empestrèrent entre les chevaulx et les ruoyent par terre bien aysément avecques les chevaucheurs; mais eulx, ce voyant, tirèrent à l'espée et les vouloyent desfaire, dont Panurge met le feu en la trainée, et les fist tous là brusler comme Ames dannées. Hommes et chevaulx, nul n'en eschappa, excepté un qui estoit monté sur un cheval Turq, qui le gaigna[7] à fouyr; mais, quand Carpalim l'apperceut, il courut après en telle hastiveté et allaigresse qu'il le attrappa en moins de cent pas, et, saultant sur la crouppe de son cheval, l'embrassa[8] par derrière et l'amena à la navière.

Ceste deffaicte parachevée, Pantagruel feut bien joyeux et loua merveilleusement l'industrie de ses compaignons, et les fist refraichir et bien repaistre sur le rivaige joyeusement et boire d'autant[9] le ventre contre terre, et leur prisonnier avecques eulx familiairement, sinon que le pauvre diable n'estoit point asseuré que Pantagruel ne le dévorast tout entier, ce qu'il eust faict, tant avoit la gorge large, aussi facilement que feriez un grain de dragée, et ne luy eust monté[10] en sa bouche en plus qu'un grain de millet en la gueulle d'un asne.

CHAPITRE XXVI

Comment Pantagruel et ses compaignons estoient faschez de manger de la chair salée, et comme Carpalim alla chasser pour avoir de la venaison.

Ainsi comme ilz bancquetoyent, Carpalim dist :

« Et, ventre sainct Quenet[1], ne mangerons nous jamais de venaison? Ceste chair sallée me altère tout. Je vous

2. *Fourré* (terme de chasse).

3. *Un carreau d'arbalète* : un trait d'arbalète.

4. *Outarde,* en dialecte poitevin.

5. Les levrauts sont déjà grands : ils ont dépassé l'âge d'être pages.

6. *Dix-huit râles* (variété d'échassiers) *appariés.*

7. *Petits sangliers.*

8. Sabre courbe d'Orient.

9. Le vinaigre comme la moutarde était très employé au Moyen Age et au xvie s. On apprêtait notamment les lièvres au vinaigre, d'où l'appel de Carpalim.

voys apporter icy une cuysse de ces chevaulx que avons
faict brusler; elle sera assez bien rostie. »

Tout ainsi qu'il se levoit pour ce faire, apperceut à
l'orée du boys un beau grand chevreuil qui estoit yssu
du fort[2], voyant le feu de Panurge, à mon advis. Incontinent courut après de telle roiddeur qu'il sembloit que
feust un carreau[3] d'arbaleste et l'attrapa en un moment,
et en courant print de ses mains en l'air :

Quatre grandes otardes,

Sept bitars[4],

Vingt et six perdrys grises,

Trente et deux rouges,

Seize faisans,

Neuf beccasses,

Dix et neuf hérons,

Trente et deux pigeons ramiers,

Et tua de ses pieds dix ou douze, que levraulx, que
lapins, qui jà estoyent hors de page[5],

Dix huyt rasles parez[6] ensemble,

Quinze sanglerons[7],

Deux blereaux,

Troys grands renards.

Frappant doncques le chevreul de son malcus[8] à travers la teste, le tua, et, l'apportant, recueillit ses levraulx,
rasles et sanglerons, et de tant loing que peust estre ouy
s'escria, disant :

« Panurge, mon amy, vinaigre! vinaigre[9]? »

D'ont pensoit le bon Pantagruel que le cueur luy fist
mal et commandat qu'on lui apprestat du vinaigre. Mais
Panurge entendit bien qu'il y avoit levrault au croc; de
faict, monstra au noble Pantagruel comment il portoit
à son col un beau chevreul et toute sa ceincture brodée
de levraulx.

Soubdain Epistémon fist, au nom des neuf Muses,
neuf belles broches de boys à l'anticque; Eusthenes
aydoit à escorcher, et Panurge mist deux selles d'armes
des chevaliers en tel ordre qu'elles servirent de landiers,

10. *Au diable celui qui se ménageait.*

11. *Bauffrer ou baffrer :* manger goulûment (bâfrer).

12. Le *sacre* est, comme le faucon et le gerfaut, un oiseau de volerie. Pour les retrouver au cours de la chasse, on leur attachait une sonnette aux pattes.

13. La tour du *gros horloge* de Rennes était célèbre par sa hauteur et par son énorme cloche, *dame Françoise,* qui fut détruite par un incendie au XVIII⁰ s. Noël du Fail en fait aussi mention.

La *Tour de l'Horloge* à Poitiers avait été construite par Jean de Berry; elle avait trois cloches, qui existèrent jusqu'à la fin du XVIIIᵉ s.

L'horloge de l'église Saint-Saturnin à Tours fut démolie avec le clocher sous la Révolution. — L'horloge de Cambrai comportait deux mannequins, Martin et Martine ou deux Martins, qui sonnaient les heures.

14. *Mâchoires.*

15. *La force.*

16. Cet armement de *pierre de taille* est tiré des *Grandes Cronicques.*

17. La croyance au Loup-Garou, l'Homme-Loup, était très répandue au XVIᵉ s. Ronsard *(Réponse aux Injures...)* imagine la scène d'un loup-garou exorcisé (vers 135-160).

18. *Fantassins.*

19. Dans la croyance populaire, la *peau de lutin,* comme celle de loup-garou, était invulnérable aux balles.

20. Le *double canon* est un canon de gros calibre, *l'espingarderie* ou *espingarde* est l'artillerie de siège.

et firent roustisseur leur prisonnier, et au feu où brusloyent les chevaliers firent roustir leur venaison.

Et après, grand chère à force vinaigre. Au diable l'un qui se faignoit[10]. C'estoit triumphe de les veoir baufffrer[11].

Lors dist Pantagruel :

Pleust à Dieu que chacun de vous eust deux paires de sonnettes de sacre[12] au menton et que je eusse au mien les grosses horologes de Renes, de Poictiers, de Tours et de Cambray[13], pour veoir l'aubade que nous donnerions au remuement de noz badiguoinces[14].

— Mais, (dist Panurge), il vault mieulx penser de nostre affaire un peu, et par quel moyen nous pourrons venir au dessus de noz ennemys.

— C'est bien advisé », dist Pantagruel.

Pour tant demanda à leur prisonnier :

« Mon amy, dys nous icy la vérité, et ne nous mens en rien, si tu ne veulx estre escorché tout vif, car c'est moy qui mange les petiz enfans. Conte-nous entièrement l'ordre, le nombre et la forteresse[15] de l'armée.

A quoy respondit le prisonnier :

« Seigneur, sachez pour la vérité que en l'armée sont : troys cens géans, tous armez de pierre de taille[16], grands à merveilles, toutesfoys non tant du tout que vous, excepté un qui est leur chef et a nom Loup Garou[17], et est tout armé d'enclumes Cyclopicques; cent soixante et troys mille piétons[18], tous armés de peaulx de lutins[19], gens fortz et courageux; unze mille quatre cens hommes d'armes; troys mille six cens doubles canons et d'espingarderie[20] sans nombre; quatre vingt quatorze mille pionniers; cent cinquante mille putains, belles comme déesses...

— Voylà pour moy, dist Panurge...

— Dont les aulcunes sont Amazones, les aultres lyonnoyses, les aultres parisiannes, tourangelles, angevines, poictevines, normandes, allemandes; de tous pays et toutes langues y en a.

21. *Anarche* (hellénisme, cf. *anarchie*) : le *Sans-Autorité*.

22. Le diable courra plus vite qu'eux.

23. *Avancer*.

24. *Braquemarder, tabourer, embourrer :* autant de variantes de : posséder.

25. *Sans faire de distinction.*

26. Juron méridional, analogue à : « Au diable Vauvert! »

27. *Bien à point.*

28. L'équivalent de : « je tiendrai la chandelle ». Le rapprochement avec : *tout le monde chevauchera* (au sens libre) rend l'image plus comique.

29. *« Que celui qui peut prendre, prenne! »* L'adage était généralement employé au sens figuré : « Comprenne qui pourra. »

— Voire mais, (dist Pantagruel), le roy y est-il?

— Ouy, Sire, (dist le prisonnier); il y est-en personne, et nous le nommons Anarche[21], roy des Dypsodes, qui vault autant à dire comme *gens altérez,* car vous ne veistes oncques gens tant altérez ni beuvans plus voluntiers, et a sa tente en la garde des géans.

— C'est assez, (dist Pantagruel). Sus, enfans, estez vous délibérez d'y venir avecques moy? »

A quoy respondit Panurge :

« Dieu confonde qui vous laissera! J'ay ja pensé comment je vous les rendray tous mors comme porcs, qu'il n'en eschappera au diable le jarret[22]; mais je me soucie quelque peu d'un cas.

— Et qui est ce? dist Pantagruel.

— C'est, (dist Panurge), comment je pourray avanger[23] à braquemarder[24] toutes les putains qui y sont en ceste après disnée, qu'il n'en eschappe pas une que je ne taboure en forme commune[25].

— Ha, ha, ha », dist Pantagruel.

Et Carpalim dist :

« Au diable de Biterne[26]! Par Dieu, j'en embourreray quelque une!

— Et je, (dist Eusthenes), quoy, qui ne dressay oncques puis que bougeasmes de Rouen, au moins que l'aguille montast jusques sur les dix ou unze heures, voire encores que l'aye dur et fort comme cent diables.

— Vrayement, (dist Panurge), tu en auras des plus grasses et des plus refaictes[27].

— Comment, (dist Epistémon), tout le monde chevauchera et je mèneray l'asne[28]! Le diable emport qui en fera rien. Nous userons du droict de guerre : *Qui potest capere capiat*[29].

— Non, non, (dist Panurge), mais atache ton asne à un croc et chevauche comme le monde. »

Et le bon Pantagruel ryoit à tout, puis leur dist :

« Vous comptez sans vostre hoste. J'ay grand peur que, devant qu'il soit nuyct, ne nous voye en estat que

30. *Pointer la lance* (au sens libre, ici).

31. Au dire des historiens antiques, l'armée de Xerxès dépassait le million, chiffre fabuleux au regard des effectifs grecs.

32. Trogue Pompée, historien latin contemporain de César.

33. *Avec peu*. Thémistocle détruisit la flotte perse à Salamine avec des effectifs très inférieurs à ceux des Perses.

34. Saint fantaisiste et obscène, comme maître Jean Chouart.

1. Après une victoire, les Anciens érigeaient un trophée avec les dépouilles des ennemis. Rabelais continue à parodier l'épopée.

2. *Chansons villageoises*.

3. Parures de cheval.

4. Une armure complète d'acier (*asséré* = d'acier).

ne aurez grande envie d'arresser[30], et qu'on vous chevauchera à grand coup de picque et de lance.

— Baste, (dist Epistémon), je vous les rends à roustir
ou boillir, à fricasser ou mettre en paste. Ilz ne sont
en si grand nombre comme avoit Xercès, car il avoit
trente cens mille combatans[31], si croyez Hérodote et
Troge Pompone[32], et toutesfoys Themistocles à peu[33]
de gens les desconfit. Ne vous souciez, pour Dieu.

— Merde, merde, (dist Panurge). Ma seulle braguette
espoussetera tous les hommes, et sainct Balletrou[34], qui
dedans y repose, décrottera toutes les femmes.

— Sus doncques, enfans, dict Pantagruel; commen-
çons à marcher. »

CHAPITRE XXVII

Comment Pantagruel droissa un trophée
en mémoire de leur prouesse, et Panurge
un aultre en mémoire des levraulx. Et comment
Pantagruel de ses petz engendroit
les petitz hommes, et de ses vesnes
les petites femmes. Et comment Panurge rompit
un gros baston sur deux verres.

« Devant que partions d'icy, dist Pantagruel, en mémoire de la prouesse que avez présentement faict, je
veulx ériger en ce lieu un beau trophée[1]. »

Adoncques un chascun d'entre eulx, en grande liesse
et petites chansonnettes villaticques[2], dressèrent un
grand boys, auquel y pendirent : une selle d'armes, un
chanfrain de cheval, des pompes[3], des estrivières, des
esperons, un haubert, un hault appareil[4] asseré, une

5. *L'estoc d'armes* est une épée large et courte.

6. Mailles de protection pour l'aisselle.

7. *Jambières*.

8. *Gorgerin*.

9. Fabie : sans doute Q. Fabius Cunctator, dictateur après le désastre de Trasimène. Il remporta les premiers succès sur Hannibal. — Scipions : les fameux vainqueurs de Carthage et de Numance.

10. Autre nom des *tours* aux échecs. Rabelais passe de la politique au jeu en accentuant la parodie.

11. *Génie* (du latin *ingenium*).

12. *Séjour*.

13. Comparatif archaïque de grand; *greigneur : plus grand*.

14. *Mais au contraire*.

15. *Chevance* : bien. Le *dicton victorial* est d'un style volontairement archaïque.

16. Les poèmes, du latin *carmina*. (De là le titre du recueil de Paul Valéry : *Charmes*.)

17. Flacon double, formant huilier et vinaigrier.

18. *Percé*.

19. *Broc*.

20. Les *gobelets* ou *godets* de Beauvais étaient réputés.

hasche, un estoc d'armes[5], un gantelet, une masse, des goussetz[6], des grèves[7], un gorgery[8], et ainsi de tout appareil requis à un arc triumphal ou trophée.

Puis en mémoire éternelle, escripvit Pantagruel le dicton victorial comme s'ensuyt :

Ce fut icy qu'apparut la vertus
De quatre preux et vaillans champions,
Qui de bon sens, non de harnois vestuz,
Comme Fabie ou les deux Scipions[9],
Firent six cens soixante morpions,
Puissans ribaulx, brusler comme une escorce,
Prenez y tous roys, ducz, rocz[10] et pions,
Enseignement que engin[11] mieulx vault que force ;
    Car la victoire,
    Comme est notoire,
    Ne gist que en heur.
    Du consistoire[12],
    Où règne en gloire
    Le hault Seigneur,
Vient, non au plus fort ou greigneur[13],
Ains[14] à qui luy plaist, com' fault croire.
Doncques a chevanche[15] et honneur
Cil qui par foy en luy espoire.

Ce pendent que Pantagruel escripvoit les carmes[16] susdictz, Panurge emmancha en un grand pal les cornes du chevreul et la peau et lez piedz droitz de devant d'icelluy ; puis les aureilles de troys levraulx, le rable d'un lapin, les mandibules d'un lièvre, les aesles de deux bitars, les piedz de quatre ramiers, une guedofle[17] de vinaigre, une corne où ilz mettoient le sel, leur broche de boys, une lardouère, un meschant chauldron tout pertuisé[18], une breusse[19] où ilz saulsoient, une salière de terre et un guobelet de Beauvoys[20].

Et, en imitation des vers et trophée de Pantagruel, escripvit ce que s'ensuyt :

21. *Ivrognes*.

22. *Carpes*. Ces quatre premiers vers paraissent être un souvenir du *Temple de Cupido* de Marot. La rime par équivoque *bas culz/Baccus* était courante dans la poésie satirique.

23. *L'entorse*.

24. *L'invention d'une défense*. Ces deux *dictons victoriaux* sont des poèmes inventés par Rabelais, qui s'était intéressé à la poésie lors de son séjour en Poitou (cf. sa correspondance avec le rhétoriqueur Jean Bouchet).

25. *Rideaux de lit*. Chacun des personnages célèbre son idéal de vie en reprenant le même mouvement. D'où l'effet plaisant de contraste entre la symétrie de la forme et l'opposition du fond.

26. Un coup de sifflet.

27. Procédé comique déjà employé dans les *grandes chroniques*. Les p... de Gargantua produisent de véritables cataclysmes.

Ce fut icy que mirent à baz culz
Joyeusement quatre gaillars pions[21],
Pour bancqueter à l'honneur de Baccus,
Beuvans à gré comme beaulx carpions[22].
Lors y perdit rables et cropions
Maistre levrault, quand chascun si efforce.
Sel et vinaigre, ainsi que scorpions,
Le poursuivoyent, dont en eurent l'escorce[23];

> *Car l'inventoire*
> *D'un défensoire[24]*
> *En la chaleur,*
> *Ce n'est que à boire*
> *Droict et net, voire*
> *Et du meilleur.*

Mais manger levrault c'est malheur,
Sans de vinaigre avoir mémoire;
Vinaigre est son âme et valeur;
Retenez-le en poinct péremptoire.

Lors dist Pantagruel :

« Allons, enfans, c'est trop musé icy à la viande, car à grand poine voit on advenir que grans bancqueteurs facent beaulx faictz d'armes. Il n'est umbre que d'estandartz, il n'est fumée que de chevaulx et clycquetys que de harnoys. »

A ce commencza Epistémon soubrire et dist :

« Il n'est umbre que de cuisine, fumée que de pastez et clicquetys que de tasses. »

A quoy respondit Panurge :

« Il n'est umbre que de courtines[25], fumée que de tétins et clicquetys que de couillons. »

Puis, se levant, fist un pet, un sault et un sublet[26], et crya à haulte voix joyeusement :

« Vive tousjours Pantagruel ! »

Ce voyant, Pantagruel en voulut autant faire; mais du pet qu'il fist la terre trembla neuf lieues à la ronde[27],

28. Les raves rondes du Limousin.

29. Géographie fantaisiste, mais les cartes du xvie s. plaçant les Pygmées en face du Japon ne l'étaient guère moins. Les Anciens les situaient plus exactement au centre de l'Afrique.

30. Cette guerre légendaire est mentionnée dès l'époque homérique.

31. *Le bois d'une javeline.*

32. *Pieu.*

33. *Affaires.* La prédiction ne sera pas complètement réalisée, puisque Epistémon aura la « couppe testée » (cf. chap. xxx), ce qui sera l'occasion d'une visite aux Enfers.

duquel avec l'air corrumpu engendra plus de cinquante et troys mille petitz hommes, nains et contrefaictz, et d'une vesne qu'il fist engendra autant de petites femmes acropies, comme vous en voyez en plusieurs lieux, qui jamais ne croissent, sinon, comme les quehues des vasches, contre bas, ou bien,. comme les rabbes de Lymousin, en rond[28].

« Et quoy, dist Panurge, voz petz sont-ilz tant fructueux? Par Dieu, voicy de belles savates d'hommes et de belles vesses de femmes; il les fault marier ensemble, ilz engendreront des mouches bovines. »

Ce que fist Pantagruel, et les nomma Pygmées, et les envoya vivre en une isle là auprès[29], où ilz se sont fort multipliez despuis; mais les grues leur font continuellement guerre[30], desquelles ilz se défendent courageusement, car ces petitz boutz d'hommes, (lesquelz en Escosse l'on appelle « manches d'estrilles »), sont voluntiers choléricques. La raison physicale est parce qu'ilz ont le cueur près de la merde.

En ceste mesme heure Panurge print deux verres qui là estoient tous deux d'une grandeur, et les emplit d'eau tant qu'ilz en peurent tenir, et en mist l'un sur une escabelle et l'aultre sur une aultre, les esloingnans à part par la distance de cinq piedz; puis print le fust[31] d'une javeline de la grandeur de cinq piedz et demy et le mist dessus les deux verres, en sorte que les deux boutz du fust touchoient justement les bors des verres.

Cela faict, print un gros pau[32] et dist à Pantagruel et ès aultres :

« Messieurs, considérez comment nous aurons victoire facillement de nos ennemys; car, — ainsi comme je rompray ce fust icy dessus les verres sans que les verres soient en rien rompus ne brisez, encores, que plus est, sans que une seulle goutte d'eau en sorte dehors, — tout ainsi nous romprons la teste à noz Dipsodes, sans ce que nul de nous soit blessé et sans perte aulcune de noz besoignes[33]. Mais, affin que ne pensez qu'il y ait

34. Avec assurance.

enchantement, tenez, dist-il à Eusthenes, frappez de ce pau tant que pourrez au millieu. »

Ce que fist Eusthenes, et le fust rompit en deux pièces tout net, sans que une goutte d'eau tumbast des verres. Puis dist :

« J'en sçay bien d'aultres; allons seullement en assurance[34]. »

CHAPITRE XXVIII

Comment Pantragruel eut victoire
bien estrangement des Dipsodes
et des Géans.

APRÈS tout ces propos, Pantagruel appella leur prisonnier et le renvoya, disant :

« Va-t'en à ton roy en son camp, et luy dis nouvelles de ce que tu as veu et qu'il se délibère de me festoyer demain sus le midy; car, incontinent que mes gallères seront venues, qui sera de matin au plus tard, je luy prouveray par dix huyt cens mille combatans et sept mille géans, tous plus grans que tu me veois, qu'il a faict follement et contre raison de assaillir ainsi mon pays. »

En quoy faignoit Pantagruel avoir armée sur mer.

Mais le prisonnier respondit qu'il se rendoit son esclave et qu'il estoit content de jamais ne retourner à ses gens, ains[1] plutost combatre avecques Pantagruel contre eulx, et, pour Dieu, qu'ainsi le permist.

A quoy Pantagruel ne voulut consentir, ains luy commanda que partist de là briefvement et allast ainsi

2. Cette variété d'*euphorbe* du Maroc était employée comme vomitif.

3. La *coccognide* (baie de Gnide, latin *coccum-gnidium*) est le fruit du *garou*, arbrisseau également répandu en France. Ces baies rouges, très toxiques, servaient de purgatif à faible dose.

4. *Eau-de-vie*. On trouve encore cette expression chez Olivier de Serres.

5. *Compote*.

6. *Confiance*.

7. Dans l'édition originale Pantagruel se moque des *cafards* et leur oppose sa foi en Dieu. L'édition définitive supprime la satire des faux dévots et développe l'idéal de paix évangélique. L'opposition entre pacifiques et belliqueux se retrouve dans le *Gargantua*. Grandgousier se montre généreux envers le prisonnier Toucquedillon et le renvoie à Picrochole (chap. xlvi) avec de nobles conseils : « Le temps n'est plus d'ains conquester les royaulmes avecques dommaige de son prochain frère christian... Quand est de vostre ranczon, je vous la donne entièrement et veulx que vous soient rendues armes et cheval. Ainsi faut-il faire entre voisins et anciens amys, *etc.* »

8. *Redoutant*.

9. *Compagnons*. Littéralement : *apôtres*.

qu'il avoit dict, et luy bailla une boette pleine de eu-
phorge[2] et de grains de coccognide[3] confictz en eau
ardente[4] en forme de composte[5], luy commandant la
porter à son roy et luy dire, que s'il en pouvoit manger une once sans boire, qu'il pourroit à luy résister
sans peur.

Adonc le prisonnier le supplia à joinctes mains que
à l'heure de sa bataille il eust de luy pitié. Dont luy
dist Pantagruel :

« Après que tu auras le tout annoncé à ton roy,
metz tout ton espoir en Dieu et il ne te délaissera
poinct; car de moy, encores que soye puissant, comme
tu peuz veoir, et aye gens infinitz en armes, toutesfoys je
n'espère en ma force ny en mon industrie, mais toute
ma fiance[6] est en Dieu, mon protecteur, lequel jamais
ne délaisse ceux qui en luy ont mis leur espoir et
pensée[7]. »

Ce faict, le prisonnier luy requist que touchant sa
ranson il luy voulut faire party raisonnable. A quoy
respondist Pantagruel que sa fin n'estoit de piller ny
ransonner les humains, mais de les enrichir et réformer
en liberté totalle :

« Va-t'en, (dist-il), en la paix du Dieu vivant, et ne
suiz jamais maulvaise compaignie, que malheur ne te
advienne. »

Le prisonnier party, Pantagruel dit à ses gens :

« Enfans, j'ay donné entendre à ce prisonnier que
nous avons armée sur mer, ensemble que nous ne leur
donnerons l'assault que jusques à demain sus le midy,
à celle fin que eulx, doubtant[8] la grande venue de
gens, ceste nuyct se occupent à mettre en ordre et soy
remparer; mais ce pendent mon intention est que
nous chargeons sur eulx environ l'heure du premier
somme. »

Laissons icy Pantagruel avec ses apostoles[9], et parlons
du roy Anarche et de son armée.

Quand le prisonnier feut arrivé, il se transporta vers le

10. *Entonnoir*.

11. *Pachas*. Cf. chap. xiv, *Comment Panurge racompte la manière comment il eschappa de la main des Turcqs*, note 18, p. 144.

12. Boire beaucoup, comme on le fait à la Saint-Martin, où l'on goûte le vin nouveau.

13. *Trinquer*.

14. *Bref.*

15. Le *poinçon* était un tonneau d'environ 178 litres.

16. Les femmes des lansquenets portent leurs petits paniers.

roy et luy conta comment estoit venu un grand géant, nommé Pantagruel, qui avoit desconfit et faict roustir cruellement tous les six cens cinquante et neuf chevaliers, et luy seul estoit saulvé pour en porter les nouvelles; davantaige, avoit charge dudict géant de luy dire qu'il luy aprestast au lendemain, sur le midy, à disner, car il délibéroit de le envahir à la dicte heure.

Puis luy bailla celle boete en laquelle estoient les confitures. Mais, tout soubdain qu'il en eut avallé une cueillerée, luy vint tel eschauffement de gorge, avecque ulcération de la luette, que la langue luy pela, et, pour remède qu'on luy feist, ne trouva allégement quelconques, sinon de boire sans rémission; car, incontinent qu'il ostoit le guobelet de la bouche, la langue luy brusloit. Par ce, l'on ne faisoit que luy entonner vin en gorge avec un embut[10].

Ce que voyans, ses capitaines, baschatz[11] et gens de garde, goustèrent desdictes drogues pour esprouver si elles estoient tant altératives; mais il leur en print comme à leur roy. Et tous flacconnèrent si bien que le bruyct vint par tout le camp comment le prisonnier estoit de retour, et qu'ilz debvoient avoir au lendemain l'assault, et que à ce jà se préparoit le roy et les capitaines, ensemble les gens de garde, et ce par boire à tyrelarigot. Par quoy un chascun de l'armée commencza martiner[12], chopiner et tringuer[13] de mesmes. Somme[14], ils beurent tant et tant qu'ilz s'endormirent comme porcs, sans ordre, parmy le camp.

Maintenant, retournons au bon Pantagruel, et racontons comment il se porta en cest affaire.

Partant du lieu du trophée, print le mast de leur navire en sa main comme un bourdon, et mist dedans la hune deux cens trente et sept poinsons[15] de vin blanc d'Anjou, du reste de Rouen, et atacha à sa ceincture la barque toute pleine de sel, aussi aisément comme les lansquenettes portent leurs petitz panerotz[16], et ainsi se mist en chemin avecques ses compaignons.

17. *Faites descendre.*

18. *A la Bretonne.* L'édition originale disait *à la Tudesque :* les Allemands et les Suisses étant réputés grands buveurs (cf. du Bellay, *Regrets,* et Montaigne, *Essais*).

19. *Gourde en cuir bouilli.*

20. *Fonds de tonneau.*

21. *Tirer au chevrotin,* c'est boire à même l'outre en peau de chèvre.

22. Le *lithontripon* (du grec λίθος, pierre, et τρίβειν, broyer) est un remède contre la gravelle.

23. Le *nephrocartaticon* (du grec νεφρὸς, rein, et καθαρτικός, purificateur) est un diurétique.

24. *Cotignac additionné de cantharide.* A la confiture de coing, il a été ajouté de l'extrait de cantharides (variété de coléoptère), dont les propriétés diurétiques étaient connues d'Hippocrate et de Galien. Réputé aussi comme aphrodisiaque.

25. *Grimpant.*

* Variante de la première édition : « *qui est plus espovantable que n'estoit celle de Stentor, qui fut ony par sur tout le bruyt de la bataille des Troyans* ».

Quand il fut près du camp des ennemys, Panurge luy dist :

« Seigneur, voulez-vous bien faire? Dévallez[17] ce vin blanc d'Anjou de la hune et beuvons icy à la bretesque[18]. »

A quoy condescendit volontiers Pantagruel, et beurent si net qu'il n'y demeura une seule goutte des deux cens trente et sept poinsons, excepté une ferrière[19] de cuir bouilly de Tours, que Panurge emplit pour soy, car il appelloit son *Vade mecum,* et quelques meschantes baissières[20] pour le vinaigre.

Après qu'ilz eurent bien tiré au chevrotin[21], Panurge donna manger à Pantagruel quelque diable de drogues, composées de lithontripon[22], nephrocatarticon[23], coudinac cantharidisé[24], et aultres espèces diuréticques. Ce faict, Pantagruel dist à Carpalim :

« Allez en la ville, gravant[25] comme un rat contre la muraille, comme bien sçavez faire, et leur dictes que à l'heure présente ilz sortent et donnent sur les ennemys tant roiddement qu'ilz pourront, et, ce dit, descendez, prenant une torche allumée avecques laquelle vous mettrez le feu dedans toutes les tentes et pavillons du camp; puys vous crierez tant que pourrez de vostre grosse voix*, et partez dudict camp.

— Voire mais, dist Carpalim, seroit-ce bon que encloasse toute leur artillerie?

— Non, non, dist Pantagruel, mais bien mettez le feu en leurs pouldres. »

A quoy obtempérant, Carpalim partit soubdain, et fist comme avoit esté decrété par Pantagruel, et sortirent de la ville tous les combatans qui y estoyent.

Et, alors que il eut mis le feu par les tentes et pavillons, passoit legièrement par sur eulx sans qu'ilz en sentissent rien, tant ilz ronfloyent et dormoyent parfondément. Il vint au lieu où estoit l'artillerie et mist le feu en leurs munitions, mais ce feust le dangier. Le feu feust si soubdain que il cuida embrazer le pauvre Carpalim, et, n'eust

26. *Au pays de Luçon.* Rabelais, on le sait, avait été moine à Fontenay-le-Comte, qui n'est pas loin de Luçon (Vendée).

27. Geste au réveil : comme on se frotte les yeux.

28. Pantagruel se comporte comme le diablotin des *Mystères*.

29. *La bouche bée*.

30. Il était question d'une jument gigantesque dans les *Grandes Cronicques*. Rabelais mettra en scène la jument de Gargantua au chapitre XXXVI du *Gargantua :* « Cependant sa jument pissa pour se lascher le ventre; mais ce fut en telle abondance qu'elle en feist sept lieues de déluge, et dériva tout le pissat au gué de Vède, et tant l'enfla devers le fil de l'eau que toute ceste bande des ennemys furent en grand horreur noyez... »

31. Ovide (*Métamorphoses*) a conté ce déluge, auquel échappèrent seulement Deucalion et Pyrrha, qui repeuplèrent la terre en lançant des cailloux derrière l'épaule.

32. *Le Danube*.

33. *Protée,* dieu marin, qui pouvait changer de forme à son gré (cf. Virgile, *Géorgiques,* chant IV).

esté sa merveilleuse hastiveté, il estoit fricassé comme un cochon; mais il départit si roidement q'un quarreau d'arbaleste ne vole pas plus tost.

Quand il feut hors des tranchées, il s'escria si espoventablement qu'il sembloit que tous les diables feussent deschainez. Auquel son s'esveillèrent les ennemys, mais sçavez-vous comment? Aussi estourdis que le premier son de matines, qu'on appelle en Lussonnoys[26] *frotte-couille*[27].

Ce pendent Pantagruel commença semer le sel[28] qu'il avoit en sa barque, et, parce qu'ilz dormoyent la gueulle baye[29] et ouverte, il leur en remplit tout le gouzier, tant que ces pauvres haires toussissoient comme regnards, crians : « Ha Pantagruel, tant tu nous chauffes le tizon! » Soubdain print envie à Pantagruel de pisser, à cause des drogues que luy avoit baillé Panurge, et pissa parmy leur camp, si bien et copieusement qu'il les noya tous; et y eut déluge particulier dix lieues à la ronde. Et dist l'histoire que, si la grand jument[30] de son père y eust esté et pissé pareillement, qu'il y eust eu déluge plus énorme que celluy de Deucalion[31] : car elle ne pissoit foys qu'elle ne fist une rivière plus grande que n'est le Rosne et le Danouble[32].

Ce que voyans, ceulx qui estoient yssuz de la ville disoient : « Ilz sont tous mors cruellement, voyez le sang courir. » Mais ilz estoient trompez, pensans de l'urine de Pantagruel, que feust le sang des ennemys : car ilz ne veoyent sinon au lustre du feu des pavillons, et quelque peu de clarté de la Lune.

Les ennemys, après soy estre réveillez, voyans d'un cousté le feu en leur camp, et l'inundation et déluge urinal, ne sçavoyent que dire ny que penser. Aulcuns disoient que c'estoit la fin du monde et le jugement final, qui doibt estre consommé par feu : les aultres, que les dieux marins Neptune, Protheus[33], Tritous, aultres, les persécutoient, et que, de faict, c'estoit eaue marine et salée.

34. Parodie de l'épopée. L'*Iliade*, l'*Énéide* et leurs imitations modernes contiennent des invocations aux Muses.

35. *Le pont aux ânes* : L'épreuve probatoire que tous doivent surmonter.

36. Le *trébuchet* est une sorte de balance utilisée par les changeurs pour peser (et contrôler) les pièces de monnaie.

37. *Plût au Ciel que...*

38. Dès le *Prologue*, Rabelais a insisté plaisamment sur l'authenticité de ses contes.

1. La parodie de l'*Énéide* se confirme. Lors de l'incendie de Troie par les Grecs, Énée emporte sur ses épaules son père Anchise (cf. *Énéiae*, chant II). Scarron traduit la scène en vers burlesques :

> *Quoique j'eusse l'échine forte,*
> *Mon bon père à la chèvre morte*
> *Ne put sur mon dos s'ajuster...*

(Énéide travestie)

Les Dipsodes, moins ingénieux qu'Énée, revu par Scarron, ne pensent pas à charger Anarche dans une hotte.

2. L'escrime à la française, moins subtile que l'italienne. Dans la seconde moitié du XVIᵉ s. de nombreux gentils-hommes français viendront apprendre l'escrime à Rome (cf. Montaigne, *Journal de voyage*).

3. David tua le géant Goliath d'un coup de fronde (*Rois*, I, 17), bien qu'il ne fût encore qu'un jeune berger, ce que Rabelais commente librement dans l'édition originale.

O qui pourra maintenant racompter comment se porta Pantagruel contre les troys cens géans? O ma muse! ma Calliope, ma Thalie[34], inspire-moy à ceste. heure! restaure-moy mes esperitz, car voicy le pont aux asnes[35] de Logicque, voicy le trébuchet[36], voicy la difficulté de pouvoir exprimer l'horrible bataille qui fut faicte. A la mienne volunté[37] que je eusse maintenant un boucal du meilleur vin que beurent oncques ceux qui liront ceste histoire tant véridicque[38]!

CHAPITRE XXIX

Comment Pantagruel deffit les troys cens
géans armez de pierres de taille,
et Loup Garou leur capitaine.

LES géans, voyans que tout leur camp estoit noyé, emportèrent leur Roy Anarche à leur col, le mieulx qu'ilz peurent, hors du fort, comme fist Énéas son père Anchises de la conflagration de Troye[1]. Lesquelz quand Panurge apperceut, dist à Pantagruel : « Seigneur, voyez là les géans qui sont yssus : donnez dessus à vostre mast, gualantement à la ville escrime[2]. Car c'est à ceste heure qu'il se fault monstrer homme de bien. Et, de nostre cousté, nous ne vous fauldrons. Et hardiment, que je vous en tueray beaucoup. Car quoy? David tua bien Goliath facillement[3]. Et puis ce gros paillard Eusthenes, qui est fort comme quatre beufz, ne s'i espargnera. Prenez couraige, chocquez à travers d'estoc et de taille. » Or dist Pantagruel : « De couraige, j'en ay pour plus de cinquante francs. Mais quoy? Hercules ne ausa jamais entreprendre contre deux. — C'est, dist Panurge, bien

4. *Paillards de plat pays* : paillards de plaine, interpellation injurieuse.

5. *Par Mahomet.* Les géants, comme tous les païens, invoquent Mahomet dans les Chansons de geste, que Rabelais imite dans ce passage.

6. Panurge, comme les gueux de la Cour des Miracles, cherche à attirer la pitié par des feintes infirmités. Les symptômes (contorsions de la bouche, doigts en griffe, laryngite) évoquent en fait certaines formes de lèpre, confondues à l'époque avec la syphilis. (Cf. *Revue des études rabelaisiennes,* VIII, 212).

7. *Je renie Dieu!*

8. On attribuait des *Chroniques* à Turpin, le compagnon de Roland. Une édition de cette *Chronique* légendaire fut réimprimée à Paris en 1527.

9. La légende de saint Nicolas et de ses miracles était très populaire.

10. Les *contes de la Cigogne,* comme les contes du *Vieux Loup* ou de *Ma mère l'oye* alimentaient les ouvrages vendus par les colporteurs.

11. *Massue.*

12. Les *Chalybes,* peuple du Pont, étaient célèbres dans l'Antiquité comme forgerons. (Cf. Virgile, *Géorgiques* I, 57.)

13. *Marie,* la grosse cloche de Notre-Dame : 12 500 kg.

14. Couteaux très effilés destinés à essoriller les voleurs.

15. *Ni plus ni moins.* Rabelais affecte un souci de précision qui est comique en raison de l'énormité de la massue.

chié en mon nez; vous comparez-vous à Hercules? Vous avez, par Dieu, plus de force aux dentz, et plus de sens au cul, que n'eut jamais Hercules en tout son corps et âme. Autant vault l'homme comme il s'estime. »

Eulx disans ces parolles, voicy arriver Loup Garou, avecques tous ses Géans; lequel, voyant Pantagruel seul, feut esprins de témérité et oultrecuidance, par espoir qu'il avoit d'occire le pauvre bon hommet, dont dict à ses compaignons Géans : « Paillars de plat pays[4], par Mahom[5], si aulcun de vous entreprent combatre contre ceulx-cy, je vous feray mourir cruellement. Je veulx que me laissiez combatre seul : ce pendent vous aurez vostre passe-temps à nous regarder. » Adonc se retirèrent tous les Géans avec leur Roy là auprès, où estoient les flaccons, et Panurge et ses compaignons avecques eulx, qui contrefaisoit ceulx qui ont eu la vérolle[6], car il tordoit la gueulle et retiroit les doigtz; et, en parolle enrouée, leur dist : « Je renie bieu[7], compaignons, nous ne faisons poinct la guerre. Donnez-nous à repaistre avecques vous, ce pendent que nos maistres s'entrebatent. » A quoy voluntiers le Roy et les Géans consentirent, et les firent bancqueter avecques eulx.

Ce pendent Panurge leur contoit les fables de Turpin[8], les exemples de sainct Nicolas[9], et le conte de la Ciguoingne[10].

Loup Garou doncques s'adressa à Pantagruel avec une masse[11] toute d'acier, pesante neuf mille sept cens quintaulx deux quarterons, d'acier de Calibes[12], au bout de laquelle estoient trèze poinctes de dyamans, dont la moindre estoit aussi grosse comme la plus grande cloche[13] de Nostre-Dame de Paris (il s'en failloit par adventure l'espesseur d'un ongle, ou au plus, que je ne mente, d'un doz de ces cousteaulx qu'on appelle *couppe-aureille*[14]; mais pour un petit, ne avant ne arrière[15]); et estoit phée, en manière que jamais ne pouvoit rompre, mais au contraire, tout ce qu'il en touchoit rompoit incontinent.

16. *Mon sauveur*.

17. *Sauf s'il s'agit de la Foi qui est ton affaire particulière*.

18. Dans tout ce passage, Rabelais attaque les théologiens qui ont surchargé l'Évangile, mais n'encourage pas non plus la Réforme. Il se comporte en humaniste et en évangéliste : « je feray prescher ton Sainct Evangile purement, simplement et entièrement ».

19. *Beaucoup plus*.

20. L'ange du Seigneur (*Livre des Rois*, IV, 19, 35) extermine pendant la nuit 185 000 soldats du roi assyrien Sennachérib.

21. Faux dévots comme les cagots et les torticolis. Cf. aussi Marot, *Épître du coq à l'âne* : « Il fait bon estre papelard. »

22. Ces *constitutions humaines et inventions dépravées* sont les textes et règlements introduits par la Papauté et les conciles. Érasme distingue, lui aussi, la leçon divine des inventions humaines.

23. Parodie du miracle de Constantin et de la prédiction reproduite sur son étendard : « Sous ce signe (la Croix) tu vaincras. »

24. Le *minot* contenait environ 40 litres.

Ainsi doncques, comme il approuchoit en grande fierté, Pantagruel, jectant ses yeulx au ciel, se recommanda à Dieu de bien bon cueur, faisant veu tel comme s'ensuyt : « Seigneur Dieu, qui tousjours as esté mon protecteur et mon servateur[16], tu vois la destresse en laquelle je suis maintenant. Rien icy ne me amène, sinon zèle naturel, ainsi comme tu as octroyé ès humains de garder et défendre soy, leurs femmes, enfans, pays et famille, en cas que ne seroit ton négoce propre qui est la foy[17] : car en tel affaire tu ne veulx coadjuteur, sinon de confession catholicque et service de la parolle[18]; et nous as défendu toutes armes et défences, car tu es le Tout-Puissant, qui, en ton affaire propre, et où ta cause propre est tirée en action, te peulx défendre trop plus[19] qu'on ne sçauroit estimer, toy qui as mille milliers de centaines de milions de légions d'anges, duquel le moindre peut occire tous les humains, et tourner le ciel et la terre à son plaisir, comme jadys bien apparut en l'armée de Sennachérib[20]. Doncques, s'il te plaist à ceste heure me estre en ayde, comme en toy seul est ma totale confiance et espoir, je te fais veu que, par toutes contrées tant de ce pays de Utopie que d'ailleurs, où je auray puissance et auctorité, je feray prescher ton sainct Évangile purement, simplement et entièrement; si que les abus d'un tas de papelars[21] et faulx prophètes, qui ont par constitutions humaines[22] et inventions dépravées envenimé tout le monde, seront d'entour moy exterminez. »

Alors feut ouye une voix du ciel, disant : « *Hoc fac et vinces*[23] »; c'est-à-dire : « Fais ainsi, et tu auras victoire. »

Puys, voyant Pantagruel que Loup Garou approchoit la gueulle ouverte, vint contre luy hardiment, et s'escrya tant qu'il peut : « A mort, ribault! à mort! », pour luy faire paour, selon la discipline des Lacédémoniens, par son horrible cry. Puis luy getta de sa barque qu'il portoit à sa ceincture, plus de dix et huyct cacques et un minot[24] de sel, dont il luy emplit et gorge, et gou-

25. *Recula*.

26. *Quatre-vingts*.

27. *Galantement* : vigoureusement.

28. Pantagruel lève son mât au-dessus de l'épaule gauche, pour en frapper comme d'une hache, par le tranchant.

29. *Un coup de pointe*.

30. *Redoubler au couloir :* terme d'escrime, dégager.

31. *La rate*.

32. *Passait son temps*.

33. *Faire tomber*.

34. Comme un fondeur, dont la cloche se brise au sortir du moule.

zier, et le nez, et les yeulx. De ce irrité, Loup Garou luy
lancea un coup de sa masse, luy voulant rompre la cer-
velle; mais Pantagruel feut habille, et eut tousjours bon
pied et bon œil; par ce, démarcha[25] du pied gauche un
pas arrière; mais il ne sceut si bien faire que le coup ne
tumbast sur la barque, laquelle rompit en quatre mille
octante[26] et six pièces, et versa la reste du sel en terre.

Quoy voyant, Pantagruel gualentement[27] ses bras
desplie, et, comme est l'art de la hasche, luy donna du
gros bout sur son mast en estoc, au dessus de la mam-
melle, et, retirant le coup à gauche en taillade[28], luy
frappa entre col et collet; puis, avanceant le pied droict,
luy donna sur les couillons un pic[29] du hault bout de son
mast, à quoy rompit la hune, et versa troys ou quatre
poinsons de vin qui estoient de reste. Dont Loup Garou
pensa qu'il luy eust incisé la vessie, et du vin que ce
feust son urine qui en sortist.

De ce non contant, Pantagruel vouloit redoubler au
coulouoir[30]; mais Loup Garou, haussant sa masse,
avancea son pas sur luy, et de toute sa force la vouloit
enfoncer sur Pantagruel. De faict, en donna si vertement
que, si Dieu n'eust secouru le bon Pantagruel, il l'eust
fendu despuis le sommet de la teste jusques au fond de
la ratelle[31], mais le coup déclina à droict par la brusque
hastiveté de Pantagruel; et entra sa masse plus de
soixante et treize piedz en terre, à travers un gros rochier, dont il feist sortir le feu plus gros que neuf
mille six tonneaux.

Voyant Pantagruel qu'il s'amusoit[32] à tirer sa dicte
masse, qui tenoit en terre entre le roc, luy court sus, et
luy vouloit avaller[33] la teste tout net; mais son mast, de
male fortune, toucha un peu au fust de la masse de
Loup Garou, qui estoit phée (comme nous avons dict
devant) : par ce moyen, son mast luy rompit à troys
doigtz de la poignée. Dont il feut plus estonné qu'un
fondeur de cloches[34] et s'escria : « « Ha, Panurge, où
es-tu? » Ce que ouyant Panurge, dict au Roy et aux

35. *Si on ne les sépare pas.*
36. Juron forgé sur le nom commun goinfre : *Par le goinfre, neveu de Mahomet...*
37. Mot languedocien pour ch...
38. *Privé.*
39. *A tort et à travers.*
40. *Frapper.*
41. *Vif à remuer.*
42. *Évitait.*
43. *Les jambes en l'air.*
44. *Malheur.*

Géans : « Par Dieu! ilz se feront mal, qui[35] ne les départira. » Mais les Géans estoient aises comme s'ilz feussent de nopces. Lors Carpalim se voulut lever de là pour secourir son maistre, mais un Géant lui dist : « Par Golfarin[36], nepveu de Mahon, si tu bouges d'icy, je te mettray au fond de mes chausses, comme on faict d'un suppositoire; aussi bien suis je constipé du ventre, et ne péulx guères bien *cagar*[37], sinon à force de grincer les dentz. »

Puis Pantagruel, ainsi destitué[38] de baston, reprint le bout de son mast, en frappant torche lorgne[39] dessus le Géant; mais il ne luy faisoit mal en plus que feriez baillant une chicquenaude sus un enclume de forgeron. Ce pendent Loup Garou tiroit de terre sa masse, et l'avoit ja tirée, et la paroit pour en férir[40] Pantagruel, qui estoit soubdain au remuement[41] et déclinoit[42] tous ses coups, jusques à ce qu'une foys, voyant que Loup Garou le menassoit, disant : « Meschant, à ceste heure te hascheray-je comme chair à pastez; jamais tu ne altèreras les pauvres gens », Pantagruel le frappa du pied un si grand coup contre le ventre, qu'il le getta en arrière à jambes rebindaines[43], et vous le trainnoyt ainsi à l'escorche-cul plus d'un traict d'arc. Et Loup Garou s'escrioit, rendant le sang par la gorge : « Mahon! Mahon! Mahon! » A quelle voix se levèrent tous les Géans pour le secourir. Mais Panurge leur dist : « Messieurs, n'y alez pas, si m'en croyez : car nostre maistre est fol, et frappe à tors et à travers, et ne regarde poinct où. Il vous donnera malencontre[44]. Mais les Géans n'en tindrent compte, voyant que Pantagruel estoit sans baston.

Lors que approcher les veid, Pantagruel print Loup Garou par les deux piedz, et son corps leva comme une picque en l'air, et, d'icelluy armé d'enclumes, frappoit parmy ces Géans armez de pierres de taille, et les abbatoit comme un masson faict de couppeaulx, que nul arrestoit devant luy qu'il ne ruast par terre, d'ont, à la rupture de ces harnoys pierreux, feut faict un si horrible

45. La *Tour de beurre* était ainsi appelée parce qu'elle avait été construite, partiellement, avec l'argent versé par les fidèles pour avoir le droit de manger du beurre en Carême. Celle qui *fondit* à la cathédrale de Bourges, en décembre 1506, précéda la véritable *tour de beurre,* construite de 1508 à 1525. L'une des tours de la cathédrale de Rouen s'appelle encore « Tour de beurre ».

46. *Riflandouille :* ce nom burlesque figure déjà dans les *Mystères.* On le retrouvera parmi les capitaines mandés par Pantagruel pour combattre les Andouilles : Riflandouille comme Tailleboudin sont « coronels » des navires. (*Quart Livre,* chap. xxxvii).

47. Jeu de mots. *Appareil* signifie à la fois équipement militaire et genre de taille de la pierre.

48. Grès très dur par opposition au *tuf* et à l'*ardoise,* beaucoup plus friables.

49. La grand-place.

50. Les *canepetières* figurent dans le festin que donne Grandgousier au chap. xxxvii du *Gargantua.*

1. *Tête coupée.* C'est un nouvel exemple de *contrepèterie,* jeu de mots fort en vogue à l'époque de Rabelais, et dont les chansonniers d'aujourd'hui usent encore pour des effets burlesques.

2. *Déconfiture des géants.* Les seules victimes des géants sont Epistémon et Eusthenes, ce dernier s'en tirant avec des égratignures *(le visaige... égraphiné).*

tumulte qu'il me souvint quand la grosse tour de beurre, qui estoit à Sainct Estienne de Bourges, fondit au soleil[45].

Panurge, ensemble Carpalim et Eusthenes, ce pendent esgorgetoyent ceulx qui estoyent portez par terre.

Faictez vostre compte qu'il n'en eschappa un seul, et, à veoir Pantagruel, sembloit un fauscheur qui de sa faulx, (c'estoit Loup Garou), abbatoit l'herbe d'un pré (c'estoyent les Géans); mais à ceste escrime Loup Garou perdit la teste. Ce feut quand Pantagruel en abbatit un qui avoit nom Rifl'Andouille[46], qui estoit armé à hault appareil[47], c'estoit de pierres de gryson[48], dont un esclat couppa la gorge tout oultre à Epistémon; car aultrement la plus part d'entre eulx estoyent armez à la légière, c'estoit de pierre de tuffe, et les aultres de pierre ardoyzine.

Finablement, voyant que tous estoient mors, getta le corps de Loup Garou tant qu'il peut contre la ville, et tomba comme une grenoille sus ventre en la place mage[49] de ladicte ville, et en tombant du coup tua un chat bruslé, une chatte mouillée, une canne petière[50], et un oyson bridé.

CHAPITRE XXX

Comment Epistémon, qui avoit la couppe testée[1],
fut guéry habillement par Panurge,
et des nouvelles des diables et des damnez.

CESTE desconfite gigantele[2] parachevée, Pantagruel se retira au lieu des flaccons, et appella Panurge et les

3. *Qui ne comparaissait point.*

4. *Vraiment...*

5. *Complètement.*

6. *Enlevé.*

7. *Trompeur*

8. *Ce qui est la gageure d'un fou.*

9. L'édition originale se contentait de *poudre d'aloès*. La poudre de *diamerdis* ou d'*oribus* (cf. *Prologue*, n. 14, p. 22) souligne le caractère facétieux de cette résurrection. La parodie vise autant les romans de chevalerie que les textes sacrés.

10. *Poches.*

11. *Torticolis* désigne les hypocrites, qui baissent toujours la tête en affectant la dévotion. Dans *Gargantua*, Rabelais les appelle *torcoulx* (chap. LIV).

12. *Des points d'aiguille.*

13. *Bâiller.*

aultres, lesquelz se rendirent à luy sains et saulves, excepté Eusthenes, lequel un des Géans avoit égraphiné quelque peu au visaige, ainsi qu'il l'esgorgetoit, et Epistémon, qui ne se comparoit[3] poinct, dont Pantagruel fut si dolent qu'il se voulut tuer soy-mesmes. Mais Panurge luy dict : « Dea[4], seigneur, attendez un peu, et nous le chercherons entre les mors, et voirons la vérité du tout[5]. » Ainsi doncques comme ilz cherchoyent, ilz le trouvèrent tout roidde mort, et sa teste entre ses bras toute sanglante.

Lors Eusthenes s'écria : « Ha! male mort, nous as tu tollu[6] le plus parfaict des hommes! » A laquelle voix se leva Pantagruel, au plus grand dueil qu'on veit jamais au monde. Et dist à Panurge : « Ha! mon amy, l'auspice de vos deux verres et du fust de javeline estoyt bien par trop fallace[7]! » Mais Panurge dist : « Enfans, ne pleurez goutte, il est encòres tout chault, je vous le guériray aussi sain qu'il fut jamais. » Ce disant, print la teste, et la tint suɳ sa braguette chauldement, affin qu'elle ne print vent. Eusthenes et Carpalim portèrent le corps au lieu où ilz avoient bancquetté, non par espoir que jamais guérist, mais affin que Pantagruel le veist. Toutesfoys, Panurge le réconfortoit, disant : « Si je ne le guéry, je veulx perdre la teste (qui est le gaige d'un fol[8]); laissez ces pleurs et me aydez. » Adoncq, nectoya très bien de beau vin blanc le col, et puis la teste, et y synapiza de pouldre de diamerdis[9], qu'il portoit tousjours en une de ses fasques[10]; après les oignit de je ne sçay quel oingnement, et les afusta justement, veine contre veine, nerf contre nerf, spondyle contre spondyle, affin qu'il ne feust tortycolly[11] (car telles gens il hayssoit de mort). Ce faict, luy fist à l'entour quinze ou seize poincts de agueille[12], affin qu'elle ne tumbast de rechief; puis mist à l'entour un peu d'un unguent qu'il appelloit resuscitatif.

Soubdain Epistémon commença respirer, puis ouvrir les yeulx, puis baisler[13], puis esternuer, puis fist un

14. *Une rôtie sucrée,* pour le réconforter. Sganarelle (*Le médecin malgré lui,* acte II. sc. 4) prescrit comme remède « quantité de pain trempé dans du vin ». Les rôties sucrées ou miellées, trempées dans le vin ou le cidre, sont encore d'usage dans les campagnes.

15. L'évocation (sérieuse) des Enfers est un thème de l'épopée antique : dans l'*Odyssée,* Ulysse attire les ombres par un sacrifice et dans l'*Enéide* (chant VI), Enée descend lui-même aux Champs Elysées. Les parodies, agrémentées de satires morales, ne tardèrent pas. Lucien dans les *Dialogues des morts,* et surtout dans *Menippus seu Necyomantia,* montre les renversements de fortune aux Enfers, les rois les plus glorieux devenant mendiants ou petits artisans.

16. On vendait la moutarde à la criée dans les rues.

17. Romulus, le fondateur de Rome, était saunier, vendeur de sel.

18. *Cloutier.*

19. *Avare.* L'épithète a été choisie pour le jeu de mots.

20. On ne voit pas la raison de qualifier *Pison* de *paysan,* sauf pour faire un jeu de mots.

21. *Batelier.*

22. *Miroitier.*

23. Brutus et Cassius, les assassins de César, sont arpenteurs.

24. *Attise-feu,* c.-à-d. aide-forgeron.

25. Sans doute Fabius Cunctator, l'adversaire d'Hannibal. Il enfile des chapelets.

26. *Lèche-poêle,* glouton.

gros pet de mesnage. Dont dist Panurge : « A ceste heure est-il guéry asseurément. » Et luy bailla à boire un voirre d'un grand villain vin blanc avecques une roustie succrée[14]. En ceste faczon feust Epistémon guéry habillement, excepté qu'il feut enroué plus de troys sepmaines, et eut une toux seiche, dont il ne peust oncques guérir, sinon à force de boire.

Et là commencza à parler, disant qu'il avoit veu les diables, avoit parlé à Lucifer familièrement, et fait grand chère en enfer et par les Champs Elisées. Et asseuroit devant tous que les diables estoyent bons compaignons. Au regard des damnez, il dist qu'il estoit bien marry de ce que Panurge l'avoit si tost révocqué en vie : « Car je prenois, dist-il, un singulier passetemps à les veoir. — Comment? dist Pantagruel. — L'on ne les traicte, dist Epistémon, si mal que vous penseriez : mais leur estat est changé en estrange façon[15]. Car je veis Alexandre le Grand qui repetassoit de vieilles chausses, et ainsi gaignoit sa pauvre vie.

Xercès crioit la moustarde[16],
Romule estoit saulnier[17],
Numa, clouatier[18],
Tarquin, tacquin[19],
Piso[20], paisant,
Sylla, riveran[21],
Cyre estoit vachier,
Thémistocles, verrier,
Epaminondas, myrallier[22],
Brute et Cassie, agrimenseurs[23],
Démosthènes, vigneron,
Cicéron, atize-feu[24],
Fabie, enfileur de patenostres[25],
Artaxercès, cordier,
Enéas, meusnier,

Achilles, teigneux,
Agamenon, lichecasse[26],

27. Le *harpailleur* ou *orpailleur* tamise les sables aurifères des fleuves.

28. Darius, le vénérable roi de Perse, est vidangeur.

29. Ancus Martius, le quatrième roi de Rome, est calfat.

30. Camille, qui délivra Rome des Gaulois, est faiseur de galoches.

31. Le vainqueur de Syracuse (ou le neveu d'Auguste?) est écosseur de fèves.

32. Drusus, beau-fils d'Auguste, *fanfaron* ou (proprement) : casseur d'amandes.

33. Les fabricants de vinaigre achetaient la lie de vin, en criant dans les rues.

34. *Coquetier.*

35. *Chiffons.*

36. *Equarrisseur.*

37. Les divers fleuves des Enfers dans la mythologie.

38. Jusqu'à la fin du XVIIIᵉ s. les barques de Lyon étaient parfois conduites par des femmes.

39. Pain *moisi*. Les douze pairs de France reçoivent des soufflets (*plameuses*), des chiquenaudes et des nasardes (*alouettes*).

40. L'empereur Commode, fabricant de menus objets en *jais*.

41. L'Empereur Pertinax, écaleur de noix (pour faire de l'huile).

42. Lucullus, célèbre par son amour du luxe et des festins, est rôtisseur.

43. Justinien, bimbelotier.

44. Hector, le héros troyen, est gâte-sauce.

45. Le beau Pâris, séducteur d'Hélène, est un gueux en loques.

46. Cambyse, le roi de Perse, père de Cyrus.

47. Il a été question de *Fierabras* dans l'énumération des « livres de haulte fustaye » (*Prologue*). Rabelais mêle plaisamment les personnages illustres de l'Antiquité et les héros imaginaires des *Chansons de geste*.

48. *Vin tourné.*

Ulysses, fauscheur,

Nestor, harpailleur[27],

Darie, cureur de retraictz[28],

Ancus Martius, gallefretier[29],

Camillus, gallochier[30],

Marcellus[31], esgousseur de febves,

Drusus, trinquamolle[32],

Scipion Africain cryoit la lye en un sabot[33],

Asdrubal estoit lanternier,

Hannibal, cocquassier[34],

Priam vendoit les vieux drapeaulx[35],

Lancelot du Lac estoit escorcheur[36] de chevaulx mors.

« Tous les chevaliers de la Table Ronde estoyent pauvres gaingnedeniers, tirans la rame pour passer les rivières de Coccyte, Phlégéton, Styx, Achéron et Léthé[37], quand Messieurs les diables se voulent esbatre sur l'eau, comme sont les bastelières de Lyon[38] et gondoliers de Venise. Mais, pour chascune passade, ilz ne ont que une nazarde, et, sur le soir, quelque morceau de pain chaumeny[39],

Trajan estoit pescheur de grenoilles,

Antonin, lacquays,

Commode, gayetier[40],

Pertinax, eschalleur de noys[41],

Luculle, grillotier[42],

Justinian, bimbelotier[43],

Hector estoit fripe-saulce[44],

Paris estoit pauvre loqueteux[45],

Achilles, boteleur de foin,

Cambyses[46], mulletier,

Artaxercès, escumeur de potz,

Néron estoit vielleux, et Fierabras[47] son varlet; mais il luy faisoit mille maulx, et luy faisoit manger le pain bis, et boire vin poulsé[48]; luy, mangeoit et beuvoit du meilleur.

Julles César et Pompée estoient guoildronneurs de navires,

49. Les héros d'un roman de colportage (cf. chap. xxiv) sont *racle-tourets,* c.-à-d. garçons de bains chargés de nettoyer les masques que portaient les dames.

50. Personnages de roman. Gauvain est le modèle des preux dans les *Romans de la Table ronde.*

51. Il a été déjà question de Geoffroy de Lusignan, dit *à la grand dent,* et de son tombeau à Maillezais (chap. v.).

52. Godefroy de Bouillon, fabricant de *dominos.*

53. Marguillier, sonneur de cloches; à moins que le mot ne s'apparente à *manille* (terme d'argot ancien?) en son sens d'anneau de forçat (cf. *manicle*).

54. Pierre le Cruel, roi de Castille (cf. chap. xv) porteur de fausses bulles ou de fausses reliques : escroc à la piété.

55. Héros d'un roman de chevalerie, *Morgant* ou *Morguan* fait partie de la généalogie fantaisiste de Pantagruel (cf. chap. i). Rabelais le montre jouant aux dés avec ses bésicles.

56. L'un des plus célèbres héros des romans de chevalerie (cf. *Prologue*).

57. *Souillon de cuisine.*

58. Antiochus, roi de Syrie.

59. Romulus, qui au début de l'énumération était saunier, est maintenant rapetasseur de chaussures grossières.

60. Octavien Auguste, qui conseille (cf. chap. vi) d'éviter les « mots épaves ».

61. *Palefrenier.*

62. Le pape Jules II régna de 1503 à 1513 et fut un adversaire de la politique française. Raphaël l'a peint avec sa *bougresse* de barbe. La présence des papes dans cette énumération burlesque prouve l'intention satirique contre Rome.

63. Personnage d'un roman qui porte son nom.

64. Le roi Arthur.

65. *Perceforêt,* surnom du roi légendaire Béthis, qui est porteur de hotte ou de fagots.

66. Boniface VIII, pape de 1294 à 1303, l'adversaire de Philippe le Bel.

67. Nicolas III, pape de 1277 à 1280.

68. Alexandre VI, né Borgia, pape de 1492 à 1503, avait une réputation d'empoisonneur.

69. Sixte IV, pape de 1471 à 1484, constructeur de la chapelle Sixtine, est déjà ridiculisé au chapitre xvii. Panurge prétend avoir reçu de lui quinze cents livres de rente pour sa guérison.

70. *Par le corps Dieu!*

71. *Le détroit de Gibraltar,* que les Anciens appelaient les colonnes d'Hercule, les bornes (*bondes*) du monde.

Valentin et Orson[49] servoient aux estuves d'enfer, et estoient ragle-torelz,

Giglan et Gauvain[50] estoient pauvres porchiers,

Geoffroy à la grand den estoit allumetier[51],

Godeffroy de Billon[52], dominotier,

Jason estoit manillier[53],

Don Piètre de Castille[54], porteur de rogatons,

Morgant, brasseur de byère[55],

Huon de Bordeaulx[56] estoit relieur de tonneaulx,

Pyrrhus, souillart de cuysine[57],

Antioche[58] estoit rammonneur de cheminées,

Romule estoit rataconneur de bobelins[59],

Octavian[60], ratisseur de papier,

Nerva, housse paillier[61],

Le pape Jules[62], crieur de petitz pastez; mais il ne portoit plus sa grande et bougrisque barbe,

Jan de Paris[63] estoit gresseur de bottes,

Artus de Bretaigne[64], dégesseur de bonnetz,

Perceforest, porteur de coustretz[65],

Boniface pape huytiesme[66] estoit escumeur de marmites,

Nicolas pape tiers[67] estoit papetier,

Le pape Alexandre[68] estoit preneur de ratz,

Le pape Sixte, gresseur de verolle[69].

— Comment! dist Pantagruel, y a-il des verollez de par delà?

— Certes, dist Epistémon, je n'en veiz oncques tant; il y en a plus de cent millions. Car croyez que ceux qui n'ont eu la verolle en ce monde-cy l'ont en l'aultre.

— Cor Dieu[70], dist Panurge, j'en suis doncques quite; car je y ai esté jusques au trou de Gylbathar[71], et remply les bondes de Hercules, et ay abatu des plus meures!

— Ogier le Dannoys[72] estoit frobisseur de harnoys,

Le roy Tigranes[73] estoit recouvreur,

Galien Restauré[74], preneur de taulpes,

Les quatre fils Aymon, arracheurs de dentz,

72. Héros d'une chanson de geste, dont on voyait encore le tombeau à Saint-Faron de Meaux du temps de Montaigne (cf. *Journal de voyage*).

73. L'ex-roi d'Arménie, Tigrane, est couvreur.

74. *Galien restauré* est un roman du début du XVIe s., dont le héros Galien veut restaurer la chevalerie en France.

75.. Le pape Calixte III (Alphonse Borgia), pape de 1455 à 1458, est cité par Villon dans la *Ballade des seigneurs du temps jadis*. Rabelais lui donne le métier de barbier du sexe féminin.

76. Héroïne d'un remaniement populaire du roman *Le Chevalier au Cygne*.

77. *Courtière,* entremetteuse.

78. *Champignons.*

79. Penthésilée, reine des Amazones.

80. Lucrèce (la vierge romaine violée par Tarquin), infirmière d'hôpital.

81. Hortensia, fille d'Hortensius, le rival de Cicéron en éloquence.

82. La femme de l'Empereur Auguste, racleuse de vert-de-gris. On emploie encore le *vèrdet* pour traiter la vigne.

83. Epictète, esclave, convertit son maître Marc-Aurèle au stoïcisme. Aux Enfers, il vit en épicurien. De même, le philosophe cynique Diogène, que la légende représente comme un mendiant, logeant dans un tonneau, vit comme un roi aux Enfers. Dans tout le passage, Rabelais se souvient des *dialogues* satiriques de Lucien.

84. Cyrus, l'un des conquérants de l'Asie, le rival en opulence de Crésus et son vainqueur.

Le pape Calixte[75] estoit barbier de maujoinct,
Le pape Urbain, croquelardon,
Mélusine estoit souillarde de cuysine,
Matabrune[76], lavandière de buées,
Cléopatra, revenderesse d'oignons,
Hélène, courratière[77] de chamberières,
Sémyramis, espoullieresse de bélistres,
Dido vendoit des mousserons[78],
Panthasilée[79] estoit cressonnière,
Lucresse, hospitalière[80],
Hortensia[81], filandière,
Livie[82], racleresse de verdet,

« En ceste façon, ceulx qui avoient esté gros seigneurs en ce monde icy, guaingnoyent leur pauvre meschante et paillarde vie là-bas. Au contraire, les philosophes, et ceulx qui avoient esté indigens en ce monde, de par delà estoient gros seigneurs en leur tour.

« Je veiz Diogenes qui se prélassoit en magnificence, avec une grand robbe de poulpre, et un sceptre en sa dextre; et faisoit enrager Alexandre le Grand, quand il n'avoit bien repetassé ses chausses, et le payoit en grands coups de baston.

« Je veiz Epictète[83] vestu gualentement à la Françoyse, soubz une belle armée, avecques force damoizelles, se rigolant, beuvant, dansant, faisant en tous cas grande chère, et auprès de luy force escuz au soleil. Au dessus de la treille estoient pour sa devise ces vers escriptz :

Saulter, dancer, faire les tours,
Et boyre vin blanc et vermeil,
Et ne faire rien tous les jours
Que compter escuz au soleil.

« Lors, quand me veit, il me invita à boire avecques luy courtoisement, ce que je feiz voluntiers, et chopinasmes théologalement. Ce pendent vint Cyre[84] luy

85. Le roi de Perse, Darius.

86. Pathelin, trésorier de Rhadamante, l'un des trois juges des Enfers. On a déjà vu que Rabelais faisait de nombreux emprunts à la *Farce de maître Pathelin* (p. ex. dans la scène des dialectes parlés par Panurge).

87. Monnaie de billon.

88. Donner le fouet (littéralement : avec un fouet de peau d'anguille).

89. Jean Lemaire de Belges (1473-1515?), poète favori de Marguerite d'Autriche (*La Plainte du Désiré, Epîtres de l'amant vert*, etc.), historien de Louis XII (*Les Illustrations de Gaule et singularités de Troie*). Il soutint la politique de Louis XII contre les papes (*Épître du Roi à Hector de Troie, Traité de la différence des schismes et des conciles...*), ce qui explique le rôle que lui attribue Rabelais.

90. *Faisant l'important.*

91. Rabelais a déjà attaqué la pratique des indulgences (cf. chap. XVII). Il parodie ici la formule de l'absolution : *absoudre de peine et de coulpe.*

92. Fou du roi Louis XII.

93. Fou de François Ier, qui deviendra le héros du *Roi s'amuse.*

94. *Pieu.*

95. Quantité correspondant à un denier.

96. *La fièvre quarte t'emporte!*

97. Ce qui vaut sur terre une *blanchée* (ou un *blanc*) ne vaut plus aux Enfers qu'un *pinard,* c.-à-d. un denier de cuivre, pièce d'infime valeur. Villon, le poète gueux, fait la leçon à l'ancien maître de l'Asie.

98. Le monologue du *Franc archer de Bagnolet,* satire des milices populaires, est cité dans le catalogue de la Librairie Saint-Victor, chap. VII.

demander un denier en l'honneur de Mercure, pour
achapter un peu d'oignons pour son souper. « Rien,
rien, dict Epictète, je ne donne poinct deniers. Tien,
marault, voylà un escu, soys homme de bien. » Cyre
feut bien aise d'avoir rancontré tel butin. Mais les
aultres coquins de Royx qui sont là-bas, comme
Alexandre, Daire[85], et aultres, le desrobèrent la nuyct.
Je veiz Pathelin, thésaurier de Rhadamanthe[86], qui mar-
chandoit des petitz pastez que cryoit le pape Jules, et
luy demanda : « Combien la douzaine? — Troys blancs[87],
dist le pape. — Mais, dist Pathelin, troys coups
de barre! Baille icy, villain, baille, et en va quérir d'aultres. » Et le pauvre pape alloit pleurant; quand il feut
devant son maistre patissier, luy dict qu'on luy avoit
osté ses pastez. Adonc le patissier luy bailla l'anguil-
lade[88], si bien que sa peau n'eust rien vallu à faire
cornemuses.

« Je vis maistre Jehan le Maire[89] qui contrefaisoit du
pape, et à tous ces pauvres roys et papes de ce monde
faisoit baiser ses piedz; et, en faisant du grobis[90], leur
donnoit sa bénédiction, disant : « Gaignez les pardons,
coquins, guaignez, ilz sont à bon marché. Je vous absoulz
de pain et de souppe[91], et vous dispense de ne valoir
jamais rien. » Et appella Caillette[92] et Triboulet[93], disant :
« Messieurs les Cardinaulx, dépeschez leurs bulles, à
chacun un coup de pau[94] sus les reins. » Ce que fut
faict incontinent.

« Je veiz maistre Françoys Villon, qui demanda à
Xerces : « Combien la denrée[95] de moustarde? — Un
denier », dit Xerces. A quoi dict ledict Villon : « Tes
fièvres quartaines[96], villain! la blanchée[97] n'en vault
qu'un pinard, et tu nous surfaictz icy les vivres? »
Adonc pissa dedans son bacquet, comme font les
moustardiers à Paris.

« Je veiz le franc archier de Baignolet[98], qui estoit
inquisiteur des hérétiques. Il rencontra Perseforest
pissant contre une muraille, en laquelle estoit painct le

99. Le Mal des ardents.

100. Don de bienvenue aux évêques.

101. La question des débiteurs et emprunteurs sera débattue dans le *Tiers Livre* (chap. III, *Comment Panurge loue les debteurs et emprunteurs;* chap. IV, *Continuation du discours...;* chap. V, *Comment Pantagruel déteste les débiteurs et emprunteurs*).

102. *Un morceau.*

103. *Débit.*

104. *Une partie de bonne chère.*

105. Des vivres.

106. Addition plaisante de la particule nobiliaire (Cf. chap. IV, note 9, p. 50 « Monsieur de l'Ours », et au chap. XXXIII du *Gargantua :* « Le pauvre Monsieur du Pape meurt desjà de peur. »)

feu de sainct Antoine[99]. Il le déclaira hérétique, et le eust faict brusler tout vif, n'eust esté Morgant, qui, pour son *proficiat*[100] et aultres menuz droict, luy donna neuf muys de bière.

— Or, dist Pantagruel, réserve-nous ces beaulx comptes à une aultre foys. Seullement dis-nous comment y sont traictez les usuriers[101]. — Je les veis, dist Epistémon, tous occupez à chercher les espingles rouillées et vieulz cloux parmy les ruisseaulx des rues, comme vous voyez que font les coquins en ce monde. Mais le quintal de ces quinqualleries ne vault que un boussin[102] de pain ; encores y en a-il mauvaise despesche[103] : Ainsi les pauvres malautruz sont aulcunes foys plus de troys sepmaines sans manger morceau ny miette, et travaillent jour et nuict, attendant la foyre à venir ; mais de ce travail et de malheurté y ne leur souvient, tant ilz sont actifz et mauldictz, pourveu que, au bout de l'an, ilz gaignent quelque meschant denier. — Or, dict Pantagruel, faisons un transon[104] de bonne chère, et beuvons, je vous en prie, enfans : car il faict beau boire tout ce moys. » Lors dégainèrent flaccons à tas, et des munitions[105] du camp feirent grand chère. Mais le pauvre roy Anarche ne se povoit esjouyr, d'ont dist Panurge : « De quel mestier ferons-nous Monsieur du roy[106] icy, affin qu'il soit jà tout expert en l'art quand il sera de par delà à tous les diables ? — Vrayement, dist Pantagruel, c'est bien advisé à toy ; or, fais-en à ton plaisir, je te le donne. — Grand mercy, dist Panurge, le présent n'est de refus, et l'ayme de vous. »

1. L'âge d'or. Cf. aussi les *Saturnales*.
2. *Nous débander*.

CHAPITRE XXXI

Comment Pantagruel entra en la ville des Amaurotes,
et comment Panurge maria le roy Anarche
et le feist cryeur de saulce vert.

APRÈS celle victoire merveilleuse, Pantagruel envoya
Carpalim en la ville des Amaurotes dire et annoncer
comment le Roy Anarche estoit prins, et tous leurs
ennemys défaictz. Laquelle nouvelle entendue, sortirent
au devant de luy tous les habitans de la ville en bon
ordre, et en grande pompe triumphale, avecques une
liesse divine, le conduirent en la ville; et furent faictz
beaulx feuz de joye par toute la ville, et belles tables
rondes, garnies de force vivres, dressées par les rues.
Ce feut un renouvellement du temps de Saturne[1], tant y
fut faicte lors grande chère.

Mais Pantagruel, tout le sénat assemblé, dist :

« Messieurs, ce pendent que le fer est chault il le fault
batre; pareillement, devant que nous débaucher[2] d'avantaige, je veulx que nous allions prendre d'assault tout
le Royaulme des Dipsodes. Pourtant, ceulx qui avecques
moy vouldront venir se aprestent à demain après boire,
car lors je commenceray marcher. Non qu'il me faille
gens d'avantaige pour me ayder à le conquester : car
autant vauldroit que je le tinse desjà; mais je voy que
ceste ville est tant pleine des habitans qu'ilz ne peuvent
se tourner par les rues; doncques je les mèneray comme
une colonie en Dipsodie, et leur donneray tout le pays,
qui est beau, salubre, fructueux, et plaisant sus tous les
pays du monde, comme plusieurs de vous sçavent, qui y
estes allez aultreffoys. Un chascun de vous qui y vouldra
venir, soit prest comme j'ay dict. »

3. L'*Exode* (xii-xiii) rapporte le départ d'Égypte et le passage de la mer Rouge : « Ainsi les enfants d'Israël étant partis de Rahmésès vinrent à Succoth, environ six cent mille hommes de pied, sans les petits enfants. Il s'en alla aussi avec eux un grand amas de toutes sortes de gens, et de brebis, et de bœufs, et de fort grands troupeaux. » Rabelais entend sans doute ironiquement le *si bon ordre* de cette foule, qu'un siècle plus tard Saint-Amant décrira en termes pittoresques dans son *Moïse sauvé*.

4. Panurge n'a pas la générosité de Pantagruel et de Gargantua. Il humilie à dessein le roi Anarche, en lui donnant un costume ridicule.

5. Louis XII avait formé un corps de cavalerie légère composé d'Albanais. Ceux-ci étaient coiffés d'un turban, dont un pan (la *cornette*) s'enroulait autour du cou.

6. Amples comme celles des mariniers.

7. *Bleu.* Notez le calembour avec pervers.

8. *Je me trompe.*

9. *Roi de trois cuites :* de première qualité. Ce terme désignait la qualité du sucre, selon sa cuisson : une, deux ou trois cuites.

10. La *sauce verte* était faite de verjus, de gingembre et de persil; on en vendait dans les rues.

11. Le ton de sol, dans la musique du xvie s.

Ce conseil et délibération fut divulgué par la ville; et, au lendemain, se trouvèrent en la place devant le palais jusque au nombre de dixhuyct cens cinquante et six mille et unze, sans les femmes et petitz enfans. Ainsi commencèrent à marcher droict en Dipsodie, en si bon ordre qu'ilz ressembloyent ès enfans d'Israël, quand ilz partirent d'Égypte pour passer la Mer rouge[3].

Mais, davant que poursuyvre ceste entreprinse, je vous veulx dire comment Panurge traicta son prisonnier le roy Anarche. Il luy souvint de ce que avoit raconté Epistémon, comment estoient traictez les Roys et riches de ce monde par les Champs Elisées, et comment ilz gaignoient pour lors leur vie à vilz et salles mestiers.

Pourtant, un jour, habilla son dict Roy d'un beau petit pourpoint de toille[4], tout deschicqueté comme la cornette d'un Albanoys[5], et de belles chausses à la marinière[6], sans souliers, car, disoit-il, ilz luy gasteroient la veue, et un petit bonnet pers[7], avecques une grande plume de chappon (je faulx[8], car il m'est advis qu'il y en avoit deux), et une belle ceinture de pers et vert, disant que ceste livrée luy advenoit bien, veu qu'il avoit esté *pervers*.

En tel poinct l'amena davant Pantagruel, et luy dist : « Congnoissez-vous ce rustre? — Non, certes, dist Pantagruel. — C'est Monsieur du Roy de troys cuittes[9]. Je le veulx faire homme de bien : ces diables de roys icy ne sont que veaulx, et ne sçavent ny ne valent rien, sinon à faire des maulx ès pauvres subjectz, et à troubler tout le monde par guerre, pour leur inique et détestable plaisir. Je le veulx mettre à mestier, et le faire crieur de saulce vert[10]. Or commence à cryer : *« Vous fault-il poinct de saulce vert? »* Et le pauvre diable cryoit. « C'est trop bas », dist Panurge. Et le print par l'aureille, disant : « Chante plus hault, en *g, sol, ré, ut*[11]. Ainsi, diable! tu as bonne gorge, tu ne fuz jamais si heureux que de n'estre plus roy. »

12. Prostituée.
13. Tranches de porc rôties.
14. *Tribar* ne signifie pas ici gourdin, mais plutôt rôti.
15. *Sommade* : la charge d'une bête de somme.
16. Vin de basse qualité, *piquette*.
17. Boisson de *cormes*.
18. Empêcher.

Et Pantagruel prenoit à tout plaisir. Car je ause bien dire que c'estoit le meilleur petit bon homme qui fust d'icy au bout d'un baston. Ainsi feut Anarche bon cryeur de saulce vert.

Deux jours après, Panurge le maria avecques une vieille lanternière[12]; et luy-mesmes fit les nopces à belles testes de mouton, bonnes hastilles à la moustarde[13], et beaux tribars[14] aux ailz, dont il envoya cinq sommades[15] à Pantagruel, lesquelles il mangea toutes, tant il les trouva appétissantes; et à boire belle piscantine[16] et beau cormé[17]. Et, pour les faire dancer, loua un aveugle qui leur sonnoit la note avecques sa vielle. Après disner, les amena au palais, et les monstra à Pantagruel, et luy dist, monstrant la mariée : « Elle n'a garde de péter. — Pourquoy? dist Pantagruel. — Pource, dist Panurge, qu'elle est bien entamée. — Quelle parole est-ce là? dist Pantagruel. — Ne voyez-vous, dist Panurge, que les chastaignes qu'on faict cuire au feu, si elles sont entières, elles pètent que c'est raige; et, pour les engarder de[18] péter, l'on les entame. Aussi ceste nouvelle mariée est bien entamée par le bas, ainsi elle ne pétera poinct. »

Pantagruel leur donna une petite loge, auprès de la basse rue, et un mortier de pierre à piler la saulce. Et firent en ce poinct leur petit mesnage : et feut aussi gentil cryeur de saulce vert que feust oncques veu en Utopie. Mais l'on m'a dict despuis que sa femme le bat comme plastre, et le pauvre sot ne se ause défendre, tant il est niès.

1. *Les Salés* (du grec ἀλμυρώδης).

2. *Averse*. Dans le *Mystère de la Passion*, le roi Jobridam protège de la même façon cent hommes contre la pluie.

3. Le pont de Montrible, qui intervient dans le roman *Fierabras*.

CHAPITRE XXXII

Comment Pantagruel de sa langue
couvrit toute une armée,
et de ce que l'auteur veit dedans sa bouche.

AINSI que Pantagruel avecques toute sa bande entrèrent ès terres des Dipsodes, tout le monde en estoit joyeux, et incontinent se rendirent à luy, et, de leur franc vouloir, luy apportèrent les clefz de toutes les villes où il alloit : exceptez les Almyrodes[1], qui voulurent tenir contre luy, et feirent responce à ses heraulx qu'ilz ne se renderoyent, sinon à bonnes enseignes.

« Quoy, dict Pantagruel, en demandent-ilz meilleures que la main au pot et le verre au poing? Allons, et qu'on me les mette à sac. »

Adonc tous se mirent en ordre, comme délibérez de donner l'assault.

Mais, on chemin, passant une grande campaigne, furent saisiz d'une grosse housée[2] de pluye. A quoy commencèrent à se tresmousser et se serrer l'un l'aultre. Ce que voyant Pantagruel leur fist dire par les capitaines que ce n'estoit rien, et qu'il veoit bien au dessus des nuées que ce ne seroit qu'une petite rousée; mais, à toutes fins, qu'ilz se missent en ordre, et qu'il les vouloit couvrir. Lors se mirent en bon ordre et bien serrez. Et Pantagruel tira sa langue seulement à demy, et les en couvrit comme une geline faict ses poulletz.

Ce pendent, je, qui vous fais ces tant véritables contes, m'estois caché dessoubz une fueille de bardane, qui n'estoit moins large que l'arche du pont de Monstrible[3], mais quand je les veiz ainsi bien couvers, je m'en allay à eulx rendre à l'abrit : ce que je ne peuz, tant ilz

4. « Au bout de l'aune, manque le drap. »

5. *Triple* (du latin *trisulcum* : à trois pointes).

6. La basilique Sainte-Sophie à Constantinople.

7. Les *monts des Danois* pourraient bien être une facétie de Rabelais, le Danemark étant pays de plaine.

8. Ce voyage à l'intérieur de la bouche de Pantagruel rappelle celui du personnage de Lucien *(Histoire véritable)* explorant un nouveau monde dans la gueule d'un cétacé. Le modeste jardinier est peut-être un descendant du *jardinier de Tarente* de Virgile *(Géorgiques,* IV) et l'ancêtre de Candide. Le bonheur le plus sûr est encore de cultiver son jardin.

9. Allusion à l'Amérique.

10. *Affaires*.

11. *Gosier* (ἀσφάραγος).

12. *Tendail* (des filets).

13. *Bâillait*.

estoient, comme l'on dict, « au bout de l'aulne fault le
drap[4]. » Doncques, le mieulx que je peuz montay par dessus, et cheminay bien deux lieues sus sa langue, tant
que je entray dedans sa bouche. Mais, ô Dieux et
Déesses, que veiz-je là? Juppiter me confonde de sa
fouldre trisulque[5] si j'en mens. Je y cheminoys comme
l'on faict en Sophie[6] à Constantinoble, et y veiz de
grans rochiers, comme les monts des Dannoys[7], je croy
que c'estoient ses dentz, et de grands prez, de grandes
forestz, de fortes et grosses villes, non moins grandes
que Lyon ou Poictiers.

Le premier que y trouvay ce fut un bon homme qui
plantoit des choulx[8]. Dont, tout esbahy, luy demanday :
« Mon amy, que fais-tu icy? — Je plante, dist-il, des
choulx. — Et à quoy ny comment? dis-je. — Ha, monsieur, dist-il, chascun ne peut avoir les couillons aussi
pesans q'un mortier, et ne pouvons estre tous riches.
Je gaigne ainsi ma vie, et les porte vendre au marché,
en la cité qui est icy derrière. — Jésus! dis-je, il y a icy
un nouveau monde? — Certes, dist-il, il n'est mie nouveau; mais l'on dist bien que, hors d'icy, a une terre
neufve[9] où ilz ont et Soleil et Lune, et tout plein de
belles besoignes[10], mais cestuy-cy est plus ancien. — Voire
mais, dis-je, mon amy, comment a nom ceste ville où tu
portes vendre tes choulx?

— Elle a, (dist-il), nom Aspharage[11], et sont chris-
tians, gens de bien, et vous feront grande chère. »

Bref, je délibéray d'y aller.

Or, en mon chemin, je trouvay un compaignon qui
tendoit[12] aux pigeons, auquel je demanday :

« Mon amy, d'ont vous viennent ces pigeons icy?

— Cyre, (dist-il), ils viennent de l'aultre monde. »

Lors je pensay que, quand Pantagruel basloit[13], les
pigeons à pleines volées entroyent dedans sa gorge, pensans que feust un colombier.

Puis entray en la ville, laquelle je trouvay belle, bien
forte et en bel air; mais à l'entrée les portiers me deman-

14. Ce certificat sanitaire était exigé en cas d'épidémie de peste. Pendant son séjour en Italie, Montaigne devra s'en munir pour pénétrer dans Vérone : « Sans les *bollette della Sanità* qu'ils avaient prises à Trente et confirmées à Rovereto, ils ne fussent pas entrés en la ville, et pourtant il n'était nul bruit de danger de peste » (*Journal de voyage*).

15. Le chariot qui enlève les cadavres. Les épidémies étaient fréquentes au XVIᵉ siècle (cf. Henri Estienne, Montaigne).

16. Ces villes de fantaisie sont à leur place dans le pays de Gosier.

17. Aux noces d'Anarche et de la lanternière, chap. XXXI.

18. *Maisonnette.* Cf. du Bellay, *Antiquités de Rome* :
Et ces braves palais, dont le temps s'est fait maître,
Cassines de pasteurs ont été quelquefois.

19. *Balèvres :* les deux lèvres.

20. La chose était fréquente au XVIᵉ s. Montaigne sera détroussé en allant à Paris en 1580.

21. *Descente.*

22. Au pays de Cocagne, *Qui plus i dort, plus i gaaigne ; Cil que dort jusqu'à midi, guaigne cinq sols et demi.*

dèrent mon bulletin[14], de quoy je fuz fort esbahy, et leur demanday :

« Messieurs, y a-t-il ici dangier de peste?

— Ô, Seigneur, (dirent-ilz), l'on se meurt icy auprès tant que le charriot[15] court par les rues.

— Vray Dieu, (dis-je), et où? »

A quoy me dirent que c'estoit en Laryngues et Pharingues[16], qui sont deux grosses villes telles que Rouen et Nantes, riches et bien marchandes, et la cause de la peste a esté pour une puante et infecte exhalation qui est sortie des abysmes despuis n'a guères, dont ilz sont mors plus de vingt et deux cens soixante mille et seize personnes despuis huict jours.

Lors je pensé et calculé, et trouvé que c'estoit une puante halaine qui estoit venue de l'estomach de Pantagruel alors qu'il mangea tant d'aillade, comme nous avons dict dessus[17].

De là partant, passay entre les rochiers, qui estoient ses dentz, et feis tant que je montay sus une, et là trouvay les plus beaulx lieux du monde, beaulx grands jeux de paulme, belles galeries, belles praries, force vignes et une infinité de cassines[18] à la mode italicque, par les champs pleins de délices, et là demouray bien quatre moys et ne feis oncques telle chère pour lors.

Puis descendis par les dentz du derrière pour venir aux baulièvres[19]; mais en passant je fuz destroussé des brigans par une grande forest[20] qui est vers la partie des aureilles.

Puis trouvay une petite bourgade à la dévallée[21]; (j'ay oublié son nom), où je feiz encore meilleure chère que jamais, et gaignay quelque peu d'argent pour vivre. Sçavez-vous comment? A dormir; car l'on loue les gens à la journée pour dormir, et gaignent cinq et six solz par jour; mais ceulx qui ronflent bien fort gaignent bien sept solx et demy[22]. Et contois aux sénateurs comment on m'avoit destroussé par la valée, lesquelz me dirent

23. Raillerie du chauvinisme : les peuples de delà et de deçà les dents se traitent réciproquement de brigands.

24. Gorgias, sophiste grec (IVᵉ s. av. J.-C.), célèbre par son luxe autant que par son éloquence, a donné *gorgias,* élégant, et *gorgiaser,* faire le beau, qu'on trouve aussi dans les *Essais.* Ici cette *Histoire des Élégants* s'accompagne d'un calembour sur *gorge* et *gorgias.*

25. Impôt payé aux barrières.

26. Plaisanterie traditionnelle, appelée par la question de Pantagruel.

27. *Salmigondis.* En terme de cuisine, le *salmigondis* est un ragoût.

que pour tout vray les gens de delà estoient mal
vivans et brigans de nature, à quoy je congneu
que, ainsi comme nous avons les contrées de deçà
et delà les montz, aussi ont-ilz deçà et delà les dentz;
mais il fait beaucoup meilleur deçà, et y a meilleur
air[23].

Là commençay penser qu'il est bien vray ce que
l'on dit que la moytié du monde ne sçait comment
l'autre vit, veu que nul avoit encores escrit de ce pais-là,
auquel sont plus de xxv royaulmes habitez, sans les
désers et un gros bras de mer, mais j'en ay composé
un grand livre intitulé l'*Histoire des Gorgias*[24], car ainsi
les ay-je nommez, parce qu'ilz demourent en la gorge
de mon maistre Pantagruel.

Finablement vouluz retourner, et, passant par sa barbe,
me gettay sus ses épaulles, et de là me dévallé en terre
et tumbé devant luy.

Quand il me apperceut, il me demanda :

« D'ont viens-tu, Alcofrybas? »

Je lui responds :

« De vostre gorge, Monsieur.

— Et depuis quand y es-tu, dist-il?

— Depuis, (dis-je), que vous alliez contre les Almyrodes.

— Il y a, (dist-il), plus de six moys. Et de quoy
vivois-tu? Que beuvoys-tu? »

Je responds :

« Seigneur, de mesmes vous, et des plus frians mor-
ceaulx qui passoient par vostre gorge j'en prenois le
barraige[25].

— Voire mais, (dist-il), où chioys-tu?

— En vostre gorge[26], Monsieur, dis-je.

— Ha, ha, tu es gentil compaignon, (dist-il). Nous
avons, avecques l'ayde de Dieu, conquesté tout le pays
des Dipsodes; je te donne là chatellenie de Salmi-
gondin[27].

28. *Mérité*.

1. *Cauterets* (Hautes-Pyrénées). Le *Prologue* de l'*Heptaméron* montre les personnages des contes prenant les eaux à Cauterets.

2. *Limoux* (Aude).

3. *Dax* (Landes).

4. *Balaruc-les-Bains* (Hérault).

5. *Néris* (Allier).

6. *Bourbon-Lancy* (Saône-et-Loire).

7. *Monte Grotto* est une source près d'Abano, à proximité de Padoue. Montaigne, qui y prend les eaux cinquante ans après le *Pantagruel,* décrit ainsi la colline : « Ce haut, qui est fort spacieux, a plusieurs surjons de fontenes chaudes et bouillantes qui sortent du rochier; elles sont trop chaudes entour leur source pour s'y baigner et encore plus pour en boire... Le goust en est peu salé et souffreux » (*Journal de Voyage*).

8. *Abano* était déjà station thermale du temps des Romains : *Aquæ Aponenses*.

9. *San Pietro Montagnone,* autre source près d'Abano. « C'est un païs de preries et pascages qui est de mesmes tout enfumé en divers lieus de ces eaux chaudes, les unes brulantes, les autres tiedes, autres froides... Ces derniers beings lui *(Montaigne)* firent resouvenir, disoit-il, de ceus de Preissac près d'Ax. La trace de ces eaux est toute rougeastre... » *(Ibid.)*. La source principale a une température de 70° C.

10. *Sant'Elena Battaglia,* à 4 km de Monte Grotto. Montaigne trouve à cette eau « peu de goust, comme à celle de S. Pierre, peu de senteur de soufre, peu de salure... La trace qu'elle faict par ses conduits est rouge » *(Ibid.)*. On se servait surtout de la boue chaude de ces eaux.

11. Autre source près d'Abano.

12. Le *bain de Saint-Bartholomé* est à une douzaine de kilomètres de Padoue.

— Grand mercy, (dis-je), Monsieur. Vous me faictes du bien plus que n'ay deservy[28] envers vous. »

CHAPITRE XXXIII

Comment Pantagruel feut malade,
et la façon comment il guérit.

PEU de temps après, le bon Pantagruel tomba malade et feut tant prins de l'estomach qu'il ne pouvoit boire ny manger, et, parce q'un malheur ne vient jamais seul, luy print une pisse chaulde qui le tormenta plus que ne penseriez; mais ses médicins le secoururent, et très bien, avecques force de drogues lénitives et diuréticques, le feirent pisser son malheur.

Son urine tant estoit chaulde que despuis ce temps-là elle n'est encores refroydie, et en avez en France, en divers lieulx, selon qu'elle print son cours, et l'on l'appelle les bains chaulx comme :

A Coderetz[1],
A Limons[2],
A Dast[3],
A Balleruc[4],
A Néric[5],
A Bourbonnensy[6] et ailleurs;
  En Italie :
A Mons Grot[7],
A Appone[8],
A Sancto Petro dy Padua[9],
A Saincte Hélène[10],
A Casa Nova[11],
A Sancto Bartholomeo[12].

13. *Poretta,* bourg de la province de Bologne.

14. *Borax.*

15. *Mine.*

16. Ombellifère semblable à un chardon, communément *chardon roulant.*

17. *Minorative :* médecine lénitive ou laxative... mais la dose est gigantesque.

18. *Scammonée* de Colophon : purgatif.

19. L'obélisque de Virgile. La *casse* est également un laxatif.

20. *Pelle.*

21. Déesse des vapeurs sulfureuses. Virgile emploie *mephitis* comme nom commun (*Énéide,* VII, vers 84) pour désigner les exhalaisons nocives.

22. Le *Marais de Camarine.* Ce marais, situé près de Camarine, ville de Sicile, était célèbre dans l'Antiquité par ses vapeurs pestilentielles.

En la Conté de Bouloigne, à la Porrette[13], et mille autres lieux.

Et m'esbahis grandement d'un tas de folz philosophes et médicins, qui perdent temps à disputer d'ont vient la chaleur de ces dictes eaulx, ou si c'est à cause du baurach[14], ou du soulphre, ou de l'allun, ou du salpètre qui est dedans la minère[15], car ilz ne y font que ravasser et, mieulx leur vauldroit se aller froter le cul au panicault[16] que de perdre ainsi le temps à disputer de ce dont ilz ne sçavent l'origine; car la résolution est aysée, et n'en fault enquester davantaige que lesdictz bains sont chaulx parce que ilz sont yssuz par une chaulde pisse du bon Pantagruel.

Or, pour vous dire comment il guérist de son mal principal, je laisse icy comment, pour une minorative[17], il print quatre quintaulx de Scammonnes colophoniacque[18], six vingt et dix huyt charretées de casse, unze mille neuf cens livres de reubarbe, sans les aultres barbouillemens.

Il vous fault entendre que, par le conseil des médicins, feut décrété qu'on osteroit ce que luy faisoit le mal à l'estomach. Pour ce, l'on fist XVII grosses pommes de cuyvre, plus grosses que celle qui est à Romme à l'aguille de Virgile[19], en telle façon qu'on les ouvroit par le mylieu et fermoit à un ressort.

En l'une entra un de ses gens portant une lanterne et un flambeau allumé, et ainsi l'avalla Pantagruel comme une petite pillule.

En cinq aultres entrèrent troys payzans, chascun ayant une pasle[20] à son col.

En sept aultres entrèrent sept porteurs de coustrets, chascun ayant une corbeille à son col, et ainsi furent avallées comme pillules.

Quand furent en l'estomach, chascun deffit son ressort et sortirent de leurs cabanes, et premier celluy qui portoit la lanterne, et ainsi cheurent plus de demye lieue en un goulphre horrible, puant et infect plus que Méphitis[21], ny la Palus Camarine[22], ny le

23. *Le malodorant lac de Sorbonne.* Jeu de mots sur la Sorbonne et le lac *Serbonis*, cité par Strabon.

24. *O quelle exhalaison pour... les masques de nez à filles galantes.* Cet usage des *loups* dura jusqu'à la fin du XVIe siècle.

25. *Flairant.*

26. *Un amoncellement.*

27. *Dérocher :* mettre en pièces.

28. *Ne comptaient.*

29. *Les Grecs.*

30. La flèche de la cathédrale Sainte-Croix était surmontée d'un énorme globe de cuivre doré, qui fut détruit en 1568.

1. *Le vin nouveau.* Au chap. I, nous avons vu le chanoine Panzoult et le médecin Piédebois être *amateurs de purée septembrale.*

punays lac de Sorbone[23], duquel escript Strabo, et, n'eust esté qu'ilz estoient très bien antidotez, le cueur, l'estomach et le pot au vin, (lequel on nomme la caboche), ilz feussent suffocquez et estainctz de ces vapeurs abhominables. O quel parfum, o quel vaporament, pour embrener touretz de nez à jeunes Gualoyses[24]!

Après, en tactonnant et fleuretant[25], aprochèrent de la matière fécale et des humeurs corrumpues; finablement trouvèrent une montjoye[26] d'ordure. Lors les pionniers frappèrent sus pour la desrocher[27], et les aultres, avecques leurs pasles, en emplirent les corbeilles; et, quand tout fut bien nettoyé, chascun se retira en sa pomme. Ce faict, Pantagruel se parforce de rendre sa gorge, et facillement les mist dehors, et ne se monstoyent[28] en sa gorge en plus q'un pet en la vostre, et là sortirent hors de leurs pillules joyeusement — il me souvenoit quand les Grégeoys[29] sortirent du cheval en Troye; — et par ce moyen fut guéry et réduict à sa première convalescence.

Et de ces pillules d'arin en avez une à Orléans, sus le clochier de l'esglise de Saincte Croix[30].

CHAPITRE XXXIV

*La conclusion du présent livre
et l'excuse de l'auteur.*

Or, Messieurs, vous avez ouy un commencement de l'Histoire horrificque de mon maistre et seigneur Pantagruel. Icy je feray fin à ce premier livre; la teste me faict un peu de mal, et sens bien que les registres de mon cerveau sont quelque peu brouillez de ceste purée de septembre[1].

2. Francfort-sur-le-Main avait de grandes foires au printemps et en automne. On y vendait beaucoup de livres. Rabelais annonce une suite aux aventures de Pantagruel, mais il ne suivra pas ce programme imaginaire.

3. Les *Monts Caspiens,* en Asie Mineure.

4. Iles des Antilles.

5. *Presthan :* Prêtre Jean. La légende du Prêtre Jean, souverain d'un royaume chrétien d'Asie ou d'Afrique (l'Éthiopie?), était encore répandue au XVIe s.

6. Formule traditionnelle d'ambition dans la littérature populaire. On notera le mélange de christianisme (Lucifer) et de paganisme (Proserpine, femme de Pluton, roi des Enfers : mère des diables dans les *Mystères*).

7. Les femmes passent pour être lunatiques. Marot surnomme *Luna* sa maîtresse infidèle. Voir aussi Saint-Gelais, cité par V.-L. Saulnier, p. 177.

8. La version de l'édition originale est beaucoup plus irrévérencieuse. Ces *beaux textes d'évangiles en français* reprennent les termes du *Prologue :* « les avez creues tout ainsi que texte de Bible ou du sainct Évangile », que Rabelais a remplacés par le prudent *gualentement*.

9. *Pardonnez-moi.* Formule finale de la comédie dans le théâtre espagnol.

10. *Moqueries.*

11. *Sarabaïtes :* prêtres égyptiens débauchés.

12. *Débauchés.*

13. *Porteur de bottines :* moines.

14. Tout le passage est une satire des hypocrites : il y avait des tartufes avant Molière.

15. « Ils feignent d'être des Curius, mais vivent dans les bacchanales ». (Juvénal, *Satire* II, v. 3). Curius Dentatus était le représentant de l'antique vertu romaine.

Vous aurez la reste de l'histoire à ces foires de Franc-fort[2] prochainement venantes, et là vous verrez : comment Panurge fut marié, et cocqu dès le premier moys de ses nopces; et comment Pantagruel trouva la pierre philosophale, et la manière de la trouver et d'en user; et comment il passa les Mons Caspies[3]; comment il naviga par la mer Athlanticque, et deffit les caniballes, et conquesta les isles de Perlas[4]; comment il espousa la fille du roy de Inde, nommée Presthan[5]; comment il combatit contre les diables et fist brusler cinq chambres d'enfer, et mist à sac la grande chambre noire, et getta Proserpine au feu, et rompit quatre dentz à Lucifer et une corne au cul[6]; et comment il visita les régions de la lune pour sçavoir si, à la vérité, la lune n'estoit entière, mais que les femmes en avoient troys quartiers en la teste[7], et mille aultres petites joyeusetez toutes véritables. Ce sont belles besoignes[8].

Bonsoir, Messieurs. *Pardonnante my*[9], et ne pensez tant à mes faultes que ne pensiez bien ès vostres.

Si vous me dictes : « Maistre, il sembleroit que ne feussiez grandement saige de nous escrire ces balivernes et plaisantes mocquettes[10] », je vous responds que vous ne l'estes guères plus de vous amuser à les lire. Toutes-foys, sy pour passe temps joyeulx les lisez comme passant temps les escripvoys, vous et moy sommes plus dignes de pardon qu'un grand tas de sarrabovittes[11], cagotz, escargotz, hypocrites, caffars, frappars[12], botineurs[13], et aultres telles sectes de gens, qui se sont desguisez comme masques pour tromper le monde[14].

Car, donnans entendre au populaire commun qu'ilz ne sont occupez sinon à contemplation et dévotion, en jeusnes et macération de la sensualité, sinon vrayement pour sustenter et alimenter la petite fragilité de leur humanité, au contraire font chière, Dieu sçait qu'elle,

Et Curios simulant, sed bacchanalia vivunt[15].

16. Qui se prolongent démesurément, comme les chaussures « à la poulaine ».

17. Se blanchissent au soufre (?). L'équivalent des *dehors fardés* ou du *dehors plâtré* de Tartufe.

18. Par opposition aux vrais lecteurs (cf. *Prologue*) qui se guérissent de leurs maux par cette *Chronique*.

19. *Marmottant*.

20. *Faisant le torcoulx*, l'hypocrite.

21. *Faisant le diable*.

22. *Fouillent*.

23. *Éparpillent*.

24. *Huile de mahaleb*, extraite des amandes du prunier de Sainte-Lucie.

25. Ces gens qui regardent par un trou *(pertuis)* sont les espions de l'Inquisition.

Vous le pouvez lire en grosse lettre et enlumineure de leurs rouges muzeaulx et ventres à poulaine[16], sinon quand ilz se parfument de soulphre[17].

Quand est de leur estude, elle est toute consummée à la lecture de livres Pantagruelicques, non tant pour passer temps joyeusement que pour nuyre à quelc'un meschantement[18], sçavoir est articulant, monorticulant[19], torticulant[20], culletant, couilletant et diabliculant[21], c'est à dire callumniant. Ce que faisans, semblent ès coquins de village qui fougent[22] et écharbottent[23] la merde des petiz enfans, en la saison des cerises et guignes, pour trouver les noyaulx et iceulx vendre ès drogueurs qui font l'huille de Maguelet[24].

Iceulx fuyez, abhorrissez et haissez autant que je foys, et vous en trouverez bien, sur ma foy, et, si désirez estre bons Pantagruélistes (c'est-à-dire vivre en paix, joye, santé, faisans tousjours grande chère), ne vous fiez jamais en gens qui regardent par un pertuys[25].

Fin des cronicques de Pantagruel,
roy des Dipsodes, restituez à leur naturel,
avec ses faictz et prouesses espoventables
composez par feu M. ALCOFRIBAS,
abstracteur de quinte essence.

BIOGRAPHIE

1494 – Date possible de la naissance de Rabelais, à la métairie de *La Devinière*, près de Chinon. (Selon V.-L. Saulnier, cette naissance remonterait à 1483.) Son père est un avocat cossu de Chinon.

1496 (ou 1494) . Naissance de Clément Marot, à Cahors.

1520-1521 – Une correspondance avec le célèbre humaniste Guillaume Budé atteste que Rabelais est moine : sans doute, d'abord novice au couvent de *La Baumette*, près d'Angers, puis, ayant reçu les ordres, au couvent franciscain de Puy-Saint-Martin, à Fontenay-le-Comte (Poitou).

1520-1526 – Moine humaniste, aussi habile en grec qu'en latin (ce qui est rare à l'époque), il est lié avec un autre frère lettré, Amy (ou Lamy), l'avocat Tiraqueau et Amaury Bouchard, lieutenant général du sénéchal de Saintonge.

1524 – La Sorbonne interdit l'étude du grec, qui risquait de conduire à l'examen critique des Évangiles : les supérieurs de Rabelais et d'Amy confisquent leurs livres de grec; Amy quitte le couvent (1525).

Naissance de Pierre de Ronsard, au château de *La Possonière*. Grâce à la protection de Geoffroy d'Estissac, évêque de Maillezais, Rabelais obtient du pape la permission de passer dans l'ordre savant des Bénédictins, au couvent de *Saint-Pierre de Maillezais*. Il fait partie de l'entourage de Geoffroy d'Estissac et l'accompagne dans ses diverses résidences, en particulier à Ligugé (où il existe toujours un couvent de Bénédictins). Se lie avec le poète rhétorique, Jean Bouchet.

1525 – Marot mange le lard en Carême, est emprisonné, et compose l'*Épître à Lyon Jamet*.

1526 (?) ou 1528 (?) – Rabelais quitte le Poitou. Étudiant ambulant, selon une tradition accréditée par les allusions satiriques du *Pantagruel* aux Universités de province. Plus vraisemblablement étudiant en médecine à Paris : il y loge à l'hôtel Saint-Denis, rue Saint-André-des-Arts, centre d'accueil des Bénédictins.

1530-1532 – Immatriculé à la Faculté de Médecine de Montpellier, reçu presque aussitôt Bachelier, il prend comme sujet de conférences publiques les *Aphorismes* d'Hippocrate, et le *Petit art médical* de Galien, témoignant ainsi son attachement à la médecine grecque.

1532 – Médecin de l'Hôtel-Dieu de Lyon. Publie des ouvrages savants (*Lettres* latines du médecin italien Manardi, une édition d'Hippocrate, et le *Testament de Cuspidius*, pastiche du xvᵉ s.), correspond avec Érasme, connaît Étienne Dolet, et donne en octobre, chez Claude Nourry, *Pantagruel*, sous le nom d'Alcofrybas Nasier, puis la *Pantagrueline Pronostication pour l'an 1533*.

1533 – Naissance de Michel Eyquem de Montaigne.

1534 – Accompagne à Rome Jean du Bellay, évêque de Paris, puis reprend son poste à l'Hôtel-Dieu de Lyon; publie la *Topographia antiquae Romae*, de Marliani (plan de la Rome antique) et le *Gargantua*.
L'*affaire des placards*, affiches injurieuses contre l'Eglise catholique, provoque la répression antiprotestante. Marot se réfugie à Ferrare; Rabelais quitte Lyon et s'abrite à Maillezais.

1535 – Deuxième séjour en Italie, avec Jean du Bellay : rencontre avec Marot, à Ferrare; obtient du pape Paul III la régularisation de la situation religieuse.

1536 – Moine à l'abbaye bénédictine de Saint-Maur-des-Fossés, puis chanoine à la sécularisation de l'abbaye. Publication de l'*Institution chrétienne* de Calvin.

1537 – Participe avec Marot et Budé au banquet offert à Étienne Dolet; exerce la médecine à Lyon, puis à Montpellier, où il est promu docteur.

1538 – Assiste à l'entevue de François Iᵉʳ et de Charles Quint, à Aigues-Mortes.

1539-1540-1541 – Séjours en Italie, avec du Bellay, seigneur de Langey, gouverneur du Piémont. Légitimation par le pape de deux enfants naturels; mort à deux ans d'un troisième.

1542 – Publication à Lyon, chez Juste, du *Gargantua* et du *Pantagruel*, dernier texte corrigé par l'auteur.

1543 – Mort de Guillaume du Bellay; ses obsèques au Mans (y assistent Rabelais, Jacques Peletier, Joachim du Bellay et Pierre de Ronsard). Mort de Geoffroy d'Estissac. Condamnation par la Sorbonne, faculté de Théologie, du *Gargantua* et du *Pantagruel*.

1544 – Mort de Clément Marot, exilé à Turin.

1546 – Publication à Paris du *Tiers Livre*, les enquêtes de

Panurge sur le mariage; condamnation de la Sorbonne; séjour de Rabelais à Metz.

1547 – Mort de François Ier. Nouveau séjour prolongé (deux ans?) à Rome, avec le cardinal du Bellay.

1548 – Publication de l'édition partielle du *Quart Livre* (les voyages imaginaires de Pantagruel et de Panurge).

1549 – *La Défense et Illustration de la langue française*, par Joachim du Bellay.

1550 – Les quatres livres d'*Odes* de Ronsard.

1551 – Rabelais reçoit les cures de Saint-Martin-de-Meudon (d'où la périphrase : « le joyeux curé de Meudon »), et de Saint-Christophe-du-Jambet, diocèse du Mans.

1552 – Publication du *Quart Livre* complet, dédié à Odet de Châtillon; nouvelle condamnation de la Sorbonne.
Les Amours de Ronsard.

1553 – Rabelais meurt à Paris.

1560 – Première édition générale des œuvres de Ronsard.

1562 – Publication du *Cinquième Livre, L'Isle sonnante* (édition partielle), œuvre posthume ou continuation d'un pamphlétaire.

1564 – Publication intégrale du *Cinquième Livre*.

1580 – Publication à Bordeaux des deux premiers livres des *Essais* de Montaigne.

Bibliographie sommaire

ÉDITIONS

Œuvres de François Rabelais, édition critique, publiée par Abel Lefranc, Jacques Boulanger, etc., Paris, Champion, 1921-1931.

RABELAIS, *Œuvres complètes,* introduction par Jacques Boulanger, Paris, Gallimard, « Pléiade », 1955.

FRANÇOIS RABELAIS, *Pantagruel,* édition critique sur le texte original, par V.-L. Saulnier, Paris-Genève, Droz, 1959.

FRANÇOIS RABELAIS, *Pantagruel,* publié sur le texte définitif par V.-L. Saulnier et P. Michel, Paris, C.M.L., 1962.

ÉTUDES

BAKHTINE, *L'œuvre de François Rabelais,* éd. Gallimard, 1970.

BUTOR, (Michel), *6/7 ou les dés de Rabelais (Littérature,* mai 1971).

A. GLAUSER, *Rabelais créateur,* Paris, éd. Nizet, 1966.

A. LEFRANC, *Les traditions populaires dans l'œuvre de Rabelais (Revue des Études rabelaisiennes,* 1907-1912).

E. PONS, *Les jargons de Panurge (Revue de Littérature comparée,* 1931).

R. LEBÈGUE, *L'Écolier limousin (Revue des Cours et Conférences,* 1939-1940).

V.-L. SAULNIER, *Rabelais devant l'Écolier limousin (Mercure de France,* 1948).

R. LEBÈGUE, *Où en sont nos connaissances sur Rabelais? (Information littéraire).*

N. B. Consulter la revue *Humanisme et Renaissance* (Droz), qui a pris la relève des *Études rabelaisiennes.*

TABLE

TABLE 319

Achevé d'imprimer en décembre 2006 en France sur Presse Offset par

BRODARD & TAUPIN

GROUPE CPI

La Flèche (Sarthe).
N° d'imprimeur : 37904 – N° d'éditeur : 79844
Dépôt légal 1ʳᵉ publication : août 1972
Édition 16 – décembre 2006
LIBRAIRIE GÉNÉRALE FRANÇAISE – 31, rue de Fleurus – 75278 Paris cedex 06.

30/1240/8